熊与夜莺

The Bear and
The Nightingale

［美］凯瑟琳·艾登/著
Katherine Arden

兰莹/译

天地出版社 | TIANDI PRESS

图书在版编目（CIP）数据

熊与夜莺 /（美）凯瑟琳·艾登著；兰莹译. —成都：天地出版社，2023.10
（冬夜三部曲）
ISBN 978-7-5455-7261-2

Ⅰ.①熊… Ⅱ.①凯…②兰… Ⅲ.①长篇小说—美国—现代 Ⅳ.①I712.45

中国版本图书馆CIP数据核字（2023）第075703号

THE BEAR AND THE NIGHTINGALE
Copyright©2017 by Katherine Arden
All rights reserved including the rights of reproduction in whole or in part in any form.
Simplified Chinese language edition © Beijing Huaxia Winshare Books Co., Ltd.

著作权登记号　图字：21-2019-558

XIONG YU YEYING

熊与夜莺

出 品 人	杨　政
作　者	［美］凯瑟琳·艾登
译　者	兰　莹
策划编辑	陈文龙
责任编辑	陈文龙
责任校对	杨金原
装帧设计	挺有文化
责任印制	王学锋

出版发行	天地出版社
	（成都市锦江区三色路238号　邮政编码：610023）
	（北京市方庄芳群园3区3号　邮政编码：100078）
网　址	http://www.tiandiph.com
电子邮箱	tianditg@163.com
经　销	新华文轩出版传媒股份有限公司

印　刷	河北鹏润印刷有限公司
版　次	2023年10月第1版
印　次	2023年10月第1次印刷
开　本	880mm×1230mm 1/32
印　张	11.25
字　数	270千字
定　价	258.00元（全三册）
书　号	ISBN 978-7-5455-7261-2

版权所有◆违者必究

咨询电话：（028）86361282（总编室）
购书热线：（010）67693207（营销中心）

如有印装错误，请与本社联系调换。

绿色橡树矗立于海边,
　　树上挂着根黄金锁链。
博学的猫咪在链条上走动,
　　不分黑夜和白天。
走到右边时他唱起歌谣,
　　走到左边,他把故事来编。①

——A.S. 普希金

---

① 出自普希金长篇童话叙事诗《鲁斯兰和柳德米拉》序曲,该诗歌颂了坚贞的爱情和刚毅的品格。——译者注

第一章　霜魔 ／003

第二章　女巫的外孙女 ／011

第三章　乞丐和陌生人 ／019

第四章　莫斯科大公 ／033

第五章　马科维兹山上的圣人 ／043

第六章　群魔 ／050

第七章　市集相见 ／057

第八章　彼得·弗拉基米罗维奇的诺言 ／066

第九章　教堂里的疯女人 ／073

第十章　谢尔普霍夫亲王妃 ／081

第十一章　宅神多毛沃伊 ／093

第十二章　金发祭司／106

第十三章　狼群／134

第十四章　老鼠和少女／147

第十五章　他们只要野姑娘／159

第十六章　烛光旁的魔鬼／178

第十七章　一匹名叫火焰的马／192

第十八章　年终访客／206

第十九章　噩梦／218

第二十章　陌生人的礼物／234

第二十一章　铁石心肠的孩子／248

第二十二章　雪花莲／269

第二十三章　乌有的房子／284

第二十四章　我见过你心中的欲望／297

第二十五章　爱上女孩的鸟／301

第二十六章　冰消雪融时／321

第二十七章　冬天的熊／324

第二十八章　一切之始，一切之终／343

致谢／351

第 一 部 分

第一章

霜魔

罗斯①北部,时值晚冬,天色阴沉,空气潮湿,但既没下雨,也没下雪。二月过去,三月到来,皑皑白雪已经融化,到处灰蒙蒙一片。湿冷的天气冻得彼得·弗拉基米罗维奇一家人直流鼻涕。六个星期以来他们只能吃到黑面包和烂卷心菜,大家的腰带都扎紧了不少。但现在没人在意冻疮或鼻涕,甚至也没人想着喝粥吃烤肉,因为顿娅正要开始讲故事。

那天晚上,老太太坐在厨房火炉②边的木头长凳上,这里是最适

---

① 罗斯人是某支斯堪的纳维亚人的后裔。公元9世纪,应交战的斯拉夫和芬兰部落请求,他们建立起留里克王朝,其大片疆域最终囊括现在的乌克兰、白俄罗斯和俄罗斯西部地区。他们最后以自己的名字命名治下的领土和人民。"罗斯"这个词沿用至今,我们可以从"俄罗斯"和"白俄罗斯"的国名中见到它。

② 这里指体积庞大的俄式火炉,15世纪时广泛应用于家庭烹饪和取暖。其烟道系统能使热量均匀分布,冬天全家人可睡在炉顶以保持温暖。

合讲故事的地方。这座庞大的火炉用耐火黏土砌成,比成年男人还高,炉膛大到足以轻松装下彼得·弗拉基米罗维奇的四个孩子。大家可以在平坦的炉顶上睡觉,在炉膛里烧火做饭或取暖。如果有人病了,还可以在炉子里洗蒸汽浴。

"今晚大家想听什么故事呢?"顿娅问,一面享受着背后炉火的温暖。彼得的孩子们坐在她面前的小凳子上。他们都喜欢听故事,甚至连次子萨沙也不例外。萨沙这孩子是个虔诚的教徒,对自己要求很严。如果有人问,他一定会坚持说自己宁愿那天晚上去教堂参加祈祷会。然而教堂里很冷,而且外面的雨点夹着雪花,下得一阵比一阵大。萨沙之前曾把头探出门,却被雨雪拍得满脸湿漉漉的,于是只好打消出门的念头,退回屋里,坐在离其他人稍远点的小凳子上,装出一副虔诚而无动于衷的样子。

听顿娅这样一问,其他人都大声嚷嚷起来:

"讲《猎鹰芬尼斯特》!"

"讲《伊万和灰狼》!"

"火鸟!火鸟!"

小阿廖沙站在凳子上挥舞手臂,好让自己的声音压过哥哥姐姐。一片喧闹声中,彼得那只能跟野猪搏斗的大狗也抬起伤痕累累的大脑袋。

可是不等顿娅回答,外门就"哗啦"一声开了,户外的暴风雨大声呼啸着冲进来。一个女人出现在门口,甩去长发上的水珠。她的脸冻得通红,看上去甚至比孩子们还要瘦。炉火在她面颊、喉咙和太阳穴的凹陷处投下阴影,但无法照亮她深陷的眼窝。她弯下腰,把阿廖沙抱在怀里。

那孩子快活地拖长声音尖叫起来。"妈妈！"他喊道，"好妈妈！"

玛丽娜·伊凡诺芙娜把自己的小凳子拉近火炉，坐下。阿廖沙仍靠在她怀里，双手攥着她的辫子。她身体微微颤抖，但由于穿的衣服厚重，别人并没有看出来。"可怜的母羊今晚要生小羊羔了，为它祈祷吧。"她说，"如果生产不顺利，恐怕你们的爸爸是不会回来的。你在讲故事吗，顿娅？"

"如果大家能安静下来我就讲。"老太太用讽刺的口吻说。很久以前，她也做过玛丽娜的保姆。

"我有个建议。"玛丽娜立刻接过话头。她的声音轻缓，但眼睛黑沉沉的。顿娅狠狠瞪了她一眼。风仍在外面呜咽。"讲那个关于霜魔的故事吧，亲爱的顿娅。给我们讲讲冰霜妖魔，那位冬天的国王卡拉淳的故事。他今晚就在外面。要化冻了，他对此很生气。"

顿娅犹豫不定，大孩子们面面相觑。俄语中，"霜魔"名叫摩罗兹科，是冬天的魔王。但很久以前，人们叫他卡拉淳，也就是死神。人们用这个名字称呼他时，他是黑色隆冬之王，会在晚上来找坏孩子，把他们冻成冰棍。人们忌讳说起这个名字。如果某人在他还统治着这片土地时这样称呼他，那个人就会倒大霉。玛丽娜正紧紧地抱着儿子。阿廖沙在她怀里不安地扭动，用力拉妈妈的辫子。

"那好吧，"片刻之后顿娅说，"我就来讲摩罗兹科的故事吧。他有时很和善，有时也很残暴。"她说出这个名字时微微加重声调：这个名字很安全，不会给他们带来厄运。玛丽娜面带讥笑，把儿子的手掰开。其他人都没反对。虽说这是个老故事，而且他们之前已经听过很多次，但当顿娅用浑厚清晰的声音讲起它时，他们是听不腻的。

"从前在某个王国里——"顿娅开始讲了。阿廖沙正像蝙蝠一样尖叫，在妈妈的怀里乱动。于是她停下来盯着阿廖沙，用眼神示意他安静下来。

"嘘——"玛丽娜说，把自己的辫梢递给他玩。

"从前在某个王国里，"老太太严肃地重复，"住着个农民，他有个漂亮的女儿。"

"她叫什么名字？"阿廖沙嘟哝道。他已经到了某个特定的年龄，会向讲故事的人追问细节，来检验童话故事的可信度。

"她叫玛法，"老太太说，"小玛法。她漂亮得像六月里的阳光，勇敢又善良。但玛法没有妈妈。她的妈妈在她还是婴儿时就去世了。虽然她爸爸又娶了个老婆，但玛法仍然像所有孤儿一样，是个没娘的孩子。有一阵人们说，玛法的继母很能干。这女人会做美味的蛋糕，会织精美的布，还会酿可口的克瓦斯①。然而她冷酷又残忍。她恨玛法，因为这女孩美丽又善良。她偏爱自己又丑又懒的亲生女儿。一开始，这女人想让玛法变丑。她叫玛法做最难做的家务，好让女孩双手变形，脊背弯曲，脸上长出皱纹。但玛法很强壮，也许还会点魔法，因为她不但毫无怨言地完成了所有家务，而且一天比一天可爱。"

"于是继母，"看到阿廖沙又张开了嘴，顿娅加上一句，"她叫达里娅·尼科拉芙娜——发现自己没法儿让玛法变老或变丑，就打算直接摆脱这姑娘。隆冬里的某天，达里娅对丈夫说：'当家的，我觉

---

① 克瓦斯是黑麦面包酿制的发酵饮料。

得我们的玛法该嫁人了。'

"玛法当时正在伊斯巴①里煎薄饼。她惊喜地看着自己的继母,因为这个女人除非是要找她的碴儿,否则从来不会主动对她表示兴趣。但她的喜悦马上转为惊慌。

"'我刚为她定了门亲事。用雪橇载她去森林里吧,我们要把她嫁给摩罗兹科。还有哪家闺女能找到更出色、更有钱的新郎呢?哎呀,他可是白色雪花、黑色冷杉和银色冰霜的主人哪!'

"她的丈夫——他叫鲍里斯·鲍里索维奇——惊恐地瞪着自己的妻子。毕竟,鲍里斯是爱女儿的,凡间的少女可受不了严冬之王那寒冷的怀抱。但也许达里娅自己也会点魔法,因为她的丈夫从不拒绝她的要求。他抽泣着把女儿抱上雪橇,带她进入森林深处,把她留在一株冷杉树的脚下。

"女孩独自在那里坐了很久,冻得发抖。最后,她听到响亮的撞击声和噼啪声,于是抬起头,看到霜魔正在树间跳跃着向她走来,一边走一边打响指。"

"他长什么样?"奥尔加急切地问。

顿娅耸耸肩:"这个嘛,说什么的人都有。有人说他不过是一阵寒冷的微风,在冷杉林间低语,摇得树枝哗哗响;有人说他是位老人,坐在雪橇上,眼睛明亮,双手冰凉;还有人说他是位风华正茂的战士,穿着白色长袍,佩带冰做的武器。没人知道。但当玛法坐在那儿时,确实有什么东西朝她过来了,寒风像鞭子一样抽在她脸上,她

---

① 伊斯巴是种木建农舍,通常以木雕装饰,复数为"伊斯比"。

觉得比之前更冷了。然后霜魔开口对她说话，声音仿佛冬天的风和飘落的雪花：'你觉得很暖和吗，我的美人？'

"玛法很有教养，总是温顺可人，毫无怨言。她答道：'很暖和，谢谢您，亲爱的霜魔大人。'听了这话，那魔头笑起来，风比刚才刮得更大了。所有的树都在他们头上呻吟起来。霜魔追问道：'现在怎么样，够暖了吗，甜心？'虽然玛法冻得几乎说不出话，但她还是再次回答：'暖和，我很暖和，谢谢您。'这时，一阵风暴在她头上肆虐；大风咬牙切齿地咆哮着，可怜的玛法觉得它快要把自己的皮囊从骨头上拆下来了。但霜魔现在不笑了，他第三次问：'暖和吗，我亲爱的？'玛法已经觉得眼前发黑，但还是艰难地用冻僵的嘴唇说：'是的……暖和。我很暖和，霜魔大人。'

"他敬佩她的勇气，又怜悯她的困境，就把她裹在蓝色锦袍里，放在雪橇上。他驾着雪橇驶出森林，把女孩送回她家门前。她仍然裹在那件华美的袍子里，还带回一箱金银宝石的首饰。玛法的父亲再次见到女儿，高兴得哭起来。但达里娅和她女儿气得发疯，因为她们见到玛法衣着华丽、容光焕发，还带着一大笔钱财，多到足以从敌人手里赎回一位王公。于是达里娅转身向丈夫说：'当家的，赶快！用雪橇带我的女儿丽萨去森林里。玛法得到的算什么！霜魔也会送我的女儿礼物的！'

"尽管鲍里斯心里觉得这种事很蠢，但他还是让丽萨上了雪橇。那女孩穿上最华美的礼服，裹在厚重的毛皮袍子里。她的父亲带她深入森林，把她留在同一株冷杉树下。丽萨也坐了很长时间，虽然穿着皮衣，她还是开始觉得冷。最后霜魔穿过树林向她走来，一边打着响指，一边开怀大笑。他一下跳到丽萨面前，向她的脸上呼出冷气。他的呼吸就是北方刮来的风，能将人冻透。他微笑着问：'够暖和吗，亲爱的？'丽萨战栗着回答：'当然不暖和，你这傻子！你没看见我快要冻死了吗？'

"风刮得更猛了，从他们身边呼啸而过，一阵紧似一阵，几乎要把人撕裂。他的声音盖过风声，问道：'现在怎么样，很暖和吗？'那女孩尖叫着回答：'不，白痴！我冻僵了！我这辈子从没这么冷过！我正等着我的霜魔新郎，但那呆子还没来。'听到这个，霜魔的双眼变得如磐石般冷酷无情。他扼住她的喉咙，俯身向前，对这女孩耳语：'现在暖和吗，我的小鸽子？'但这女孩无法回答了。霜魔碰到她时，她就死了，全身僵硬地躺在雪地上。

"达里娅在家里等待，来回踱步。'至少有两箱金子，'她搓着手说，'有一件丝绸天鹅绒婚服，还有新房里用的最上等的羊毛毯。'她的丈夫一言不发。太阳快要落山了，她的女儿还是没有回来。最后，达里娅派丈夫出去接那女孩回来，反复叮嘱他可别忘了宝箱。但鲍里斯到达那株树下——那天早上他把女儿就留在那里，却根本没发现什么财宝，只有那女孩死在雪地里。

"他心情沉重地把她抱上雪橇带回家。那母亲跑出来接他们。'丽萨，'她喊道，'我亲爱的女儿！'

"她看见孩子的尸体蜷在雪橇上。就在此时，霜魔的手也握住了达里娅的心，她倒下去，当场身亡。"

短暂的寂静。大家都在默默回味这个故事。

奥尔加伤心地开了口："那玛法呢，她怎么样了？她嫁给他了吗？我指的是霜魔。"

"这拥抱真是够冷的。"柯利亚漫不经心地嘀咕一句，咧着嘴笑。

顿娅严肃地看他一眼，觉得这个问题不值一答。

"好吧，她没嫁给他，亲爱的奥尔加，"顿娅对那姑娘说，"我觉得没有。对普通的人类女孩来说，嫁给严冬之王有什么好处呢？她大概是带着全罗斯最大的一笔嫁妆，嫁给某个有钱的农夫了吧。"

奥尔加看上去想要反对这个毫不浪漫的结局，但顿娅已经巴不得要休息了。她站起来，听到自己的关节咔咔作响。大火炉顶宽得像张大床，老幼和病人都能睡在上面。顿娅和阿廖沙就睡在这里。

其他孩子吻了吻妈妈，悄悄离开。玛丽娜最后起身。虽然玛丽娜穿着厚厚的冬衣，但顿娅能看出来她现在变得很瘦。老太太的心受到重重一击。春天马上要来了，她安慰自己。森林会变绿，野兽会分泌富含油脂的乳汁。我会用鸡蛋、凝乳和野鸡肉为她做馅饼；多晒晒太阳，她会好起来的。

然而看着玛丽娜眼中的神情，老保姆心中有种不祥的预感。

第二章

女巫的外孙女

最后羊羔终于平安降生。它浑身又湿又脏,体形纤细,毛色黑得就像雨中的枯树。母羊开始以专横的劲头舔舐这个小家伙,不久它就能用小小的蹄子摇摇晃晃地站起来了。"好样的!"彼得·弗拉基米罗维奇对母羊说,接着他自己也站起来,挺直疼痛的后背,"其实你该选个更好的夜晚来到这世上的。"外面狂风呼呼刮着,而母羊满不在乎地甩着尾巴。彼得咧嘴一笑,离开了。一只漂亮的小公羊,在晚冬风暴肆虐时降生。这是个好兆头。

彼得·弗拉基米罗维奇是位大贵族:一位波雅尔[①],拥有大片土地和许多农民。但他还是会自愿在深夜为牲畜接生。每当有小生命降生到他名下的牲畜群时,他通常会在场等待,甚至会亲自用沾满鲜血的双手把它迎接到世上。

---

① 波雅尔是基辅公国或后来的莫斯科公国的贵族阶级,地位仅次于王公。

冻雨停了，夜空澄清，几颗英勇的星星在云间闪烁。彼得走进前院，拉开谷仓门走进去，又将它在身后关好。天气潮湿，入冬以来的积雪几乎堆到房檐，只有倾斜的尖屋顶和几根烟囱从雪堆里伸出头来，但在彼得家里几位男子汉的艰苦劳动下，门前的那片空地还能保持清爽。

大宅子分为两部分。人们在夏天住在一侧厢房，冬天则换到另一侧。夏天的厢房有宽大的窗户和一座平炉，但在冬天这边就会被关闭，埋在重重霜雪之下，看起来像是已被废弃。冬厢房里有巨大的火炉和又小又高的窗户，烟囱一年四季冒出青烟。而且在第一场坚冻到来时，彼得就在窗框里镶上冰片，把寒冷阻隔在外，同时还能让阳光照进来。现在他看到火光从他妻子的房间里透出来，在雪地上映出一道摇曳的金带。

彼得心里想着妻子，加快脚步。玛丽娜听到羊羔的事会很高兴的。

走廊上面有顶，地上铺着原木，因此即使在雨雪天气，人们也可以在里面穿行，而不必踩在泥浆里。冻雨从黎明时分就开始下，木头被雨丝浸湿，上面结了层坚冰，滑溜溜的。雪堆已经积了一人高，上面被冻雨打出点点凹坑。彼得穿着毛毡皮靴，稳稳地踩在冰上。厨房里的人已昏昏欲睡。他在这里停了一下，用长柄勺舀水，洗去手上黏滑的血。火炉顶上的阿廖沙翻了个身，在睡梦里抱怨。

为了保暖起见，他妻子的房间很小，但采光很好。按北方的标准来看，它甚至称得上豪华。木墙上挂着美丽的壁毯——那是玛丽娜的嫁妆，从沙皇格勒[①]跨过迂回曲折的漫长距离，才被运到这里。木凳

[①] 沙皇格勒意为"沙皇之城"，即君士坦丁堡。

上有奇异的雕刻装饰；狼皮和兔皮毯堆成一个个柔软的小山丘。

房间角落里的那只小炉子发出炽热的火光。玛丽娜还没上床，而是坐在火边，裹着件白色羊毛长袍梳头发。虽说已生了四个孩子，但她的头发仍然又厚又黑，长度几乎及膝。火光模糊了她的脸，使她看起来和很久以前彼得娶回来的那个新娘仍然差不多。

"它生了？"玛丽娜问，同时把梳子放在一边，开始编辫子，双眼一直盯着火炉。

"是的。"彼得心烦意乱地说，"是个漂亮的小伙子，母子平安，是个好兆头。"

玛丽娜绽开笑容。屋里暖和得像春天一样，他脱下那件土耳其式长袍。

"真不错，我们需要个好兆头，"她说，"因为我怀孕了。"

彼得把衬衫脱到一半时惊呆了。他张开嘴，又合上。当然，这很正常。虽说对生孩子来说，她的年纪已经不小了，而且这个冬天她越来越瘦……

"又怀孕了？"他问着，直起身，把衬衫放到一边。

玛丽娜听出他很焦虑，悲哀地笑了笑，用条皮绳扎住辫梢。"是的，"她把那条辫子甩到肩后，"是个女孩。她会在秋天出生。"

"玛丽娜……"

彼得没有问出口，但妻子明白他要问什么。"我想要她，"她说，"我还是想把她生下来。"她放低声音，"我想要个女儿，像我妈妈一样的女儿。"

彼得皱起眉头。玛丽娜从不谈起自己的母亲。而从在莫斯科起就陪在玛丽娜身边的顿娅也很少提到这个女人。

传说伊凡一世[①]在位时，有个穿着破衣烂衫的女孩骑着灰色的高头大马，独自穿过克里姆林[②]的大门。虽然她浑身肮脏，饥饿而疲劳，但流言在她走过的地方一路传播。人们说她是绝代美人，双眼如同神话里的天鹅少女。最后流言传到了大公[③]耳中。"带她来见我，"伊凡觉得有些好笑，"我还从未见过天鹅少女呢。"

伊凡·卡利塔是位铁腕大公。此人野心勃勃，冷酷机灵，而且很贪婪。当然如果不是这样，他也活不长，因为莫斯科的大公们更换得很快。可是，据波雅尔们说，伊凡第一眼看到那女孩时，坐在那里足足有十分钟一动不动。还有些更爱胡思乱想的人发誓说：他走过去牵起她的手时，双眼湿润了。

当时伊凡已经死了两任妻子，而这位年轻的女孩比他的长子还要小。一年后，他娶了这个神秘的女孩。然而即使是莫斯科大公也无法阻止人们私下的传言。那位大公夫人从来不说自己的来历，自始至终都没说过。侍女们含糊地说她能驯服动物，能在梦中看到未来，还能祈雨。

***

彼得把外衣捡起来挂在炉子旁边。他是个务实的人，面对流言总

[①] 伊凡一世（1301—1341）是莫斯科公爵、弗拉基米尔大公，富于谋略，为达到自己的目的不择手段，狡猾而残忍。他对贫困者大方慷慨，因此获得"卡利塔"（钱包）的外号。——译者注
[②] 克里姆林是位于俄罗斯城市中心的建筑群，周围筑有防御工事。尽管在现代英语中，"克里姆林宫"一词被用来指代最著名的莫斯科克里姆林宫，但实际上在大多数历史悠久的俄罗斯城市中，都能找到克里姆林。
[③] 大公是中世纪俄罗斯主要公国（如莫斯科、特维尔或斯摩棱斯克）统治者的头衔，1547年"恐怖的伊凡"加冕，才开始使用"沙皇"一词。

是一笑置之。但他的妻子纹丝不动地坐在那儿盯着炉火，让跳跃的火苗给手和喉咙镀上一层金色。她这个样子使彼得心神不定。他在木地板上踱来踱去。

弗拉基米尔大公强迫所有基辅人在第聂伯河接受洗礼，又把旧神像拖在身后走过街头，罗斯从此成为基督教国家①。尽管如此，在这片广袤的土地上，宗教改革推行得也很慢。自修士到达基辅已过去了五百年，在罗斯仍然随处可见神秘的力量，比如那位眼睛好像能看透一切的奇怪的大公夫人就是个例子。教会不喜欢这个。在主教们的坚持下，她唯一的孩子玛丽娜被远嫁给住在荒僻旷野上的波雅尔，从他的领地到莫斯科要走上许多天。

彼得常常庆幸自己的好运气：他的妻子才貌双全；两人倾心相爱。但玛丽娜从不谈起母亲，彼得也从来不问。他们的女儿奥尔加是个漂亮、善良的普通女孩，他们不需要再生个女儿，当然也不需要这个女儿继承谣传中她奇怪外祖母的能力。

"你确定身体能撑得住吗？"彼得最后说，"甚至阿廖沙也算是意外之喜了，而你生他已经是两年前的事了。"

"我能行，"玛丽娜转身看着他，慢慢握拳，但他没有看到，"我会看着她出生的。"

一阵沉默。

---

① 公元988年，基辅大公弗拉基米尔受洗成为基督徒，并将基督教定为国教。然而罗斯人仍无法忘怀旧的信仰，因此渐渐形成了"双重信仰"。在民间，"双重信仰"尤其根深蒂固。直到16世纪东正教才开始在人民的信仰意识中占据优势地位，但多神教的神话思想依然存在于俄罗斯的民俗中。——译者注

"玛丽娜，你的母亲是……"

玛丽娜握住他的手站起来。他用一只胳膊搂住她的腰，觉得她身体僵直。

"我不知道，"玛丽娜说，"她有天赋，而我没有。我还记得在莫斯科时，那些贵妇交头接耳地议论她。但这种能力是传承她血脉的女人与生俱来的。奥尔加更多地继承了你的血脉，但这个，"玛丽娜另一只手圈成摇篮形状，好像正抱着个婴儿，"这个不一样。"

彼得把妻子拉得更近些。她温暖的身体靠在他身上，心脏在他胸前跳动。她已经在浴室里洗干净了头发，他能闻到它散发的香味。晚了，彼得想，为什么要杞人忧天呢？女人的职责就是生儿育女。妻子已经为他生了四个孩子，但她肯定还能再生一个。如果孩子有什么奇特之处——好吧，见招拆招吧。

"那么，玛丽娜·伊凡诺芙娜，怀孕时你一定要保重身体。"他说。妻子笑了。她背对火苗，所以他看不清她润湿的睫毛。他抬起她的下巴吻她，她咽喉处的血管怦怦跳动。但她是那么瘦，仿佛脆弱的鸟儿被压在沉重的袍子下面。"上床睡觉吧，"他说，"明天就有羊奶了，母羊会匀出一点。顿娅会为你烤馅饼。为了孩子，你要多吃点。"

玛丽娜贴在他身上。他将她拦腰抱起打了个转，两人仿佛又回到了他向她献殷勤的那段日子。她大笑起来，用胳膊圈住他的脖子。但有那么一瞬，她的目光越过他，盯着火苗，就像她能从火中预见到未来。

***

"这孩子不能要，"第二天顿娅说，"我不管你是怀了个公主，还是怀了个王子，抑或怀了位古老的先知。"黎明到来，冻雨又悄然开始落下，但仍然没打雷。两个女人在火炉边挤作一团取暖，同时就着亮光补衣服。顿娅气哼哼地把针扎回原处。"越快越好。你太瘦了，没力气怀孩子。就算奇迹发生，你能怀孕到生产，最后也过不了那道鬼门关。你已经给丈夫生了三个儿子，自己也有了个女孩，有必要再生一个吗？"在莫斯科时，顿娅就曾是玛丽娜的保姆。玛丽娜嫁到这里，她跟着到这里，又带大了四个孩子，因此说起话来没那么多顾忌。

玛丽娜带着一丝嘲弄的神情笑了。"你这种话，亲爱的顿娅，"她说，"让谢苗祭司听到了会怎么说呢？"

"谢苗祭司又不会死在产床上，对不对？而你，我的小姐……"

玛丽娜低头看着手中的活计，一句话也没说。但她抬头看着保姆眯起的双眼时，脸色惨白如水，顿娅觉得自己能看见她脖子上的血管里蜿蜒的血流。顿娅觉得身上发冷："孩子，你刚才看到了什么？"

"没什么。"玛丽娜说。

"打掉它。"顿娅几乎是在恳求。

"顿娅，我必须生下这个孩子。她会像我妈妈一样。"

"你妈妈！那个穿着破衣烂衫，骑马从森林里走出来的女孩？是谁因为无法适应后宫生活而逐渐变丑？难道你忘了她变成满头白发的老丑婆的样子了？蒙着面纱去教堂？躲在自己的屋子里大吃特吃，直到变得又肥又油腻，两眼无神？你的妈妈！你还想自己的孩子也变成那样吗？"

一通发泄后，顿娅的声音嘶哑得像乌鸦在大叫，因为她一想到那个走进伊凡·卡利塔大殿里的姑娘就感到悲伤。那姑娘迷茫脆弱，但美得让人心疼，好像是上天赐给人世间的神迹。伊凡被迷住了。大公夫人——好吧，也许她曾在他身边找到安宁，至少会有一点吧。但他们让她住在后宫里，给她穿上沉重的锦衣，给她圣像、用人和各种肉食。那种绚丽夺目的光芒，那种使人屏息的容颜一点点褪色。在她真正入土前很久，顿娅就开始为她哀悼了。

玛丽娜苦笑着摇了摇头："不。你还记得从前吗？你总是给我讲故事。"

"许多关于她的魔法和奇迹。"顿娅咆哮道。

"我只继承了她的一点点天赋，"玛丽娜接着说，没有理老保姆，"但我的女儿会比我强。"顿娅很了解她的小姐，能听出她话中的遗憾。

"就因为这个，你要让其他四个孩子失去母亲？"

玛丽娜看着自己的膝盖。"我——不。是的，如果需要这样的话。"她的声音快要听不见了，"但我也可能会活下来。"她抬起头，"向我保证，你会照顾他们的，对吧？"

"亲爱的小姐，我已经老了。我可以向你保证，但如果我死了……"

"他们会好好的。他们——他们必须好好活着。顿娅，我无法预见未来，但我会活着看到她出生。"

顿娅画了个十字，不再说话。

第三章

乞丐和陌生人

十一月的第一阵寒风呼啸而过,摇晃着已落光叶片的枝条。与此同时,玛丽娜开始经历阵痛。婴儿的第一声哭叫飘散在咆哮的风声中。玛丽娜笑着看到女儿降生。"就叫她瓦西丽莎吧,"她对彼得说,"我的瓦西娅。"

黎明时狂风渐渐停息。一片寂静中,玛丽娜轻轻呼出最后一口气,撒手人寰。

妻子下葬那日,雪花如同泪水般不断落下。彼得面如铁石。葬礼进行时,他的小女儿一直在尖声号哭,那精力充沛的恸哭声仿佛咆哮的风再次刮过。

那年冬天,宅子里始终回荡着孩子的哭声。顿娅和奥尔加不止一次对她丧失信心。她瘦得惨不忍睹,脸色苍白,四肢不停舞动。柯利亚不止一次半真半假地吓唬说,要把她扔到屋外去。

但冬天过去了,孩子活了下来。她不再尖叫,喝着农妇们的乳汁长大。

岁月一年年流逝，如同树叶一片片落下。

冬季的某天，天气像她出生那天那么寒冷，玛丽娜的黑发女儿蹑手蹑脚地走进厨房，双手放在炉底石上，伸着脖子向炉膛里看，眼睛闪闪发光。顿娅正把蛋糕从灰烬中挖出来，整栋房子里飘着蜂蜜的甜香。"蛋糕做好了吗，好顿娅？"她把头也伸进炉子里。

"快好啦，"顿娅把那孩子拽回来，免得她的头发被火燎着，"如果你能乖乖地坐在小板凳上，亲爱的瓦西娅，再把你的上衣补完，我就给你一整块蛋糕。"

瓦西娅想吃蛋糕，于是乖乖地走到小板凳那里。一堆蛋糕已经晾在桌上了。它们的外皮是棕色的，还沾着炉灰。孩子打量着蛋糕，发现某块蛋糕碎了个角，里面的颜色仿佛仲夏时的金黄，还微微冒着热气。瓦西娅咽了口唾沫。早餐喝的粥仿佛已经是一年前的事了。

顿娅瞥了她一眼以示警告。瓦西娅一本正经地抿起嘴，开始做针线活。但她上衣的那处裂口太大了，而她又太饿了。即使不考虑这些情况，她本来也不是个有耐心的孩子。她的针脚缝得越来越大，就像老人掉了牙后嘴里留下的豁口。最后瓦西娅再也忍不住了，她把上衣放在一边，慢慢靠近桌上冒着热气的盘子。她的小手臂正好能够得到它。顿娅背对着盘子，正在炉子里掏来挖去。

那女孩仍在慢慢移近，仿佛猫咪鬼鬼祟祟地尾随蚱蜢。接着她猛扑过去，抓起三块蛋糕飞快地塞在亚麻上衣的袖子里。顿娅转过身，正好瞥见了那孩子的脸。"瓦西娅——"她严厉地开口，但被吓到的瓦西娅已经大笑着跨过门槛，跑到天色阴沉的室外。

正是换季的时候，田野上死气沉沉，到处都是庄稼收割后的残株，上面覆盖着雪粉。瓦西娅跑过庭院，一面大嚼蜂蜜蛋糕，一面想着该去哪里躲一阵。她在农民们的小屋间跑下去，穿过栅栏门。天很冷，但瓦西娅毫不在意。她天生不怕寒冷。

瓦西丽莎·彼得罗芙娜是个丑丫头：瘦得像根芦苇，手指细长，脚板宽大，眼睛和嘴大得出奇。奥尔加叫她青蛙，但并没有恶意。这孩子眼睛的颜色像夏天大雷雨中的森林，那张大嘴讲起话来像抹了蜜一样甜。如果愿意，她可以很通情达理而且聪慧。因此每当她犯傻，脑子里又冒出疯狂的念头时，她的家人就会面面相觑，被搞得晕头转向。

收获过的黑麦田边有堆被翻出来的泥土，在零散的积雪映衬下特别显眼。昨天那边还没有这些土，瓦西娅走过去想看看是怎么回事。她一边跑，一边去闻风挟带来的气味，于是她知道夜间会下雪。云层压在树梢，好像湿乎乎的羊毛。

一个九岁的小男孩站在那巨大的坑底，正挖掘冻土。这孩子简直是彼得·弗拉基米罗维奇的袖珍版。瓦西娅走到坑边，探头向下看。

"你在干什么，亲爱的阿廖沙？"她嚼着满嘴的蛋糕问。

她哥哥靠在铁锹上，抬头眯着眼看她。"你觉得呢？"阿廖沙很喜欢瓦西娅，觉得她样样都会，差不多跟个弟弟一样棒。但他比她大近三岁，不能让她觉得可以跟自己没大没小地讲话。

"不知道。"瓦西娅一边说一边嚼蛋糕，"要蛋糕吗？"她有些不舍地把最后一块蛋糕剩下的那半递出去：这块最大，沾的灰也最少。

"给我。"说着，阿廖沙把铲子扔到旁边，伸出一只脏手。但瓦西娅向后退，他够不着她。

"告诉我你在做什么。"她说。阿廖沙怒目而视,但瓦西娅眯起眼,作势要吃蛋糕。她哥哥让步了。

"这是个堡垒,人能住在里面,"他说,"如果鞑靼人来了,我就躲在里面向他们射箭,把他们射成刺猬。"

瓦西娅从未见过鞑靼人,也不太明白需要多大的堡垒才能防备一个鞑靼人。尽管如此,她还是怀疑地看着那个坑:"这不够大。"

阿廖沙翻了翻眼睛。"所以我还在挖呀,你真傻,"他说,"我要把它挖得更大些。现在该给我了吧?"

瓦西娅刚要把那蜂蜜蛋糕递过去,但又迟疑了:"我也想挖这个坑,向鞑靼人射箭。"

"算啦,你不成的。你没有弓,也没有铲子。"

瓦西娅沉下脸。阿廖沙在过第七个命名日[①]时,就得到了自己的刀和一把弓,但她苦苦哀求了一年,在武器问题上还是毫无进展。"没关系,"她说,"我可以找根棍子挖坑,爸爸稍后会送我一把弓的。"

"他才不会。"但瓦西娅把那半块蛋糕递过来,又走开去找棍子,阿廖沙也没表示反对。他们在友好的气氛中一起挖了几分钟,彼此一言不发。

尽管每隔一小会儿,他们中就会有一个跳起来,四下寻找邪恶的鞑靼人,但用棍子挖坑很快就使他们觉得没劲。瓦西娅开始打算说服阿廖沙放弃堡垒的建筑工作,一起去爬树。此时突然有团阴影笼罩在

[①] 命名日是和基督徒本人同名的圣徒纪念日。——译者注

两人头上。那是他们的姐姐奥尔加,她气喘吁吁,怒火中烧。她是从炉火边被人派出来寻找到处乱跑的弟弟妹妹的。她气呼呼地低头看着他们。"泥巴都弄到眉毛上了,顿娅会怎么说呢?还有爸爸——"说到这里奥尔加停下来,而弟弟妹妹们像一对受惊的鹌鹑一样从藏身之处跳出来。阿廖沙比较笨拙,被姐姐从后面揪住了短上衣。

女孩子中,瓦西丽莎称得上四肢细长、行动迅速;而且她觉得如果能安静地吃掉最后一块蛋糕,挨上顿骂也算值得。于是她头也不回,像野兔一样飞窜过寸草不生的田野,开心地尖叫,避开庄稼残株,最后消失在午后的森林中。奥尔加落在后面喘着气,手里仍然揪着阿廖沙的领子。

"你怎么总也抓不住她?"阿廖沙在被奥尔加拖回家去时愤愤地说,"她才六岁。"

"我又不是永生的科谢伊①,"奥尔加粗暴地回答,"而且我没有马,怎么可能跑得赢风?"

他们跨进厨房。奥尔加把阿廖沙扔在炉边。"我抓不住瓦西娅。"她对顿娅说。老太太翻翻眼睛。如果瓦西娅不愿意,那么除了萨沙,几乎没人能抓到她。顿娅把怒火发泄在畏缩的阿廖沙身上。她不顾阿廖沙拼命反抗,在炉边把他剥光,用布(阿廖沙觉得它一定是用荨麻织的)给他搓洗,再给他穿上件干净衬衫。

"要再这样胡闹,"顿娅一边用力搓洗一边咕哝,"我就告诉你爸爸,你知道,如果再有下回的话。他会罚你开春之前一直运货、砍

---

① 俄罗斯魔幻童话中常见的形象,骑着匹会说话的马,永生不死,通常是邪恶力量的象征。——译者注

柴、打扫。再这样胡闹，挖坑，把身上搞得这么脏——"

但她激昂的长篇演说被打断了。阿廖沙的两个高大的哥哥跺着脚走进厨房，浑身散发着烟和家畜的气味。与瓦西娅不同的是，他们不必耍花招儿，而是径直走向蛋糕，每人抓起一个塞到嘴里。"从南方刮来一阵风。"尼古拉·彼得罗维奇，即长兄柯利亚向妹妹说。因为嘴里嚼着东西，他的话含混不清。奥尔加已经恢复平时的镇静，此刻正坐在炉边织毛线。"晚上会下雪，幸亏牲口都回栏了，房顶也修好了。"柯利亚把湿漉漉的冬靴扔到火旁，一屁股坐在凳子上，顺手又抓了块蛋糕。

奥尔加和顿娅打量着那双靴子，脸上带着一模一样的生气表情。带冰碴儿的泥水溅脏了干净的炉膛。奥尔加画了个十字。"如果要变天，明天一半村民都会生病，"她说，"我希望爸爸能在下雪前回来。"她皱起眉头，数着针脚。

第二个小伙子没说话，放下一抱柴火，吞下他的蛋糕，走到门对面角落里的圣像前跪下。现在他画了个十字，站起来，吻了圣母像。"又祈祷呢，萨沙？"柯利亚愉快的声音里带着戏谑，"祈祷雪别下得那么猛吧，还有别让爸爸感冒。"

年轻人耸耸单薄的肩头。他的双眼大而严肃，睫毛又长又密像个姑娘。"我确实在祈祷，柯利亚，"他说，"你也可以自己试试。"他放轻脚步走到炉边，脱下潮湿的袜子。湿羊毛的刺鼻气味与泥土、卷心菜和动物的味道混合在一起。萨沙这一天都和马群待在一起。奥尔加皱了皱鼻子。

柯利亚并不在意弟弟的讽刺。他正检查一只湿透的冬靴，发现毛皮从针脚处脱落了，于是嫌恶地哼了一声，把它扔到另一只旁边。

两只靴子都开始冒水汽。火炉高高耸立在他们头顶。顿娅已经把晚饭要吃的炖菜放了进去；阿廖沙盯着那只锅看，活像等在老鼠洞旁边的猫。

"出什么事了，顿娅？"萨沙问。他进厨房时正好听到她的长篇演讲。

"是瓦西娅。"奥尔加简洁地说。她讲了关于蜂蜜蛋糕和妹妹逃进森林的事。她一边讲，一边编织。沮丧的微笑使她唇边显出酒窝。由于夏天食物充足，她的体态仍然丰满，脸也是圆圆的，非常可爱。

萨沙大笑起来。"好吧，瓦西娅饿了时，自然会回来的。"他把话题转到更重要的事上，"炖的是梭子鱼吗，顿娅？"

"是鲤鱼，"顿娅简短地答道，"奥列格天亮时带来四条鱼。但你那个奇怪的妹妹还太小了，不能在森林里游荡。"

萨沙和奥尔加面面相觑，耸耸肩，什么也没说。瓦西娅自从会走路，就时不时消失在森林里，但总是能在饭点前像猫一般偷偷摸回来，手里捧着松子表示道歉，满脸通红地说下次一定改。

但如果他们错了呢？残阳西坠，将树影拉长，看上去十分怪异。最后彼得·弗拉基米罗维奇拎着只脖子折断的母松鸡也进了家门，瓦西娅还没回来。

***

隆冬的林中一片寂静，树间有厚厚的积雪。瓦西丽莎·彼得罗芙娜为自己的自由感到羞愧，却又有些开心。她骑在冰凉的树杈上，吃着最后半块蜂蜜蛋糕，倾听昏昏欲睡的森林发出的柔和声音。"我知道下雪时你会睡觉，"她大声说，"但你能醒醒吗？看，我有蛋糕。"

她举起最后一丁点儿蛋糕作为证明，停顿了一下，好像在等待对方回答。但没人出现,只有柔和的风摇动树木,发出飒飒的声响。

瓦西娅耸耸肩,把蛋糕屑拍掉,在林中跑着寻找松仁,然而松鼠已经把它们吃光了。而且即使对天生喜欢亲近森林的女孩来说,林子里也太冷了。最后瓦西娅终于"良心发现",掸掉衣服上的冰雪和树皮,打算回家。森林里已经黑下来,短暂的白日结束了,夜晚迅速降临。于是她加快脚步。她会被劈头大骂一顿,但顿娅应该已经把晚饭准备好了。

她走啊走,然后停下脚步,皱起眉头。从那株灰桤木左边穿过去,绕过那棵样子邪恶的老榆树,就会看到她父亲的田地。这条路她已经走过一千次了。然而现在她没见到桤木或榆树,只有黑针云杉和一小块被白雪覆盖的草地。瓦西娅转过身,换个方向。不,这边是苗条的山毛榉,像是亭亭玉立的少女,叶片落尽的枝干瑟瑟发抖。瓦西娅突如其来地觉得不安。她不会迷路,也从没走丢过。森林就像她的家一样,在家里你怎么会迷路呢?一阵风刮过,所有的树都摇晃起来。周围的树她一棵也不认识了。

迷路了,瓦西娅想道。隆冬的夜晚,她在森林里迷路了,而且看天色像是快要下雪了。她再次转过身,试着向另一个方向走。但在摇晃的树木中,她仍然一棵树也不认得。她的眼泪夺眶而出。迷路了,我找不到家了。她想要亲爱的奥尔加或顿娅,想要父亲和萨沙。她想要自己的汤、自己的毯子,甚至是自己的针线活。

一棵橡树隐隐出现在前方,拦住了她的去路。瓦西娅停下脚步。这棵树与众不同。它更大更黑,长满扭曲的树瘤,像个邪恶的老女人,粗大的黑色枝条在风中晃动。

瓦西娅打着哆嗦,蹑手蹑脚地向它走过去。她摸了摸树皮。虽然戴着毛皮手套,她仍能感觉到那种粗糙寒冷的感觉和别的树一样。瓦西娅围着它转圈,仰着脖子看头顶的树枝。然后她低下头,几乎被绊倒。

一个男人如野兽般蜷缩在树下,睡得很沉。她看不见他的脸,因为它被那人的胳膊盖住了。从他衣服的裂口处,她瞥见了冰冷的白色皮肤。他完全不知道她在旁边。

好吧,他不能就这么躺在这里睡觉,从南边来的暴风雪正在逼近。他会死的。而且他也许知道她父亲的宅子在哪里。瓦西娅伸出手想把他摇醒,但又想了想。她改了主意,说:"老大爷,醒醒!月亮升起来之前要下雪的。醒醒!"

良久,那男人一动也不动。但当瓦西娅鼓起勇气,正要把手放上他肩头时,他抽抽鼻子,打了个呼噜,而后抬起脸,一只眼睛对她眨了眨。

瓦西娅畏缩了。他的半边脸很漂亮,但看上去饱经沧桑;另外半边脸布满微微发蓝的伤疤。他有只眼睛是灰色的;另一只却不见了,眼睑也被缝了起来。

那只独眼闷闷不乐地向女孩眨着。男人坐起来,好像要把她看得更清楚些。他瘦削、肮脏,衣衫褴褛。通过他衬衫的破洞,瓦西娅能看见他的肋骨。他开始说话,嗓音坚定而深沉。

"哎呀,"他说,"我好久没见过罗斯女孩了。"

瓦西娅不太明白。"你知道我们在哪儿吗?"她说,"我迷路了。我爸爸叫彼得·弗拉基米罗维奇。如果你能送我回家,他会给你东西吃,还会让你睡在炉边。要下雪了。"

独眼男人突然笑了。他的两颗犬齿比其他牙齿都要长,笑时会在嘴唇上压出两个凹坑。他站起来,瓦西娅发现他个子很高,骨架粗大。"你知道我们在哪儿吗?"他说,"好吧,当然,小姑娘。我会送你回家。但你必须过来帮帮我。"

瓦西娅自从记事起就受大家宠爱,不大会提防人。但她一动也不动。

那只灰眼睛眯起来。"什么样的小姑娘会一个人到这里来?"他把声音放得柔和了些,"这样一双眼睛,我快想起来了……好吧,到这里来。"他用哄小孩的声调说,"你爸爸会担心的。"

他低下头,灰色的眼睛盯着她。瓦西娅皱着眉头,向他走了一小步,接着又走了一小步。他伸出一只手。

突然传来蹄子踩在积雪上的咯吱声,还有马的喷鼻声。独眼男人畏缩了。瓦西娅蹒跚着退后,远离那只伸过来的手。男人跌倒在地,惶恐不安。一人一马踏进这片林间空地。那是匹白色的高头大马,马背上的骑手跳下地。瓦西娅发现他身材高挑,骨骼粗大,双颊和喉咙处的皮肤绷得特别紧。他穿着件沉重的皮袍,蓝色的眼睛闪闪发光。

"出什么事了?"他问。

那衣衫褴褛的人畏畏缩缩。"不关你的事,"他说,"是她来找我的,她是我的。"

后来者冷冷地看了他一眼,声音在空地中回荡:"是吗?睡吧,梅德韦季①,现在是冬天。"

尽管很不情愿,那人还是再次回到橡树根之间的那块地方,灰色的眼睛变得蒙眬。

---

① "梅德韦季"是俄语中的"熊"。——译者注

那骑手转向瓦西娅。瓦西娅慢慢后退,看上去好像下一秒就会逃之夭夭。"你是怎么到这儿来的,小丫头?"那男人说,语速很快,声音威严。

泪水沿着瓦西娅的脸颊流下。独眼男人那贪婪的脸把她吓坏了,而面前这个男人那暴躁而不耐烦的神情也使她害怕。但他的目光中有什么东西,让她止住了抽泣。她抬眼看着他。"我叫瓦西丽莎·彼得罗芙娜,"她说,"我爸爸是列斯纳亚辛里亚①的领主。"

他们对视片刻,瓦西娅那刚刚鼓起的勇气又消失了,猛地转身冲出去。陌生人没打算跟着她。但那匹牝马来到他身边时,他转过头来,与她互看了很长时间。

"他越来越强大了。"那男人说。

牝马摇了摇一只耳朵。

她的骑手没再说话,但又朝那孩子逃跑的方向扫了一眼。

***

跑出橡树林的阴影后,瓦西娅才发现天黑得这么快,吓了一跳。在那棵树下一直是模糊的薄暮,但现在外面已是黑夜。夜色阴沉,空气中充满要下大雪的气息。森林里到处是火把,还有男人们焦急的喊声。瓦西娅对此毫不在意,因为她再次认出了那些树,她现在唯一想要的就是奥尔加和顿娅的怀抱。

一匹马从夜幕中飞奔过来,马背上的骑手并没有拿火炬。那匹牝马比骑手早一瞬看到瓦西娅,于是刹住脚步,猛地用后腿人立起来。

---

① 列斯纳亚辛里亚意为"森林密布之地"。

瓦西娅滚到一边，手上的皮都蹭破了。她把拳头塞进嘴里，免得自己大叫出来。骑手用她熟悉的声音喃喃地诅咒。下一秒，她就被哥哥搂在怀里。"亲爱的萨沙，"瓦西娅抽泣起来，把脸埋在他的脖颈里，"我刚才迷路了。森林里有个男人。两个男人。还有匹白马，一棵黑色的树。我好怕。"

"是什么人？"萨沙问，"在哪里？你受伤了吗？"他把她推远些，从头到脚摸了一遍。

"没有，"瓦西娅颤着嗓子说，"没有，我就是觉得很冷。"

萨沙什么也没说；尽管他轻轻地把她抱上马，但她还是能感觉到他的怒气。他翻身上马，坐在她后面，把她裹在自己的斗篷里。重获安全的瓦西娅把脸贴在那精心养护的佩剑皮带上，慢慢止住哭泣。

萨沙通常很能包容小妹妹：她常跟着他，试图举起他的剑或拉他的弓弦。他甚至纵容她，给她一截蜡烛，或者一把榛子。但现在，恐惧使他怒不可遏。他们骑马回去的路上，他一句话也没跟她说。

他四处喊叫，渐渐地，瓦西娅获救的消息在人群中传开了。如果下雪前人们没找到她，她可能会在夜里死去，等到春风把积雪吹化，解开那白色裹尸布时，人们才会发现她——如果她还能被发现的话。

"小傻子，"萨沙喊完后咆哮道，"你是怎么想的？从奥尔加那里逃跑，藏在森林里？你以为自己是个林妖吗，还是忘了现在是什么季节了？"

瓦西娅摇着头。她现在浑身打哆嗦，牙齿直打架。"我想把蛋糕吃掉，"她说，"但我迷路了。我找不到那棵榆树了。我在橡树下遇到个男人。两个男人。还有一匹马。然后天就黑了。"

萨沙的眉头在她的脑袋上方皱起来。"跟我说说那棵橡树。"

他说。

"是棵老橡树，"瓦西娅说，"树根拱起老高。而且只有一只眼。我是说那个男人，不是说树。"她抖得更厉害了。

"好吧，现在别想这个了。"萨沙说，催着那匹疲倦的马快跑。

奥尔加和顿娅在门槛处迎接他们。那位善良的老太太脸上全是泪水，而奥尔加脸色惨白，像是神话里的冰雪少女。她们用耙子把炉子里所有的煤都扒出来，把水倒在滚热的石头上，水汽蒸腾。瓦西娅被粗鲁地剥光衣服，塞进炉口取暖。

她一出来，就受到劈头盖脸的责骂。

"偷蛋糕，"顿娅数落道，"从你姐姐那里逃跑。你怎么能这样吓唬我们，亲爱的瓦西娅？"她边哭边说。

瓦西娅的眼睛快睁不开了，心里悔不当初。她喃喃道："对不起，顿娅。对不起，对不起。"

她们用可怕的芥子油给她搓身子，用桦树条快速地抽打她的身体为她活血。然后她们把她裹在羊毛毯里，包扎她磨掉了皮的手，又给她灌汤。

"你真是太顽皮了，瓦西娅。"奥尔加说。她捋顺妹妹的头发，把她抱在自己膝上。瓦西娅已经睡着了。

"今晚就这样吧，顿娅。"奥尔加又说，"很快天就亮了，明天我们可以跟她好好谈谈。"

瓦西娅被放在炉顶的床上，顿娅躺在她旁边。

妹妹终于睡着了，奥尔加也无力地坐在炉火旁。她的父亲和兄弟们坐在角落里，用勺子舀着炖菜，脸上怒气冲冲的表情看起来一模一样。"她会没事的，"奥尔加说，"我想她不会着凉的。"

"但大家从炉火边走开去找她,其中任何一个都可能着凉。"彼得厉声说道。

"或者我会。"柯利亚说,"我一整天都在修理爸爸的屋顶,晚上只想回家吃饭,而不是举着火把骑一夜的马。明天我非揍她不可。"

"就这样吗?"萨沙冷冷地反唇相讥,"她以前就被揍过。男人的职责不包括教训丫头片子,这是女人的活儿。顿娅老了,奥尔加很快要嫁人了,之后老太太就得独自抚养这孩子了。"

彼得什么也没说。自从六年前埋葬了妻子,有很多女人乐于接受他的求婚,但他再未有过续弦的想法。然而女儿把他吓坏了。

柯利亚上床睡觉后,他和萨沙一起坐在黑暗中,盯着圣像前烧得越来越短的蜡烛。彼得说:"你们愿意看到妈妈被遗忘吗?"

"瓦西娅根本不记得她,"萨沙回答,"但一个通情达理的女人——不是姐姐或善良的老保姆——会对她的成长有好处。我们很快就要管不住她了,爸爸。"

长长的静默。

"妈妈去世,不是瓦西娅的错。"萨沙低声补充道。

彼得什么也没说。萨沙站起来,向父亲鞠了一躬,吹熄了蜡烛。

第四章

莫斯科大公

第二天，彼得把女儿用鞭子抽了一顿。虽说打得不重，可她号啕大哭。父亲禁止她离开村子。至少这次这个命令执行起来毫不困难，因为她果然像大家威胁的那样得了感冒，还总是做噩梦。在梦中，她又回到了那片林中空地，见到了独眼男人、马和那个陌生人。

萨沙没把这事告诉任何人，而是亲自去森林西边搜索，寻找那个独眼男人以及那棵树根拱起老高的橡树。但二者他都没找到。随后大雪连下三天，没人能出门。

像在以往冬天里一样，大雪封门，于是他们又开始终日吃吃睡睡，再昏昏沉沉地做些家务琐事。某个严寒刺骨的傍晚，彼得坐在凳子上打磨白蜡木，想做把斧柄。他的脸坚硬如岩石，因为他再次想起了那个巴不得能忘记的场景。"照顾好她，"玛丽娜多年前曾说，当时她那美丽的脸庞已现出死灰色，"我选她，她很重要。亲爱的彼得，答应我。"

悲伤的彼得当时答应了她。但妻子随后放开他的手，躺回床上，目光越过他看向更远处的某个地方。她又笑了一下，笑容温柔而充满欢喜，但彼得认为她这一眼并不是在看自己。她再也没说话，在黎明前的黑暗中咽了气。

然后，彼得想道，他们挖好墓穴准备安葬她，而且女人们试图阻止我进入她去世的那个房间，我对她们大吼。是我自己闻着她身上的血腥味，亲手给她冰冷的尸体裹好殓布，也是我亲手把她放进墓穴里的。

那个冬天，他的女儿一直在尖声哭泣，而他看到那婴儿的脸时也觉得受不了——因为她的母亲选择了她，而非他自己。

好吧，现在他必须赎罪。

彼得眯起眼睛看那斧柄。"河流封冻时，我要去趟莫斯科。"他对沉默的家人说。

屋里爆发出一片惊叹。瓦西娅正在发烧，又喝了热蜜酒①，本来就昏昏欲睡。现在她紧张地尖叫起来，把头从炉子那边伸出来。

"去莫斯科，爸爸？"柯利亚问，"再去一次？"

彼得抿抿嘴。玛丽娜去世后的那个寒冷的冬天他去过莫斯科。玛丽娜同父异母的哥哥伊凡·伊凡诺维奇当时是大公。为了家族，彼得要尽可能维持他们之间的关系。但他没有带女人回来，无论当时还是以后都没有。

"这次你打算结婚。"萨沙说。

---

① 蜜酒是由水和蜂蜜混合发酵酿成的酒。

彼得胡乱点点头。家人们盯着他看，他仿佛能感觉到他们目光的重量。外省女人很多，但只有娶莫斯科的小姐，才意味着与高门大户的联姻和财富。伊凡不会永远体谅自己鳏居的前妹夫，而且为了小女儿着想，他需要再娶。但是……玛丽娜，我真是个傻瓜，之前竟然认为自己过不了这关。

"萨沙和柯利亚，你们跟我一起去。"彼得说。

儿子们高兴得满脸放光。"去莫斯科吗，爸爸？"柯利亚问。

"如果一切顺利，我们驾雪橇上路，两周后就能到，"彼得说，"你们可以在路上帮我。而且你们从没进过宫，应该在大公面前露个脸。"

厨房里顿时嚷成一片。男孩子们快活地惊叹，瓦西娅和阿廖沙也大声要求一起去。奥尔加讨要珠宝和漂亮的布匹。大一些的男孩沾沾自喜地反驳。就在争论、恳求和猜测中，那个傍晚过去了。

***

仲冬后，连下三场大雪，地上厚厚的积雪冻得很坚硬。最后一场雪后，遍地青霜。人们觉得呼吸的气息都冻在鼻腔里，弱小的生命一夜之间就可能消逝。这意味着路上可以走雪橇了。雪橇之路沿着冻成镜面的河流，以及条条覆盖着闪光积雪的道路伸展。那些道路在夏天时尘土飞扬，随处散落着折断的车轴。男孩们看着天空，感觉到霜冻即将来临，开始在宅子里踱来踱去，给自己满是油污的靴子上油，再次磨他们锋利的矛尖。

最后，出发的日子终于到了。彼得和儿子们在黑暗中起身，天刚亮就来到前院。男人们已经聚集在那里，被黎明时的寒冷冻红了脸。马儿们正在跺脚，喷出大团白气。有个男人已经为彼得那匹坏脾气的蒙古牝马梅泰尔①装上马鞍，正紧紧抓住它的笼头，指关节因为用力而泛白。彼得给了自己迫不及待的马一记耳光，躲过它猛地咬来的一口，翻身上马。他的随从感激着后退，喘着粗气。

彼得一半的注意力放在那匹脾气难以捉摸的马上，另一半注意力则放在周围乱哄哄的场面上。

马厩前的空地上挤满了人、牲畜和雪橇。毛皮堆在一箱箱蜂蜡和蜡烛边。装满蜜酒和蜂蜜的罐子挨挨挤挤，与干粮争抢空间。柯利亚正指挥给最后一辆雪橇装货，他的鼻子被早晨的寒气冻得通红，黑眼睛和母亲的一样。女用人们在他走过时会咯咯地笑起来。

篮子"嘭"一声落在雪橇马的蹄边，溅起一团雪雾。那头牲畜吓得向前斜冲出去。柯利亚跳开，彼得向前冲去，但萨沙赶在他们前面，像只猫一样跳下牝马，瞬间抓住马笼头，在它耳边说话。那匹马立定脚步，看上去很不好意思。彼得看着萨沙指指点点，说了些什么。男人们赶紧过来拉住马缰，拎起那捣乱的篮子。萨沙又说了些什么，咧嘴一笑。他们一起哈哈大笑。那男孩再次上马。他的骑术比兄弟们都要好，他与马之间的亲密感是天生的，而且他佩剑的样子非常优雅。一位天生的战士，彼得想，也是一位领袖。玛丽娜，儿子们都很优秀，我真幸运。

奥尔加跑出厨房门，瓦西娅小跑着跟在后面。女孩们身上的绣花萨拉芬②在雪地里分外醒目。奥尔加两手拎着围裙，里面兜着一大堆

---

① 梅泰尔意为"暴风雪"。

② 这是一种看起来像套头衫或围裙的肩带连衣裙，可以穿在长袖上衣外面。事实上，这种服饰直到15世纪早期才开始流行。我在小说中使它提前问世，因为对西方读者来说，这种典型的俄罗斯服饰能唤起他们对童话里的俄罗斯的回忆。

刚出炉的深色软面包,上面还冒着热气。柯利亚和萨沙已经凑过来。瓦西娅的二哥吃面包时,她去扯他的斗篷。"我为什么不能去,好萨沙?"她说,"我会为你做晚饭的,顿娅做给我看过。我也能跟你骑一匹马,我个头儿够小。"她双手紧拉住他的斗篷不放。

"今年不行,小青蛙,"萨沙说,"你还小,太小了。"看着她悲哀的双眼,他跪在她旁边的雪地里,把剩下的面包塞在她手里。"多吃点,好长得强壮些,小妹妹①,"他说,"这样你就可以出门了。上帝保佑你。"他摸摸她的头,再次跳上那匹棕马米什②的背。"亲爱的萨沙!"瓦西娅哭叫道。但他走开了,迅速向人们发令,把最后一辆大车要拉的货物装完。

奥尔加抓住妹妹的手用力拖。"来吧,亲爱的瓦西娅。"她说,因为那孩子正拖着脚步慢慢地走。女孩们跑向彼得。最后一条面包正在奥尔加的手里慢慢变冷。

"一路平安,爸爸。"奥尔加说。

我的奥尔加可真不像她妈妈,彼得想,虽然长得像。玛丽娜是笼中的鹰。奥尔加要温顺得多,我会为她定一桩美满的婚事。他低头对女儿们微笑。"上帝保佑你们俩,"他说,"也许我会为你带回一个丈夫,亲爱的奥尔加。"瓦西娅好像在低声嘟哝;奥尔加脸红红地笑起来,几乎把面包掉在地上。彼得及时弯腰抓住了它,心中暗自庆幸。她已经切开面包外皮,把蜂蜜舀进去,让它在余热中融化。他咬下一大块,满心喜悦地咀嚼。他的牙齿还很好。

---

① 俄语里称"sestryonka",可用来称呼自家姐妹。
② 米什意为"老鼠"。

"还有你,瓦西娅,"彼得严厉地加了一句,"跟姐姐在一起,别往远处走。"

"好的,爸爸。"瓦西娅说,但她看上去很渴望骑马。

彼得用手背擦擦嘴,看着眼前乱哄哄的人群慢慢集合就位。"再见,我的女儿们,"他说,"我们走啦。小心雪橇。"奥尔加点点头,还有些留恋。瓦西娅根本没点头,一脸不满。人们异口同声地大喊,鞭子被甩得啪啪响,随后他们上路了。

在他们身后,奥尔加和瓦西丽莎孤零零地站在前院里,听着大车上的铃铛叮当作响,直到车队消失在晨光中。

***

一行人路上被耽搁了好久,但没有遇到大麻烦。两周后,彼得和他的儿子们抵达莫斯科城郊。莫斯科位于莫斯科河[①]边,熙熙攘攘,是个繁华的贸易中心,发展极快。他们先闻到这个城市的气味,又过了很久才亲眼见到它。城市四周烟雾缭绕,仿佛那里有一万个火堆正在冒烟。他们看见灿烂的圆顶从烟雾中浮现,翠绿、绯红和钴蓝色交相辉映。最后他们看到了城市本身:它欣欣向荣,而又污秽卑劣,就像双脚肮脏的漂亮女人。高大的金色塔楼凌驾于绝望的穷人之上,难以捉摸的镀金神像看着这一切,而王公和农民的妻子们走过去,吻它们那坚硬的脸,同时祈祷。

街面上到处是雪和泥,无数只脚踩进去又拔出来。乞丐的鼻子在冬天冻得发黑,他们抓住男孩们的马镫不放。柯利亚把他们踢开,

[①] 莫斯科河即俄罗斯西部奥卡(Oka)河左岸支流,是莫斯科市重要的水源。——译者注

但萨沙紧握他们肮脏的手。街道盘来绕去,不断分岔。他们慢慢前进,走了很久,直到冬天的红日西斜。最后,这队疲惫不堪、身上溅满了泥的旅行者走进一扇厚重的大木门。这扇门的门板上有青铜箍,上面耸立着高高的塔楼。十二位长枪兵正注视着马路,墙头上还有弓箭手。

他们冷冷地看着彼得、雪橇队和他的儿子。但彼得把一罐好蜜酒递给队长,他们的表情马上就缓和下来。彼得先向队长又向其余士兵躬身施礼。警卫挥手让这队人马通过,还齐声向他们问候。

克里姆林里面是座市镇,有宫殿、小屋、马厩、铁匠铺和数不清的建到一半的教堂。虽说原始墙体是由双倍厚度的橡木建成的,但岁月已将原木侵蚀成碎片。玛丽娜同父异母的哥哥、大公伊凡·伊凡诺维奇已经派人建起更厚实的墙来代替它们。臭烘烘的黏土糊在木头上,算是聊胜于无的防火措施。到处都有木匠大叫,掸去胡子上的木屑。仆人、牧师、波雅尔、警卫和商人们转来转去,吵吵闹闹。鞑靼人骑着骏马,与俄罗斯商人挤在一起,指挥满载货物的雪橇。只要有点借口,他们就会向对方大喊大叫。柯利亚呆呆地看着这乱哄哄的人群,高昂起头掩饰自己的紧张。他只要碰碰缰绳,马就会突然抖动一下。

彼得之前来过莫斯科。他专横地下令为马找到马厩,再把大车也安排好。"去照看马,"他对手下最稳妥的奥列格说,"别离开它们。"到处都是游手好闲的仆人、眯着眼的商人和服饰华丽粗俗的波雅尔。转眼间一匹马就会消失,永远也找不回来。奥列格点点头,粗糙的指尖抚弄着长刀的刀柄。

他们事先已经派人通报。信使在马厩外与他们见面。"大公宣召

"您觐见,我的主人,"他告诉彼得,"大公正在用餐,向他来自北方的妹夫致意。"

从列斯纳亚辛里亚到这里的路途可不短。彼得满面风尘,浑身瘀伤,疲惫不堪,还觉得很冷。"很好,"他简短地说,"我们马上去。别管它了。"最后一句是对萨沙说的,那年轻人正从马的蹄子上剔出一块块冰。

他们用冰冷的水洗去脸上的尘土,穿上厚厚的土耳其式羊毛长袍,戴上油光水滑的貂皮帽,解下佩剑放在一边。这座城镇同时也是要塞,教堂和木建宫殿混在一起,地上的淤泥和垃圾搅成一堆,空气中的烟味熏得人难受。彼得快步跟在信使身后。在他后面是萨沙,眯着眼打量那些镀金的圆顶和彩绘塔楼。柯利亚几乎同样谨慎,但他的目光更多地落在那些骏马,以及马上骑手佩带的武器上。

他们穿过双扇橡木门,走进大厅。里面挤满了男人和狗,宽大的餐桌被丰盛的美食压得不停呻吟。大厅的另一端,在高高的雕刻宝座上,坐着个发色鲜明的男人,正撕咬面前油汪汪的肘子。

伊凡二世被人称为"美男子伊凡"。他年纪不小了,也许已经三十岁。之前的大公是他的哥哥谢苗,但谢苗和其子女在某个夏天全部死于瘟疫——真是令人悲痛。

莫斯科大公确实俊美。他的金发闪闪发光,如同颜色最浅的蜂蜜。女人们像蜜蜂一样,围着这位金发大公打转。他也是个好猎人,擅长指挥猎犬、驾驭马匹。他的餐桌被一头裹着香料的巨大烤野猪压得嘎吱作响。

彼得的儿子们咽了口唾沫。在寒冷的冬天长途跋涉两周后,他们早已饥肠辘辘。

彼得大步穿过宽广的大厅，身后跟着他的儿子们。人们从四面八方向他们行注目礼——有人在盘算什么，也有人是纯属好奇。但大公并没从食物上抬起头来。大公所坐的高台后，有座足以烤熟一头牛的壁炉，里面的火熊熊燃烧，在伊凡的脸上投下阴影，却为客人们的脸镀上一层金色。彼得和他的儿子来到台前，停下脚步，弯腰施礼。

伊凡用刀尖挑起一大块猪肉，黄色的胡须染上了血。"彼得·弗拉基米罗维奇，对吧？"他一边慢慢说，一边咀嚼，用藏在阴影里的双眼从头到脚打量他们，"那个娶了我异母妹妹的人？"他咽下一口蜜酒，"愿她安息。"

"正是在下，伊凡·伊凡诺维奇。"彼得说。

"见到你很高兴，妹夫。"大公说，把一根骨头丢给椅子边的那条恶狗，"是哪阵风把你从那么远的地方吹来的？"

"我想把我的儿子们引见给您，大公，"彼得说，"您的外甥们很快就要到成家的年纪了。而且如果上帝允许，我也打算为自己找位太太，这样我最小的孩子就有母亲了。"

"这想法很好。"伊凡说，"这些都是你的儿子吗？"他把目光投向彼得后面的年轻人。

"是的，这是尼古拉·彼得罗维奇，我的长子，这是次子亚历山大。"柯利亚和萨沙走上前来。

就像刚才打量彼得一样，大公也用意味深长的目光把两个年轻人审视一番。他的目光停留在萨沙身上。这男孩刚刚长出胡楂儿，骨架也未发育完全。但他轻松地站在那里，灰色的眼睛透出坚定的神情。

"我的外甥们，见到你们很高兴。"伊凡仍然盯着彼得的次子看，"你，小伙子，你很像你妈妈。"萨沙大吃一惊，弯腰施礼，一言不发。静了一刻，伊凡更大声地补了一句："彼得·弗拉基米罗维奇，欢迎来到我的家，来到我的餐桌前。直到你办完所有正事，这里都随时欢迎你。"

大公突然低下头，继续吃烤肉。三人被打发走，在那张高高的桌子旁找到了三个被匆忙腾出的座位。柯利亚不需要鼓励，因为滚烫的肉汁还在顺着烤猪的两肋向下流。馅饼里露出奶酪和干蘑菇。圆圆的待客面包躺在桌中央，旁边则是大公的上好灰盐。柯利亚马上埋头大吃特吃，但萨沙停了下来。"爸爸，大公刚才用那种眼光看我，"他说，"就好像比我自己更清楚我在想什么。"

"能活下来的王公都这样，"彼得取了片冒着热气的馅饼，"他们有那么多兄弟，所有人都渴望能再得到一座城池，或更丰厚的战利品。如果他们看人不准的话，早就死了。提防活着的人，小子，因为他们很危险。"说完，他就开始专心吃馅饼。

萨沙皱起眉头，他让人给自己的盘子里装满食物。这一路上，他们没完没了地吃奇怪的炖菜，还有坚硬的薄饼。多亏偶尔一两次沿途领主的款待，他们才能吃得好一些。大公的餐桌上摆满美食，于是他们放开肚皮，直到再也吃不下为止。

随后，有人为他们安排了三个房间，里面冷飕飕的，到处是虱子和跳蚤。但他们累得根本顾不上这些。彼得盯着人把大车安顿好后，又指派手下人守夜。随后他倒在那张高高的床上，转眼就沉沉睡去，梦也没做一个。

第五章

马科维兹山上的圣人

"爸爸,"萨沙激动得发抖,"祭司说莫斯科北边有位圣人,就在马科维兹山上。他建了座修道院,已经收了十一位门徒。他们说他能跟天使谈话,每天都有好多人去求他祝福。"

彼得咕哝了一声。他已经在莫斯科待了一周,捏着鼻子到处拍人马屁,最近的一回就是刚刚对那位鞑靼使者——一位"八思哈"①拍的。金帐汗国建立了萨莱②,一座到处是奇珍异宝的城市,从那里来的人自然不会把某位北方领主那微不足道的孝敬放在眼里。但彼得固执地把毛皮塞进他怀里,人们抬着堆积如山的狐皮、白貂皮、兔皮和黑貂皮,在使者那精明的目光下走过。最后他不再摆架子了,还貌似

---

① "八思哈"是蒙古人的征税官,13世纪蒙古征服俄罗斯后由突厥人出任。——译者注
② "萨莱"源自波斯语中的"宫殿"一词,是金帐汗国的首都,最初建在伏尔加河下游,后稍微北迁。罗斯的大公们会去这里朝拜,请求可汗赐其封授权。在中世纪它曾经是世界最大的城市之一,人口超过50万。

友好地谢过彼得。这些毛皮在可汗的王庭，或是再往南走的拜占庭都可以换回不少金子。这是值得的，彼得想，总有一天我会很高兴能在征服者中交上个朋友。

彼得穿着那件有金丝装饰的华丽礼服，疲倦不堪，汗流浃背。但他还不能休息，因为他的次子正情绪激昂地讲述那位圣人的故事。

"圣人可不少见。"彼得对萨沙说。他突然开始向往安宁的生活，还有家常饭菜。莫斯科人喜欢拜占庭式的烹饪方法，而用这种方法烹饪的俄罗斯食材搞得他的胃很不舒服。今晚又有宴会，他还要去跟别人周旋。他仍然在为自己寻找妻子，为奥尔加物色丈夫。

"爸爸，"萨沙说，"我能不能去那座修道院看看呢？"

"我的萨沙，在这座城市里，你随手扔块石头，都会打中一座教堂，"彼得说，"还有必要浪费三天时间，骑马去找另一座吗？"

萨沙撇撇嘴："在莫斯科，祭司们只关心自己的地位。他们吃肥肉，还向那些可怜人说教，鼓励他们安于贫困。"

这倒是真的。然而，虽说彼得对他的子民来说是位好领主，但他心里缺乏那种虚幻的正义感。他耸耸肩："你那位圣人可能也一样。"

"就算一样，我也想亲眼看看。求您了，爸爸。"萨沙的眼睛是灰色的，但他从其母亲那里继承了黑眉毛和长睫毛。它们垂下去，使他瘦削的脸庞现出古怪的纤弱之感。

彼得考虑了一下。走远路是很危险，但从莫斯科往北的道路交通繁忙，情况还算可以，而且他也不想养出个胆小的儿子。"带五个人，再带两打蜡烛，算是你的见面礼。"他同意道。

男孩的脸色亮了起来。彼得闭紧嘴。玛丽娜躺在坚硬的地面下，已化为枯骨,但他在她脸上见过同样的表情。那一刻,她的灵魂如同火光,照亮她的脸庞。

"谢谢您,爸爸。"说完,男孩冲出门跑了,轻盈得像只鼬鼠。彼得听到他在宫殿前的院子里大叫手下人,让他们牵马来。

"玛丽娜,"彼得低声说,"谢谢你为我生了这么好的儿子。"

***

谢尔盖圣三一修道院[①]突兀地立在荒野里。尽管来来往往的朝圣者用双脚在积雪覆盖的森林中踩出了一条小路,但两边的树木仍紧挨在一起,使朴素的教堂木钟楼相形见绌。此情此景使萨沙想起了故乡列斯纳亚辛里亚的小村庄。修道院周围有许多小木屋,好像坚固的栅栏。空气中弥漫着烟雾和烤面包的气味。

首席侍从奥列格骑马走在他身边。"我们这些人不能全都进去。"萨沙勒住马缰说。

奥列格点点头。全体下马,马嚼子叮当作响。"你,还有你,"奥列格说,"警戒道路。"

被挑中的人站在那条小路边,松开马肚带,开始找柴火。其他人从一扇窄门的两根立柱中间穿过——这门没上门闩。高大的树木把浓黑的阴影投到原木建成的小教堂上。

一个瘦削的男人从门口探出身来,擦掉手上的面粉。他个子并不是很高,年纪也不是很大,鼻子宽宽的,大眼睛水汪汪的,仿佛森林里绿褐色的水潭。他穿着件修士的粗布长袍,上面沾着面粉。

[①] 圣三一修道院是俄罗斯最重要的修道院,也是俄罗斯东正教的精神中心,位于莫斯科东北方向约71千米。——译者注

萨沙认出了他。无论这位修士穿乞丐的破衣烂衫,还是穿主教的袍服,萨沙都能认出他。男孩跪在雪地上。

那修士突然停下来:"哪阵风把你吹来的,我的孩子?"

萨沙几乎不敢抬头。"请您祝福我,巴图席卡①。"他勉强挤出一句话。

那修士挑起一条眉毛:"你不必这样称呼我,我还没受神职。我们都是上帝的孩子。"

"我为祭坛带来了蜡烛。"萨沙结结巴巴地说,仍然跪着没起来。

一只瘦削黝黑,因劳动而变得坚硬的手伸到萨沙肘下,扶他站了起来。这两人几乎一样高。虽然男孩的肩膀更宽,但他还未发育完全,瘦得像匹小马。"在这里,我们只需向上帝下跪,"修士说,细看萨沙的脸,"我正在做今晚要用的圣餐面包,"他突然补充说,"进来帮帮我吧。"

萨沙点点头,一言不发,挥手让侍从们退下。

厨房很简陋,被炉子烤得热烘烘的。他们把面粉、水和盐混在一起,揉成面团,再把面包放在灰烬里烤。两人默默地干了一会儿活儿,但这种沉默令人轻松,气氛使人心平气和。修士温和地提出问题,那男孩甚至没意识到有人在向自己提问。他还不习惯这个活儿,显得有点笨拙。他一边摊开面团,一边讲述自己的来历:他父亲的地位,他母亲的离世,他们赴莫斯科的旅程。

---

① "巴图席卡"意为"小神父",是对东正教神职人员的敬称。

"然后你就来到了这里。"那修士帮他讲完最后一句话,"你在找什么呢,我的孩子?"

萨沙张开嘴,又合上了。"我——我不知道,"他承认,觉得脸上发烧,"找某种东西吧。"

令他惊讶的是,那修士大笑起来:"那么,你想留在这儿吗?"

萨沙只能盯着他看。

"我们在这儿的日子很艰苦,"那修士接着说,越来越严肃,"你得自己建房子、种菜、烤面包,如果需要的话还要帮助你的兄弟。但这里很安宁,远离红尘中的一切。我看你已经能感觉到了。"看到萨沙仍然目瞪口呆,他说:"是的,是的,许多朝圣者来到这里,其中有不少人请求留下。但我们只接纳那些不知道自己正在追寻什么的人。"

"好的,"萨沙最后慢慢地说,"好的,我愿意留下,非常愿意。"

"很好。"说完,谢尔盖·拉多涅日斯基继续烤面包。

***

他们快马加鞭赶回莫斯科。奥列格觉得小主人那种热忱的表情不太对劲,于是紧紧跟在萨沙身边,决心要和彼得谈谈。但小主人抢在他之前去找自己的父亲。

他们踏着稍纵即逝的火烧云进城,城中教堂和宫殿塔楼仿佛贴在那紫红的天幕上的剪影。萨沙把浑身冒热气的马留在院子里,立刻跑去楼上父亲的房间,看见父亲和哥哥正在穿衣服。

"很高兴见到你,亲爱的弟弟,"当萨沙进来时,柯利亚说,"你在教堂里的事都办完了吗?"他宽容地瞥了萨沙一眼,又把注意力转到自己的衣物上。他伸出舌头,把黑貂皮的帽子戴在黑发上,摆出个风流造型。"好吧,你回来的正是时候。把这身臭味洗掉,今晚我们要去参加宴会,那家人可能会请爸爸要娶的那位女士出来。她已经成年啦,我有可靠消息,还有个讨人喜欢的……什么,萨沙?"

"谢尔盖·拉多涅日斯基问我要不要加入他在马科维兹山上的修道院。"萨沙提高声音,把刚说的话又重复一遍。

柯利亚看上去一脸茫然。

"我想做修士。"萨沙说,终于引起了他们的注意。彼得正在穿那双红跟靴子。他突然转过身盯着自己的儿子,几乎绊了一跤。

"为什么?"柯利亚带着深深的恐惧大喊。萨沙咬紧牙关,不想用尖刻的话语去扫哥哥的面子,他知道后者已经勾搭了宫里一大群的女用人。

"我要把毕生献给主。"他居高临下地告诉柯利亚。

"看来你那位圣人真是很有影响力。"彼得说,而这时被吓呆的柯利亚还没回过神儿来。彼得保持身体平衡,拉上第二只靴子,用的力道也许比平常稍大些。

"我——是的,他确实给我印象很深,爸爸。"

"很好,你可以做修士。"彼得说。

柯利亚张开嘴。彼得放下脚站起来。他的土耳其长袍是赭石和铁锈色的,手上戴着不止一枚金戒指,在烛光下发亮,头发和胡须已经用芬芳的油膏梳理过。他看上去仪表堂堂,很不自在。

萨沙盯着父亲看。他本来以为要花很长时间才能说服父亲。

"两个条件。"彼得补充道。

"您讲。"

"第一条,你可以在明年秋收时进那位圣人的修道院,但在此之前你不能再去见他,这样你就有一年时间来反思。第二条,你必须记住:如果你去做修士,该你继承的那份遗产就会分给你的兄弟。除了信徒的供养,你将一无所有。"

萨沙艰难地吞了口唾沫。

"可是,爸爸,如果我能再次见到他——"

"不行。"彼得不容反驳地打断他,"如果你愿意,你可以出家,但你的脑子要清醒,不要被哪个隐士煽动得昏了头。"

萨沙不情愿地点点头。

"好的,爸爸。"他说。

彼得沉着脸,不再说话,转身大步走下楼梯。他的马正在下面等着他,在渐渐浓重的暮色中打着瞌睡。

第六章

群魔

伊凡·克拉斯尼克只有一个儿子,即莽撞的金发小野猫季米特里·伊凡诺维奇。由君士坦丁堡牧首[①]本人任命的、罗斯地位最高的神职人员、莫斯科都主教[②]阿列克谢负责教导这孩子文化知识和治国才能。有段时间,阿列克谢认为:这项任务要想胜利完成,除非自己能创造奇迹。

季米特里和他的堂兄、年轻的谢尔普霍夫亲王弗拉基米尔·安德列耶维奇已在桦皮纸上辛苦写了三小时。他们不时把纸揉成一团,扔得到处都是。叫宫里的猫坐在这儿注意听讲,阿列克谢绝望地想,可能还要更简单些。

---

① 牧首是早期基督教在一些主要城市如罗马、君士坦丁堡、耶路撒冷、亚历山大和安条克的主教的称号。——译者注

② 都主教是东正教会中的高阶神职人员。中世纪罗斯教会的都主教是东正教在俄罗斯的最高教会权威,由拜占庭牧首任命。

"爸爸！"季米特里大喊，"爸爸！"

伊凡·伊凡诺维奇从门外进来。两个男孩从椅子上跳起来鞠躬，互相推搡。"去吧，孩子们，"伊凡说，"我要和都主教谈谈。"

男孩们一溜烟儿地消失不见。阿列克谢一屁股坐在炉边的扶手椅上，倒了一大杯蜜酒。

"我儿子学得怎么样？"伊凡问，把椅子拖到都主教对面。大公和都主教相识多年。甚至在谢苗去世、伊凡继位之前，阿列克谢就已效忠他了。

"勇敢、公正、富有魅力，轻狂得像只蝴蝶，"阿列克谢说，"他会是一位好大公，如果他能活到那时候的话。您来找我做什么，伊凡·伊凡诺维奇？"

"安娜。"伊凡简洁地说。

都主教皱眉："她的情况更糟了吗？"

"没有，但她也不会好起来了。她年纪越来越大，再在宫里躲起来吓人已经不太合适了。"安娜·伊凡诺芙娜是伊凡第一任妻子留下的唯一孩子。她妈妈已经去世，而她的继母不愿看到她。她走过时，人们会喃喃低语，同时画十字。

"到处都有女修道院，"阿列克谢说，"这事简单。"

"莫斯科的女修道院不行，"伊凡说，"我妻子肯定不同意。她说那女孩如果待在附近，会引人议论的。王室血统传承中，精神失常是个可耻的污点。必须把她送走。"

"如果你愿意，我来安排这事，"阿列克谢厌倦地说，因为他已经为这位大公安排过许多事了，"她可以去南方。找个女修道院的院长，多给点金子，她会带安娜走，而且也不会泄露她的身份。"

"感谢您,都主教。"伊凡说,又倒了些酒。

"但是,我觉得你还有个更大的问题。"阿列克谢又说。

"我的问题多到数不清,"大公大口吞酒,用手背擦嘴,"你指的是哪件?"

都主教用下巴示意门的方向,两位小亲王正是从那里出去的。"年轻的弗拉基米尔·安德列耶维奇,"他说,"谢尔普霍夫亲王,他的家人想让他娶亲了。"

伊凡毫不感兴趣:"早着呢,他才十三岁。"

阿列克谢摇摇头:"他们有个人选,是立陶宛的一位公主,公爵的次女。别忘了弗拉基米尔也是伊凡·卡利塔的孙子,他比你的季米特里年纪还大。如果他长大成人,又有一门得力的姻亲,而你又死得早,他就比你自己的儿子更有权做莫斯科大公。"

伊凡气得脸发白:"大胆!我是大公,季米特里是我儿子。"

"所以呢?"阿列克谢不动声色,"可汗不在乎谁能继承王位,只要符合他的利益就行。能者居之——金帐汗国就是这样保证疆域和平的。"

伊凡思考起来:"那该怎么办呢?"

"让弗拉基米尔娶别的女人,"阿列克谢马上说,"不能是公主,但身份也不能太低,不然就有辱他的地位。那小伙子还年轻,如果新娘长得漂亮的话,他是会上钩的。"

伊凡一边思考,一边喝蜜酒、咬自己的手指。

"彼得·弗拉基米罗维奇名下有富饶的土地,"他最后说,"他女儿也是我的外甥女,肯定有不少嫁妆,估计也是个美女。我妹妹当年就非常美貌,我父亲就是看上这点才娶了她母亲,也不管那女人来到莫斯科时不过是个要饭的。"

阿列克谢双眼放光,揪着自己的棕色胡须。"是的,"他说,"我听说彼得·弗拉基米罗维奇正在莫斯科,也要给他自己找位太太。"

"是的,"伊凡说,"大家听说后都吓了一跳。我妹妹已经去世七年了,谁都没想到他会再娶。"

"好吧。那么,"阿列克谢说,"如果他想续弦,把您女儿嫁他怎么样?"

伊凡有点吃惊,放下杯子。

"这样安娜就会被藏在北方森林里,再稳妥不过了。"阿列克谢说下去,"而且,到那时弗拉基米尔·安德列耶维奇还敢拒绝彼得的女儿吗?这女孩在王室中的地位那么高!如果他敢拒绝,就是在侮辱你。"

伊凡皱起眉头:"安娜一心想进修道院。"

阿列克谢耸耸肩:"那又怎样?彼得·弗拉基米罗维奇不是个心狠的人,她会过得很快乐。想想您的儿子吧,伊凡·伊凡诺维奇。"

***

有个妖魔正坐在角落里做针线活,只有她能看见它。安娜·伊凡诺芙娜紧紧抓住胸前的十字架,闭上眼,轻声说道:"走开,走开,请走开。"

她睁开眼,发现那怪物仍在,但现在她的两个侍女正盯着她看,而其他人都故作专心地研究她们膝上的针线活。安娜试着不去看那个角落,但总是管不住自己。那怪物坐在凳子上,完全没有察觉。安娜打了个哆嗦。那件躺在她膝盖上的厚重亚麻衬衫像是什么东西的尸体。她把手伸进它光滑的褶皱里,掩盖住身体的颤抖。

一个女用人蹑手蹑脚地进了屋。安娜匆忙拿起针,却吃惊地发现那双破旧的韧皮鞋①停在她面前:"安娜·伊凡诺芙娜,您父亲召见您。"

安娜瞪大眼睛,因为大多数时间里,父亲不会召见她。她困惑地坐了一会儿,接着跳起来,敏捷地把身上朴素的衣袍换成一件深红和赭石色相间的衣服,盖住污秽的皮肤,尽量不去管栗色长发辫散发出的臭味。

罗斯人爱干净。冬天里,她同父异母的妹妹们通常一周去一次浴室,但浴室里面有个大肚子的魔鬼,透过蒸汽向她们咧嘴笑。安娜试图把他指给别人看,但妹妹们看不到。起初她们认为那是她想象出来的,后来就觉得她是在冒傻气,最后她们只是斜眼看她,什么也不说。于是安娜学会了在浴室里不去提及那双眼睛,就像她也从没跟人讲起过那只在角落里做针线活的光头怪物一样,但她有时还会忍不住去看。除非继母把她拖进浴室,或羞辱她,强迫她去洗澡,否则她绝不踏进浴室半步。

安娜拆开辫子,又把油乎乎的头发重新编起来,摸摸胸前的十字架。大家都说,她比所有的妹妹都更虔诚地信教。但他们不知道,那是因为在教堂里恶魔就不会纠缠她,她只能看到神像那超脱凡尘的脸。如果可以的话,她宁愿住在教堂里,香火和圣像脸上那描画出来的眼睛会保护她。

---

① 韧皮鞋是用桦树皮内部纤维制成的鞋子,轻巧、易于制作、很耐穿,罗斯人称之为"拉普的"。

在继母的工作间里，火炉烧得正热。大公穿着冬天的华丽衣服站在炉边，汗流浃背。像往常一样，他一脸的刻薄表情，但双眼闪闪发光。他的妻子坐在火边，纤细的辫子从高耸的头巾下溜出来。她的针忘在了膝上。安娜在几步远的地方停下来，垂下头。夫妻二人沉默地看着她。最后，她的父亲对继母说：

"天哪，太太，"他说，听起来很恼怒，"你能带这姑娘去洗个澡吗？她看上去好像住在猪圈里一样。"

"洗不洗都没关系，"她的继母说，"反正你已经把她许配出去了。"

安娜之前一直像个有教养的小姐一样盯着自己的脚尖看，听到这里，她猛地抬起头。"许配？"她低声说，但听到自己的声调逐渐升高，最后变成尖叫，那声音连她自己都讨厌。

"你要嫁人了，"她父亲说，"嫁给彼得·弗拉基米罗维奇，一位来自北方的波雅尔。他是个有钱人，会对你好的。"

"嫁人？但我觉得——我希望——我打算去修道院的。我会——我会为您的灵魂祈祷的，爸爸。那是我最渴望的事。"安娜的手扭在一起。

"别废话，"伊凡轻快地说，"你会生儿子的，你会喜欢的。而且彼得·弗拉基米罗维奇是个好人。对姑娘家来说，修道院那种冷冰冰的地方不合适。"

冷冰冰？不，修道院意味着安全。安全，受上帝保佑，能治疗她的疯病。自从记事以来，安娜就一直想修行。现在她怕得脸色发白。她冲上前去，抱住父亲的脚。"不，爸爸！"她大喊，"不，求您了！我不想嫁人。"

伊凡把她拉起来站好,话里多少带着些柔情。"行了,"他说,"我已经决定了,这是为你好。当然,你会得到一大笔嫁妆。你要给我生几个强壮的外孙。"

安娜个头儿不高,骨瘦如柴。继母脸上的表情说明她对"生孩子"这一点表示怀疑。

"但是——求您了,"安娜低声说,"他是什么样的人?"

"问你的侍女吧,"伊凡宽容地说,"我相信她们肯定私下里传过。太太,把她的东西收拾好。看在上帝的分儿上,婚礼前给她洗个澡。"

被吩咐退下后,安娜步伐沉重地回去做针线活,咬紧嘴唇不让自己哭出来。嫁人!不是出家,而是要去做某位领主的主妇。不能安全地待在修道院里,而是要给某位领主当母猪,过那样的日子。而且据女用人们说,北方的波雅尔都身材健壮,穿兽皮,家里有好几百个孩子。他们粗鲁好战,甚至有些人喜欢说他们藐视基督,崇拜魔鬼。

安娜颤抖着把漂亮的上衣从头上脱下来。如果在莫斯科这种相对安全的地方,她那罪恶的想象力都能召唤出恶魔,那么当她孤零零地待在某个野蛮领主的庄园里时会有什么事发生呢?女人们说北方的森林里经常有鬼魂出没,一年十二个月中有八个月是冬天。想想就让人受不了。这姑娘重新坐下来缝衣服时,手抖得连针脚都连不成直线。虽然她尽了最大努力控制自己不哭,但亚麻布上还是沾满了默默流下的泪水。

第七章

市集相见

彼得·弗拉基米罗维奇的未来已经被大公和莫斯科都主教决定了,而他本人还对此全然不知。他第二天起了个早,去莫斯科中央广场上的市集,嘴里还有烂蘑菇的味道。头天晚上说话太多,喝得也太多,他的头一阵阵地痛。而且,愚蠢的老人才会让年轻人四处乱跑。他的儿子想出家做修士。彼得对萨沙寄予很高的期望。那男孩比他的长子头脑更冷静、更聪明、对马更了解,在武器方面也更娴熟。结果这孩子想要隐居在一间小屋里,为上帝的荣光去种菜。彼得想象不出比这更浪费的事了。

好吧,他安慰自己,十五岁还太年轻。萨沙会回心转意的。虔诚信教是一回事,而放弃家人和遗产,只换回穷困潦倒和一张冷冰冰的床则完全是另一回事。

喧嚣声将他从沉思中唤回现实。彼得抖抖身子。寒冷的空气中弥漫着马、炉火、煤烟和蜜酒的气味。腰带上挂着杯子的男人们在黏糊糊的酒桶边大声赞美自家好酒的种种优点。卖糕饼的人端着热气腾腾的盘子走来走去。兜售布匹、宝石、蜂蜡、稀有木材、蜂蜜、铜、青铜手工制品和黄金饰品的小贩们互相争夺地盘。他们的声音震耳欲聋，把清晨的太阳都吓了一跳。

莫斯科的市场还不算大，彼得想。

萨莱是可汗治下的都城。富商们聚集到那里，把珍奇的货物卖给因经历长达三百年的掠夺而疲惫不堪的王廷。甚至在南方的弗拉基米尔[①]，或西边的诺夫哥罗德[②]，市场也比莫斯科这处要大。但商人们仍被那些野蛮人的出价诱惑，从拜占庭出发，北上或东行，甚至沙皇格勒的王公们为从北方运来的毛皮出的价格也更有吸引力。

彼得不能两手空空地回家去。奥尔加要的礼物很容易买到——他为她买了条丝绸头巾，上面缀着珍珠，肯定很配她那头深色的秀发。他为三个儿子买了沉重的短匕首，刀柄上还有嵌花。然而想破了脑袋，他也找不到可以送给瓦西丽莎的东西。她不是那种会为小首饰、珠子或头巾兴高采烈的女孩。但送她一把匕首又不太好。彼得皱着眉头，掂着金胸针的重量，这时他看到了个奇怪的人。

其实彼得也说不出这人究竟哪里奇怪，也许是因为他那种沉静的气质在四周忙碌的人群中格外引人注目。此人的衣服配得上王公，靴子上满是刺绣花纹，腰带上挂着一把刀，白色的宝石在刀柄上闪闪发光。他长着黑色卷发，没戴帽子或头巾。这对任何男子来说都很怪

[①] 弗拉基米尔是古罗斯弗拉基米尔-苏兹达尔公国的古都。——译者注
[②] 诺夫哥罗德位于俄罗斯西北部，是俄罗斯最古老的城市，也是中世纪东欧的重要中心。——译者注

异,尤其是在这白雪皑皑的冬天里。此时阳光明媚,积雪在脚下咯吱作响。他的胡子刮得很干净,这在罗斯人中非常少见。隔着一段距离,彼得判断不出他的年纪。

彼得意识到自己正失礼地盯着人看,于是移开目光,但又觉得好奇。那珠宝商人推心置腹地说:

"您对那个人感到好奇吗?大家都对他很好奇。他有时会来这个市场,但没人知道他是哪里人。"

彼得满腹狐疑。那商人得意地笑起来。"老实说,大人。从来没有人在教堂见过他,而且都主教很想判他被石头砸死,因为他搞邪神崇拜。但他很有钱,总是带最珍贵的东西来跟人交易。所以大公让教会闭嘴,允许这人自由来往。也许他是个魔鬼呢。"这种说法被一笑置之,但随后商人皱起眉头,"我从没在春天见过他。他一般在冬天过来,就在年终时。"

彼得咕哝了几句。他本人也不完全否定有魔鬼存在,但即使世界上有魔鬼,他也不相信它们会穿戴豪华,在市场上闲逛——无论在冬天还是夏天。他摇摇头,指着一只手镯说:"这材质不行,边上的银都变成绿色了。"那商人断然反对,于是这两人就开始认真地讨价还价,把黑发陌生人抛在了脑后。

***

他们议论的那个陌生人在一个货摊前停下脚步,离彼得站的地方不足十步远。他用纤细的手指抚摩一堆丝绸锦缎。单凭用手摸,他就能判断出这些货物的质量。他只草草瞥了眼面前的布匹,更多的时候用浅色双眼在熙熙攘攘的市场上左看右看。

布贩子谄媚而又警惕地注视着这个陌生人。那些商人都认识他,其中少数人认为他和他们一样也是商人。他曾带珍奇货物来到莫斯科，货物中有来自拜占庭的武器和轻盈如早晨空气的瓷器。商人们都记得他。但这次那陌生人另有目的，否则他永远不会南下。他不喜欢城市，而且渡过伏尔加河是要冒险的。

色彩绚丽、手感柔滑的布料似乎也突然变得单调乏味。片刻后，那陌生人扔下布料，大步穿过广场。他的马正站在广场南边嚼着干草。一位阴沉的老人站在马头边，脸色苍白，瘦骨嶙峋，不像是真实世界里的人。不过那匹白牝马倒是气宇轩昂，膘肥体壮。她的马具特别加工过，上面有银质雕花。男人们路过时，羡慕地盯着她看。她像个卖弄风情的女人一样，轻轻抖动耳朵，引得马主人微微一笑。

突然，一个大块头的男人从人群中走出来，用指甲断裂的手抓住马缰。马主人的脸沉了下来。虽然他没必要加快脚步，但有阵寒风吹过广场，人们赶紧伸手去按帽子，系紧衣服。那个想要行窃的人纵身上马，狠踢马腹。

但马一动不动，奇怪的是马夫也没动。他既不喊，也不抬手，只是袖手旁观，深陷的眼睛中带着难以捉摸的神情。

那贼在马肩上抽了一鞭。她的蹄子像被钉在了地面上，只甩了甩尾巴。那贼有点糊涂了，踌躇了一刹那，就失去了最好的时机。马主人大步走上前来，把他从马鞍上揪下来。小偷可能尖叫过，但发现自己的喉咙被冻住了。他大口喘气，伸手去摸索脖子上挂的十字架。

马主人干巴巴地笑着："你侵犯了我的私有财产，还觉得上帝会拯救你吗？"

"大人，"那小偷结结巴巴地说，"我刚才不知道——我还以为——"

"以为我这样的人不会来凡人的地方？好吧，我想去哪儿就去哪儿。"

"求您了，"小偷快要窒息了，"大人，我求——"

"别像只猫似的喵喵叫了，"那陌生人的话中带着冷酷的幽默感，"我要离开你一会儿，在太阳下自在地走一走。然而……"那平静的声音压得更低，其中的笑意也渐渐消失，如同水从破碎的杯子里慢慢流走，"你已经被打上了记号，你是我的了，总有一天我会再次触摸到你，而那时你就会死。"小偷勉强从喉咙里挤出一丝带着哭腔的呼吸，然后发现面前突然空无一人，而自己的胳膊和喉咙上有针刺般的痛感，仿佛被火烧过。

虽然没人见他上马，但那陌生人已经坐在马鞍上。他掉转马头，驱马在拥挤的人群间穿行。马夫鞠了一躬，消失在人群中。

那牝马身轻如燕，四蹄迅捷，自信满满。一路跑着，那骑手的怒火渐渐平息。

"是那预兆引领我来到这里的，"那男子对马说，"来到这个臭烘烘的城市，我本不该在这个时候离开自己的领地。"他已经在莫斯科待了一个月，不知疲倦地四处搜寻，一张张脸看过去。"好吧，预兆并不绝对可靠，"他说，"而且无论如何，只不过是惊鸿一瞥。那一刻也许已经过去了，那一刻也许从未到来。"

牝马把一只耳朵倾斜向后，对着骑手。他抿住嘴唇。"不，"他说，"我像是能轻易认输的吗？"

马继续稳稳地慢跑。那男人摇摇头。他还没被打败，他已经准备就绪，魔力还在他的喉间和掌心。他的答案就躲在这座充斥着木头建筑的可悲城市中的某处，他会把它找出来。

他向西掉转马头,驱马飞奔。林间的寒意会赶走脑袋里的杂念。他还没被打败。

还没有。

**

陌生人来到大公的宴会厅,厅里的蜜酒味、狗味、灰尘和人身上的气味混杂在一起扑面而来。伊凡的波雅尔们都是大块头,因为他们要在战场上拼杀,要在这片冰雪大地上搏出一条生路。陌生人的身材甚至比不上其中个头儿最小的那位。他悄无声息地走进大厅,四面八方有许多人伸长脖子盯着他。但没有人——即使是最勇敢的人,或是喝得最烂醉的人敢看他的眼睛,也没人敢向他挑战。陌生人在那张高大的餐桌边找了个座位坐下,不动声色地喝着蜜酒。他头巾上的银丝刺绣在火把的照耀下闪闪发光。大公夫人的一位侍女坐在他旁边,垂下眼帘,透过长长的睫毛凝望他。

在此之前,伊凡曾经眯着眼接受了这位陌生人的礼物,并恩准他自由出入大厅。大斋节[①]快到了,因此赴宴的人也逐渐放肆起来。然而,这里的一切都没变,那陌生人想,看到的总是这些模糊不清的忙碌的脸。坐在这喧嚣而臭烘烘的大厅里,他第一次感到——不是绝望,应该不是,而是将要放弃的无奈。

正在此时,一个男子走进大厅,还带着两个小伙子。这三人在高桌边找到位子坐下。那年长的男子平平无奇,衣饰倒是上等的。他的长子趾高气扬,次子则脚步轻柔,眼神冷静严肃。他们相当普通。

[①] 大斋节是基督徒在复活节前为期四十天的斋戒期。——译者注

然而……

陌生人的目光随着他们移动。这三人带来一股从北方吹来的小旋风。在两次呼吸的间隙，风给他讲了个故事：关于生和死携手而来，关于在年末诞生的一个孩子。之后陌生人仿佛听到微弱的回响。那是咆哮和碰撞的声音，仿佛海浪拍打在岩石上。在臭气熏天的大厅里，有那么一刹那，他闻到了阳光、盐和湿漉漉的石头的味道。

"那血脉传下来了，哥哥，"他低声说，"她还活着，我不会搞错的。"带着得意之色，他转回桌子（虽说他其实从没移动过），盯着旁边那女人的眼睛，突然绽开欢喜的笑容。

※※※

彼得几乎忘了集市上的那个陌生人。但那天晚上，当他坐在大公的桌边时，他很快就想了起来，因为那陌生人就坐在波雅尔中间，旁边还有个大公夫人的侍女。她正盯着那个陌生人，描画过的眼帘颤抖得像受伤的鸟。

彼得、萨沙和柯利亚坐在那位女士左边。尽管柯利亚本人也跟她调过情，但她根本不朝他的方向看。那年轻人怒火中烧，顾不上吃饭，而是怒目而视（被置之不理），用手指拨弄着腰带上的佩刀（得到同样的结果），向他的弟弟大肆鼓吹某个商人女儿的美貌（那位女士正在出神，没有听见）。萨沙尽量保持面无表情的状态，好像只要装聋作哑，就能把这番不敬的话一笔勾销。

后面有人咳嗽。彼得从面前这有趣的一幕中回过神儿来，抬头看见有个仆人正站在自己身侧很近的地方。"大公想和您谈谈。"仆人说。

彼得皱起眉头，点点头。从到这儿的第一个晚上之后，他就几乎没见过自己的前大舅子。他与无数官员谈过，慷慨地送上大笔贿赂，从而得到他们的保证：只要他纳贡，税吏就不会来烦他。此外，他还正在进行深入的谈判，目标是牵起某位贤良正派的女士的纤手，而这位女士将会为他持家和抚养子女。一切进展顺利。那么大公想要什么呢？

彼得沿着桌边挤过去，看到伊凡脚边那群狗的牙齿映着火光闪闪发亮。大公开门见山："我年轻的侄子，谢尔普霍夫的弗拉基米尔·安德列耶维奇，想娶你的女儿为妻。"

就算大公说他的侄子想做个吟游诗人，在街头弹琴，彼得都不会比现在更震惊了。他斜眼看看那位正喝酒的王子——后者的位子与大公隔着几个座位。伊凡的侄子今年十三岁，刚刚开始有些成年男子的气势，四肢柔软灵活，满脸雀斑。他也是先大公伊凡·卡利塔的孙子。他难道不想要一位门第更高的太太吗？宫廷中，所有野心勃勃的家族都把未婚小姐推到他面前，乐观地认定他肯定会选自己家的女儿。而彼得自己虽说很有钱，但血统在贵族中并不优秀。为什么要把这个位置浪费在他女儿身上呢？这两个年轻人从未见过面，而且女方的家乡与莫斯科还远隔千里。

噢。彼得释然了。奥尔加远离权力中心，而伊凡可能已经厌倦了那些互相攀比嫁妆和血统的姑娘。与高等贵族联姻，会使后代野心勃勃地想要继承权力。在这方面年轻的季米特里并不比他的堂兄有优势，而且弗拉基米尔还要比这位继承人大三岁。大公们传位要看可汗的意思。彼得的女儿可能有大笔的嫁妆，但仅此而已。伊凡正尽全力去堵莫斯科的波雅尔们的嘴，而彼得会捡个便宜。

彼得满心欢喜。"伊凡·伊凡诺维奇。"他开口说。

但大公还没讲完："如果你愿意把女儿嫁给我侄子，我也愿意把我自己的女儿安娜·伊凡诺芙娜嫁给你。她是个不错的姑娘，像鸽子一样温顺，肯定能为你生更多的儿子。"

彼得又被吓了一跳，清醒了一些。他已经有三个儿子来分财产，不需要更多男丁了。为什么大公要把未嫁的女儿浪费在他身上呢？要知道他的地位无足轻重，而且他只想找个理智的女人来持家。

大公挑起一条眉毛。尽管如此，彼得还是犹豫了。

好吧，她是玛丽娜的侄女，是大公的女儿，是他自己孩子的表姐妹，因此他也不好去问她是不是有什么毛病。就算她病歪歪、酗酒或生性风流，或者——好吧，就算这样，结这门亲事也有很大的好处。

"不胜荣幸，伊凡·伊凡诺维奇。"彼得说。

大公严肃地点点头。"明天会有人去你那里，讨论婚约的事。"说完，他又转回去面对高脚杯和他的狗。

彼得退下，走回长桌边自己的座位上，想把这个消息告诉儿子，却发现柯利亚正对着杯子生闷气。那位黑发陌生人已经离开了，而那位女士正盯着他离开的方向，苍白的脸上带着恐惧和痛苦的渴望。这种表情如此惹眼，以至于彼得忘记了自己还是一脑门儿官司，几乎是下意识地探手去拿那把他并没佩在身上的剑。

第八章

彼得·弗拉基米罗维奇的诺言

彼得·弗拉基米罗维奇拉着新娘那冰冷的手,斜眼看着她紧张的小脸,想知道自己是不是搞错了。他匆匆忙忙地花一周时间落实婚事的细节,好赶在大斋节前举办婚礼。利用这段缓冲时间,柯利亚与克里姆林里的半数侍女调情,打听关于父亲未婚妻的消息。但他没法儿得出结论。有人说她很漂亮;有人说她下巴上长了个疣,满嘴牙齿只剩一半;有人说她被父亲关起来了;有人说她自己不爱出门,总躲在房间里;还有人说她病了、疯了、悲伤过度,或者只是胆子太小了。最后彼得认定:不管她有什么问题,都比他想象的更糟。

然而现在,他看着掀起面纱的新娘,心里纳闷儿得很。她年纪还小,大约跟柯利亚同岁,但举止让人感觉比实际年龄还要小。她的声音柔和,说起话来像是喘不过气;她十分柔顺;她的嘴唇饱满得可爱。虽然她与玛丽娜血缘很近,但她们没有丝毫相似之处——彼得心中暗自庆幸这一点。一条呈暖栗色的发辫垂在她的圆脸旁边。近距离观察，可以发现她的眼睛有种紧绷的感觉。也许随着年龄的增长，她的脸会越来越像握紧的拳头。她用手指不停地拨弄胸前的十字架，眼睛一直低垂着，即使彼得想看看她的正脸时也不抬头。彼得费了不少劲，也没看出她有什么明显的毛病——除非是脾气不好。她看起来肯定不会酗酒，没有麻风病，也没发疯。也许这女孩不过是害羞，且不太会与人相处。也许大公提这门亲事真的是想为他好。

彼得轻吻新娘可爱的嘴唇，希望事实真是如此。

婚礼后，他们在她父亲的大厅赴宴。鱼、面包、馅饼和奶酪把桌子压得嘎吱响。彼得的手下又喊又唱，为主人的健康干杯。大公和他的家人微笑着，多少还算是真心实意地祝新婚夫妇多子多孙。柯利亚和萨沙没怎么说话，有些怨恨地看着新继母——这位几乎跟他们一样大的表妹。

彼得不断给妻子倒酒，试图让她放松。他尽量不去想玛丽娜——嫁给他时，她才十六岁。玛丽娜宣誓时，全神贯注地盯着他；在婚宴上，她又笑又唱，开怀大吃，不时斜睨他一眼，好像在挑衅他。彼得把她抱到床上时，已经被欲望折磨得半疯了。他不断吻她，直到她的抗拒化作激情。第二天早上，他们怀着喜悦的心情，懒洋洋地起身。但眼前这个女孩似乎不会反抗，甚至可能没有激情。她在头巾下面低垂着头，用一两个词回答他的问题，同时撕面包吃。最后，彼得转过身去叹口气，让自己的思绪沿着蜿蜒的小路穿过冬日的黑森林，奔向列斯纳亚辛里亚的积雪。他回想起狩猎和修补工作带来的朴素乐趣，暂时不去想这座城市里微笑的敌人和美味的诱饵。

***

六周后，彼得和随从们开始准备上路。白天越来越长，首都的雪也开始融化。彼得和儿子们密切关注积雪的变化,加快准备工作。如果在穿越伏尔加河之前冰层变薄,他们就必须放弃雪橇坐马车,并且还要等上很长一段时间才能乘木筏渡河。

彼得担心他的土地,巴望赶紧回去打猎种田。他脑子里还有个模糊的念头:无论他妻子害怕的是什么,北方清新的空气都能使她平静下来。安娜虽然安静顺从,但总是睁大眼睛环顾四周,摆弄胸前的十字架,有时还对着空旷的角落不安地咕哝。自从他们结婚以来,彼得每晚都与她睡在一起,与其说是为了取乐,还不如说是为了责任。但她还没有正视过他。她有时以为他睡着了,但他听见她在哭。

由于要带上安娜·伊凡诺芙娜的财产和随从,他们返乡的队伍扩大了很多。院子里挤满雪橇,仆人们牵着驮马的缰绳。彼得的两个儿子都骑上了马。萨沙的黑色牝马踢踢这条腿,动动那条腿,不断甩头。柯利亚的马一动不动地站着,而他本人则情绪低落地坐在马鞍上,在晨光中眯缝着布满血丝的眼睛。柯利亚在莫斯科波雅尔的少爷们中间取得了巨大成功,在摔跤和射箭比赛中一再夺冠,在酒宴上也能把他们灌到桌子下面。此外,他还把宫里不少女子都弄上了手。总之他过得很开心。面前那漫漫旅途使他无精打采,因为走完这段路后,他又要在家里辛苦干活儿了。

彼得则对这次远行非常满意。奥尔加与一位男子(好吧,还是个半大男孩)订了婚——他做梦也想不到自己会有地位这么高的女婿——而且他本人也娶了亲。虽然新娘有点奇怪,但至少不风流、没生病,而且也是大公的女儿。于是当他看到出发的准备工作就绪时,心情大好。他环顾四周,寻找自己的灰色牡马,准备上马动身。

一个陌生人正站在那匹马的头边,是集市上见过的那家伙,他也曾在大公的厅堂里受到款待。忙乱的婚礼已经使彼得把那陌生人忘到脑后，但他现在就在那里抚摩梅泰尔的鼻子，以品评的眼光看着这匹牡马。彼得怀着期待的心情，等着看那陌生人的手被咬掉，因为梅泰尔不喜欢这种亲密的举动。但片刻之后，他震惊地发现，那匹马仍然纹丝不动地站着，耳朵垂下来，像是农民的一头老驴。

彼得既困惑又恼怒，向他们迈出一大步，但柯利亚赶在了他前面。这男孩找到了发泄愤怒和所有不满的对象。他用马刺扎自己那匹骟马的肚子，冲到离那陌生人一步之遥的地方停下，马蹄踢起的脏雪溅得那人的蓝袍子上到处都是。那匹骟马扬起前腿，转动眼珠，棕色的两侧肋腹上流出汗水。

"你在这儿干吗？"柯利亚喝问，用力勒住马，"你怎么敢碰我父亲的马？"

那陌生人从脸上擦去一点雪渍。"这匹马很不错，"他平心静气地答道，"我想买他。"

"得了吧。"柯利亚跳下马。彼得的长子肩宽背阔，壮得像头西伯利亚牛。陌生人在个头儿和强壮方面都不如他，相比之下本应更脆弱些，然而事实并非如此，也许是他眼中的神情的关系。彼得隐隐觉得不安，加快脚步。柯利亚可能酒还没醒——也许只是不小心——把陌生人的温和态度误认为是让步。"你打算怎么驾驭这匹马呢，小个子？"他轻蔑地补充道，"回到你的情人那里去吧，战马要留给强者去骑！"他用手指拨弄着匕首逼上前，直到两人鼻尖相对。

陌生人向他嘲讽地一笑。彼得想大喊一声作为警告，但话语卡在了喉咙里。有那么一瞬，陌生人一动不动。

下一瞬，他动了。

至少彼得觉得那陌生人动了。他看不清对方的动作，只觉得眼前一花，仿佛流光掠过鸟儿的翅膀。柯利亚大喊一声，紧紧抓住自己的手腕，接着那男人站在柯利亚身后，一只胳膊勒住柯利亚的脖子，把匕首压在他的喉咙上。这一切发生得如此之快，马儿们都来不及惊跳起来。彼得手按剑柄向前跑去，但在那人抬起头来时停下脚步。他从没见过像陌生人的眼睛那么疲倦古怪的双眼。它们是浅蓝色的，如同寒冷而清澈的晴空。陌生人的手灵活而稳定。

"你的儿子侮辱了我，彼得·弗拉基米罗维奇，"他说，"我该取他的性命吗？"刀略微动了动，柯利亚的脖子上就出现了一条细细的红线，血流出来，浸透他的胡楂儿。那男孩声音里带出了哭腔，彼得看都没看他一眼。

"这是您的权利，"他说，"但我求您——允许我的儿子补救自己的过错。"

那人轻蔑地瞥了柯利亚一眼。"喝醉了的小孩子。"他说，刀柄上的手又紧了紧。

"不！"彼得的声音非常刺耳，"也许我能做出补救。我们有些金子。或者，如果您愿意的话，还有我的马。"彼得尽量不去看那匹漂亮的灰牡马。一丝若有若无的兴味在陌生人冷酷的眼中闪过。

"真是大方，"他干巴巴地说，"但不用了。我会饶你儿子一命，彼得·弗拉基米罗维奇，但你要为我办件事。"

"什么事？"

"你有女儿吗？"

这个问题让彼得手足无措。

"有，"他警惕地回答，"但是……"陌生人眼中的兴味加深了。

"不，我不是想找个小老婆，也不会在雪堆里强暴她。你要带礼物给孩子们，对不对？好吧，我也有个礼物要送给你的次女。你要让她发誓，永远把它带在身边。你也要发誓，不对任何活着的人说起我们见面的事。答应这些条件，我才能饶你儿子一命。"

彼得思考了一刻。一件礼物？是什么礼物，需要以我儿子的生命相威胁？"我不会让我的女儿面对危险，"他说，"哪怕以我儿子为代价也不会。瓦西娅不过是个小丫头，但为了生下她，我妻子连命都送掉了。"他艰难地咽了口唾沫。柯利亚的血慢慢流下来，汇成鲜红的小溪。

那人眯起眼睛看彼得，很长一段时间里没人说话。"她不会受到伤害的。我可以起誓，以冰雪和一千条人命起誓。"陌生人说。

"那么，是什么礼物？"彼得问。

陌生人放开柯利亚；后者站在那儿，好像在梦游一样双目无神。陌生人大步走向彼得，从腰带上挂着的小口袋里拿出样东西。

即使穷尽彼得的想象力，他也想不到那人递给自己的小玩意儿居然是颗宝石。一颗耀眼的银灰蓝色的宝石，嵌在纠缠成星星或雪花图样的浅色金属丝中，坠在细如丝线的链子上。

彼得抬起头，问题已经到了嘴边，但那陌生人抢先一步阻止了他。"就是这个，"他说，"一个不值钱的小玩意儿，仅此而已。你已经作出承诺了。你要把这个带给你女儿，同时不能跟别人说我们见过面。如果你食言，我就过来取你儿子的性命。"

彼得看看自己的随从。他们双眼茫然地站在那里，甚至连骑在马上的萨沙也在重重地点头。彼得的血液要冻住了。他谁也不怕，但这个神秘的男人施巫术困住了他的手下，甚至他勇敢的儿子们也帮不上忙。那条项链躺在他手中，冷得像冰一样，沉甸甸的。

"我发誓。"彼得答道。那人点了点头，转身大步穿过泥泞的院子。他一消失在彼得的视野中，彼得的手下就在周围纷纷惊醒。彼得匆匆把那闪亮的东西塞进腰袋。

"爸爸，"柯利亚说，"爸爸，出什么事了？一切就绪，就等你下令，我们就能出发。"彼得盯着他的儿子，怀疑都写在脸上。但他什么也没说，因为血迹已消失不见，柯利亚对他眨眼，眼睛充血，但目光平静，好像完全不记得刚才发生了什么事。

"但是……"他开口说，想起自己的承诺，停下不再说。

"爸爸，怎么了？"

"没什么。"彼得说。

他迈步走向梅泰尔，翻身上马，打马向前，决心把这次奇遇抛到脑后。但随后发生的两件事使他的愿望落了空。一件是他们当晚扎营时，柯利亚在自己的喉咙上发现了五处椭圆形的白色印记，就像被冻伤了一样。然而他留着浓密的胡须，喉咙也被衣物保护得很好。另一件是彼得四处听人聊天儿，但没有听用人们说起哪怕一句关于院子里发生的奇怪事件的话。他不情愿地得出结论：自己是唯一记得这事的人。

第九章

教堂里的疯女人

回乡的路似乎比来时要长。安娜不习惯长途跋涉,因此他们的速度只比步行快一点,还经常停下来休息。尽管行动迟缓,但旅途并不像来时那样单调乏味。他们离开莫斯科时满载食物;途经村庄和波雅尔的府第时,也会受到村民和领主的款待。

离开莫斯科城后,彼得惦念着妻子柔软的嘴唇,以及年轻身体那丝滑的触感,于是晚上热情地与她待在一起。但每次见到她时,她都在无声哭泣,让人摸不着头脑。他宁愿她发脾气或悲哀地叹息,因为这样他可能还应付得来。泪水沿着她圆圆的脸颊滑落。这种情况持续了一星期后,彼得完全没了兴致,觉得生气而困惑。白天,他开始走得更远些,徒步打猎,或骑着梅泰尔深入树林,回来时人困马乏,累得只想躺在自己的床上。但即使睡眠也无法使他得到短暂的休息,因为在梦中,他总会看到一条蓝宝石项链,以及放在他长子脖子上的、如蜘蛛腿般细长白皙的手指。他会在黑暗中惊醒,喊着柯利亚快跑。

他归心似箭，队伍的速度却快不起来。虽然他做了许多努力，但安娜仍然变得越来越苍白虚弱，还越来越急切地恳求他们早点停下来扎营，燃起火盆。用人为她端上热汤，温暖她麻木的双手。

但他们最后还是渡过了河。彼得判断队伍离列斯纳亚辛里亚只有不到一天的路程时，就骑着梅泰尔踏上那条积雪的小路，让那牡马自由奔跑。大部队跟着雪橇前进，他和柯利亚则像驭风而行的幽灵一样飞奔回家。彼得冲出树林，看见自家宅子安然无恙地矗立在冬日的晴空下，矗立在银白的积雪中。此时此刻，没有语言可以表达他心中的欣慰之情。

***

父亲和哥哥走后，瓦西娅每天只要能设法溜出宅子，都要去爬最喜欢的那棵树。那棵树伸出一根粗大的树杈，横亘在从列斯纳亚辛里亚出发南下的那条路的上空。有时阿廖沙会跟她一起去。但他比她重，爬起树来也笨手笨脚，所以瓦西娅那天自己去爬树。她从树上看见了蹄铁和马具反射的光，于是像只猫一样滑下树，迈动两条短腿跑起来。她跑到栅栏门，一路大喊："爸爸，爸爸，是爸爸！"

这时消息已经传开了，因为那两位骑手比小女孩要快得多。他们飞奔过田地，村民们从小丘上可以清清楚楚地看见他们。人们面面相觑，不知道队伍里的其他人去哪里了，于是开始为自家人担心。彼得和柯利亚（萨沙留下来照管雪橇队）一阵风似的冲进村庄，勒住不断跺脚的马。顿娅试图抓住瓦西娅，因为她偷穿了阿廖沙的衣服去爬树，从头脏到脚。但瓦西娅扭动着逃脱了，跑到前院。"爸爸！"她大喊，"柯利亚！"两人轮流将她举起，她哈哈大笑，"爸爸，您回来啦！"

"我给你带了个妈妈回来,亲爱的瓦西娅,"彼得挑起一条眉毛,低头审视她,发现她身上到处挂着树皮屑,"然而我还没告诉她,她要见到一个树精,而不是小女孩。"他吻了她脏乎乎的脸,瓦西娅咯咯笑起来。

"噢——萨沙在哪儿?"瓦西娅突然惊恐地大喊,环顾四周,"雪橇马队呢?"

"别怕,他们还在后面。"彼得提高声音,让所有聚过来的人都能听到,"他们黄昏前就会到了,我们要准备好迎接他们。还有你,"他低声对瓦西娅说,"回厨房去,让顿娅把你打扮好。无论如何,你的继母应该见到一个女儿,而不是个树精。"他把她放在地上,轻轻推了一下。奥尔加把妹妹拉进厨房。

太阳西斜时,雪橇队到了。他们疲惫地穿过田野,走进村口。看到彼得·弗拉基米罗维奇的新婚妻子乘坐的那辆精美的封闭式雪橇时,人们欢呼起来。大半个村子的人都跑出来看她。

安娜·伊凡诺芙娜摇摇晃晃地走下雪橇,身体僵硬,脸白得像冰。瓦西娅觉得她看上去比奥尔加大不了多少,比父亲更是年轻得多。好吧,这样更好,那孩子想道。也许她能跟我一起玩儿。她露出最美的笑容,但安娜没有反应。她没讲话,也没做手势。众目睽睽之下,她有些畏缩。彼得后来才想起:在莫斯科,女人会避开男人,不与他们见面。"我累了。"安娜·伊凡诺芙娜低声说,靠在奥尔加的胳膊上,蹑手蹑脚地走进宅子。

人们你看看我,我看看你,不知所措。"好吧,她这一路是够累的,"他们最后说,"她很快就会恢复的。她是位大公的女儿,就像玛丽娜·伊凡诺芙娜一样。"他们很骄傲,因为能有这样一位夫人来与他们一起生活。他们回到各自的小屋，生起火驱走黑暗，喝他们的清汤。

虽然当时正是大斋节，而且冬天刚刚过去，存粮已经不多，但在彼得·弗拉基米罗维奇的宅子里，人们还是尽可能美美地吃了一顿鱼和稀粥。之后彼得和他的儿子们讲起路上发生的故事。阿廖沙则跳来跳去，威胁着要用漂亮的新匕首割下用人们的手指。

彼得亲手把头巾戴在奥尔加的黑发上，说："我希望你能在婚礼上戴着它，亲爱的奥尔加。"奥尔加的脸一阵红一阵白，瓦西娅瞪着大眼睛一言不发地盯着父亲看。彼得提高声音，使全屋人都能听见他的话。"她会成为谢尔普霍夫亲王妃，"他说，"是大公本人向她提亲的。"他吻了女儿。奥尔加微笑着，又喜又愁。人们乱纷纷地向她祝贺，没人发现瓦西娅独自一人轻轻地哭了。

庆祝结束了，安娜很早就说要休息。奥尔加去帮她，瓦西娅小跑着跟在后面。慢慢地，厨房里的人走空了。

暮色渐浓，黑夜降临。火堆烧得只剩下灼热的焰心，厨房里渐渐变冷。最后，厨房里只剩下彼得和顿娅。老太太坐在火旁哭。"我就知道会有这一天的，彼得·弗拉基米罗维奇，"她说，"再没有哪个女孩比我亲爱的奥尔加更配得上一位亲王了。但我真受不了啊。她会像她外祖母一样住在莫斯科的宫殿里。我再也见不到她了。我年纪太大，经不起长途旅行了。"

彼得坐在火前，手指拨弄着口袋里的宝石。"女人总是要嫁人的。"他说。

顿娅什么也没说。

"给你，亲爱的顿娅，"彼得的声音很奇怪，那老保姆迅速转身看着他,"我有件礼物给瓦西娅。"

他已经送给瓦西娅一匹精美的绿色布料,可以做一条漂亮的头巾。顿娅皱起眉头。"又一件礼物,彼得·弗拉基米罗维奇?"她说,"她会被宠坏的。"

"就算是宠她,也没关系。"彼得说。顿娅在黑暗里眯起眼睛打量他,被他的神情弄糊涂了。彼得把那项链塞给顿娅,好像急于摆脱它。"亲手交给它。你必须看着她戴上,保证她一直戴着。让她发誓,顿娅。"

顿娅看上去更糊涂了,但她还是接过那冰凉的蓝色小东西,谨慎地看着它。

彼得深深皱眉,伸出手去,好像要把它拿回来。但他攥起拳头,阻止了这个动作。他突然转身回了卧室,把顿娅独自留在阴暗的厨房里低头盯着那挂坠看。她翻来覆去地摆弄它,喃喃低语。

"好吧,彼得·弗拉基米罗维奇,"她轻声说,"一个男人,会在莫斯科的什么地方得到这宝石?"她摇摇头,把宝石放进自己的口袋,决心好好保管它,直到小女孩长大到能保管这样一颗闪亮的东西,再把它交给她。

三个夜晚过去了,老保姆做了个梦。

在梦中,她又回到了少女时代,独自走在冬日的森林中。明快的雪橇铃声从路上传来。她喜欢坐雪橇,于是转过身去,看到有匹白马向自己小步跑来,驾雪橇的是位黑发男子。他来到她身边,并没有减速,而是抓住她的胳膊,粗暴地把她拉上雪橇。他的目光一直注视着前方积雪的道路。虽然天气晴朗,但他身周的空气冷得好像一月里最寒冷刺骨的风暴。

顿娅突然怕起来。

"你拿了不该拿的东西,它不是给你的。"他说,声音仿佛狂风卷过。顿娅战栗起来。"什么?"她的牙齿拼命打架,几乎说不成句;那男人在暗淡的冬日阳光中突然向她转过身。"那项链不是给你的,"他从牙缝中挤出这句话,"你为什么把它据为己有?"

"那是瓦西丽莎的父亲为她买的,但她只是个孩子。我一看见它,就知道这是个护身符,"顿娅结结巴巴地说,"我没把它据为己有,我没有……但我为那女孩感到害怕。求你了,她还太小,还不能使用魔法,也经不起古老众神的垂爱。"

那男人大笑起来。顿娅从刺耳的大笑声中听出了怨恨之意。"众神?现在只有一个神了,孩子,我不过是光秃秃的树枝间吹过的一阵风。"他沉默下来。顿娅全身发抖,咬破嘴唇,尝到了血腥味。

最后他点点头:"很好,那你就为她保管吧,直到她长大,但不能再拖了。我想我不用告诉你如果要我,会落得什么下场。"

顿娅拼命点头,抖得比之前更厉害了。那男人甩起鞭子,马飞奔起来,在雪地上越跑越快。顿娅抓住座椅,觉得自己的手在打滑。她拼命想要抓牢,最后还是从雪橇上滚了下来……

她喘着气醒来,发现自己仍在厨房里,睡在床上。她躺在黑暗中发抖,很久后才感到一丝暖意。

***

安娜眨着眼醒来,很不情愿地从梦境中回到现实。她最后做了个美梦,梦中有热乎乎的面包,还有个声音柔和的人。但当她伸手去拿面包时,梦境破碎了。她醒过来,心中一阵失落,只好裹紧毯子抵抗黎明时的寒意。

她听到一阵窸窣声,伸出头环顾四周,发现有个恶魔坐在她的凳子上,正在补彼得的衬衫。冬日早晨灰蒙蒙的光线在那扭曲的生物身上投下一道阴影。她吓得发抖。她的丈夫正在她身边打鼾,对此一无所觉。安娜试着不去看那个怪物。七天来,她每天早上在这个可怕的地方醒来之后都是这样。她翻个身,缩进被单里,但她的身子总是暖和不起来。她的丈夫已经觉得盖毯子太热了,她却还是觉得冷。她要求生火,但女用人只会瞪着她,彬彬有礼又不知所措。她想靠在丈夫身上取暖,又怕会再次挑起他的欲望。虽然他在床上会尽量温柔,但却不容她拒绝。大部分时间里,她只想自己待着。

她冒险又向凳子瞥了一眼。那怪物正直勾勾地盯着她。

安娜再也忍不住了。她溜下床,胡乱穿上衣服,用围巾把散开一半的头发裹好,穿过厨房飞奔出去,把一贯起得很早正准备烤面包的顿娅吓了一跳。清晨的灰色晨光渐渐变成粉红色;地面闪闪发光,好像撒满宝石。但安娜并没有看到积雪,她眼中只有那座离宅子不到二十步远的木头小教堂。她不顾一切地猛拉开门冲了进去。她想哭,但她咬紧牙关,握紧拳头,把眼泪憋了回去。她已经哭得太多了。

她的疯病在北方大大恶化了。彼得的宅子里到处是魔鬼:有的妖怪眼睛好似火炉里的煤球;有个矮男人待在浴室里,透过蒸汽向她眨眼;还有个恶魔长得像堆柴火,懒洋洋地待在前院。

在莫斯科时,恶魔们从来不看她,一眼也不看;但在这里,它们总是盯着她,甚至有些还会走近她,就像要同她说话一样。每次安娜都要逃开,暗自憎恨丈夫和继子女们投来的茫然目光。她总是能看到它们,除了教堂里,到处都能看到它们。

这是间受上帝保护的安静教堂,与莫斯科的那些教堂相比微不足道:没有金子或镀金的装饰,只有一位祭司提供神职服务。圣像尺寸不大,颜色涂得也很难看。但在这里,除了地板、墙壁、圣像和蜡烛,她看不见别的。没有面孔躲在阴影里。

她待在那儿,磨磨蹭蹭地不肯走,一会儿祈祷,一会儿盯着天空看。当她蹑手蹑脚地回到宅子里时,太阳已经升起老高了。厨房里挤满了人,火苗熊熊燃烧。在这里,女人们没完没了地烤面包、炖菜、打扫卫生、熨衣物,从太阳升起直至红日西坠。安娜溜进来时,女人们没有反应,甚至没人把头转过来看她。安娜认为这是嫌她没用。

奥尔加首先抬起头。"想吃点面包吗,安娜·伊凡诺芙娜?"她问。奥尔加不可能喜欢这个占据了自己母亲位置的可怜虫,但她是个善良的女孩,也很同情对方。

安娜很饿了,但有个头发斑白的小东西正叼着块熏黑的面包皮坐在火炉口,它的胡子被火照得闪闪发光。

安娜·伊凡诺芙娜张了张嘴,但没有说话。那小东西从面包上抬起眼睛,歪着头看她,明亮的双眼中饱含好奇的神情。"不要,"安娜低声说,"不要——我不想吃面包。"她转身逃回自己的房间,但不确定那里是不是安全。厨房里的女人们面面相觑,慢吞吞地摇头。

第十章

谢尔普霍夫亲王妃

第二年秋天,柯利亚娶了附近一位波雅尔的女儿。她是个丰满强壮的黄头发女孩。彼得为小两口建了栋小房子,里面还有座相当不错的黏土火炉。

但大家期待的是奥尔加·彼得罗芙娜嫁作谢尔普霍夫亲王妃的那场盛大婚礼。人们花了近一年时间商量细节。在道路泥泞得无法行走之前,彩礼就从莫斯科起运了。花在讨论婚礼细节上的时间更长。从列斯纳亚辛里亚到莫斯科之间的路并不好走,信使们或是被意外事件耽搁,或是失踪。他们有的摔破脑袋,有的被强盗拦路抢劫,还有的坐骑被弄残了。但最后一切就绪。年轻的谢尔普霍夫亲王本人要带着随从来迎娶奥尔加,把她迎回他在莫斯科的府邸。

"最好在上路前办完婚事,"那信使说,"这样她就不会害怕。"其实这信使本可以加上一句:莫斯科都主教阿列克谢想要奥尔加在到达那座城市之前就成亲圆房。

亲王到达时正是春夏之交，苍白暗淡的春天让位给明艳照人的初夏。天气变化无常，凋零的花朵被埋在夏天疯长的草丛中。这一年的时间使亲王成熟不少。虽然他还算不上英俊，但脸上的雀斑已经褪去，羞怯的神情也被掩盖在爱热闹的外表和温和的脾气之下。

谢尔普霍夫亲王的堂弟、金发的季米特里·伊凡诺维奇也一起来了，大呼小叫地跟人打招呼。亲王们带来了鹰、猎犬和马匹，还有坐在木雕大车里的侍女。此外，他们还带来大笔彩礼。小伙子们有位监护人，是个双眼清澈的修士，年纪不算大，但沉默寡言。这支队伍吵吵闹闹，行进时扬起漫天尘土，把整个村庄的人都招出来看热闹，许多人还提出要在自家小屋里款待来客，同时让出草场给那些疲倦的马。年轻的亲王弗拉基米尔把一枚闪亮的绿宝石戒指戴上奥尔加的手指。自从玛丽娜去世以来，整座宅子第一次陷入欢乐的海洋。

***

"至少那小伙子很和善。"顿娅对奥尔加说。好不容易有了一刻安宁，两人坐在厨房那宽大的窗户旁边。瓦西娅坐在奥尔加脚边，一边听她们说话，一边做针线活。

"是的，"奥尔加说，"而且萨沙会跟我一起去莫斯科，送我到我丈夫的府第，之后就进修道院。他答应过我的。"那枚绿宝石戒指在她的手指上闪耀。她的未婚夫在她颈上挂了一枚未经雕琢的琥珀，还送她一匹红得如同燃烧的罂粟花般的布料，使人叹为观止。顿娅正在给它缝褶边，打算做一条头巾。瓦西娅假装在做活，但双手在膝盖上紧紧攥成拳头。

"你会过上幸福的日子的，"顿娅笃定地说，咬断线头，"弗拉基米尔·安德列耶维奇很有钱，而且很年轻，还能听进妻子的话。他亲自来迎娶你，在你自己的家举行婚礼，可以看出他是个大度的人。"

"是都主教让他来的。"奥尔加插嘴。

"他很受大公宠爱，又是年轻的季米特里最好的朋友，这是明摆着的。如果伊凡·克拉斯尼克去世，他会升到很高的地位，而你会成为地位显赫的夫人。这样再好不过了，我亲爱的奥尔加。"

"是——是的，"奥尔加再次慢吞吞地说，"我猜他很和善。但我……"瓦西娅那黑色的脑袋低垂在她脚边，奥尔加弯腰去捋妹妹的头发。

顿娅讽刺地笑了："你还在盼望着乌鸦王子会来吗，就像童话里来找伊凡王子妹妹的那只鸟一样？"

奥尔加红着脸笑起来，但她没有回答，反而抱起瓦西丽莎，前后摇晃，虽然后者已经是个大姑娘，不能像儿时那样被抱在怀里了。瓦西娅僵硬地蜷缩在姐姐怀里。"嘘，小青蛙，"奥尔加说，就像瓦西娅还是个婴儿一样，"一切都会好的。"

"奥尔加·彼得罗芙娜，"顿娅说，"我的好奥尔加，童话是讲给孩子听的，但你是个成年女人了，很快你还会做别人的媳妇。什么叫踏实地生活？就是跟正派的男人结婚，安全地待在他家里，崇拜上帝，再生几个强壮的儿子——这才是正事。是时候把梦想放在一边了。冬天的夜晚，童话能让人内心温暖，但仅此而已。"顿娅突然想起那双黯淡冰冷的眼睛，还有那只更加冰冷的手。很好，直到她长大，但不能再拖了。她看着瓦西娅，颤抖着低声补充道："就算是童话里的少女，也不会全都有幸福的结局。阿莱努什卡被变成一只鸭子，只能看着邪恶的巫婆杀死她的小鸭子。"她看奥尔加仍然垂着眼，捋着瓦西娅的头发，就有些粗暴地又加了一句："孩子，这就是女人的命。我想你也不会愿意出家做修女。你会长大并爱上他的。你妈妈在婚礼之前,也不了解彼得·弗拉基米罗维奇。虽然她大胆到敢于亲自面对雅加婆婆①,但我还记得她当时很害怕。可是自从新婚之夜起,他们就彼此相爱。"

"妈妈已经去世了,"奥尔加用平板的声调说,"另一个女人占了她的位子。而且我也要永远离开了。"

瓦西娅靠在她肩上,压抑地哭了一声。

"她永远不会死的,"顿娅坚定地反驳,"因为你还活着,而且你和她一样美貌。你会生许多王子。勇敢些,莫斯科是座漂亮的城市,而且你的兄弟会去看你。"

***

那天晚上,瓦西娅和奥尔加一起上床睡觉,她急切地说:"别走,好奥尔加。我再也不淘气了。我都可以不再去爬树。"她抬头看着姐姐,像只猫头鹰一样浑身发抖。奥尔加忍不住笑起来,但笑声到最后变了调。"我必须去,小青蛙。"她说,"他是位亲王,富有又和善,就像顿娅说的那样。我必须嫁给他,否则就只能去修道院了。而且我也想有自己的孩子,生十只像你这样的小青蛙。"

"但你已经有我啦,亲爱的奥尔加。"瓦西娅说。

奥尔加把她拉近些:"但你自己有一天也会长大,不再是个孩子。到那时,你的老姐姐连路都走不动了,你会拿她怎么办呢?"

"永远!"瓦西娅一时冲动,"我们永远在一起!让我们一起跑

---

① 雅加婆婆是位老女巫,经常出现在俄罗斯童话里。她住在长着鸡脚、不停旋转的小屋里,用一只臼做交通工具。她用杵控制方向,用桦条扫帚清除经过时留下的痕迹。

吧，住在森林里。"

"我不确定你会愿意住在森林里，"奥尔加说，"雅加婆婆会吃掉我们的。"

"不会的，"瓦西娅有十足把握，"那里只有个独眼男人。如果我们躲开那棵橡树，他永远找不到我们。"

奥尔加不明白妹妹在说什么。

"我们可以在林间盖座伊斯巴，"瓦西娅说，"我会为你去找坚果和蘑菇。"

"我有个更好的主意，"奥尔加说，"你已经是个大姑娘了，用不了几年就会成人。到那时我会从莫斯科派人来接你。我们可以一起住在宫殿里，成为两位王妃，你也会有自己的王子。你觉得这样好不好？"

"但我已经成人了，亲爱的奥尔加！"瓦西娅马上喊道，把眼泪憋回去，坐起来，"看，我长高很多了。"

"我觉得还不够，小妹妹，"奥尔加温和地说，"要有耐心，听顿娅的话，多喝粥。当爸爸说你已经成人的时候，我就会派人来接你。"

"我会去问他的，"瓦西娅自信地说，"也许他会说我已经成人了。"

***

萨沙一走进院子，就认出了那个修士。当时周围一片混乱，因为大家都在欢迎来宾、搬运彩礼、在夏日绿色的桦树间准备宴席。他跑向前，抓住那修士的手亲吻。"神父，您来了。"他说。

"正如你所见，我的孩子。"那修士微笑着回答。

"您走了这么远的路。"

"实际不算远。我年轻时走过罗斯全境,《圣经》是我脚下的路、头上的屋顶,也是我的面包和盐。现在我老了,隐居起来修行。但在我看来,这大千世界仍然是美妙的,尤其是这夏日的北国。很高兴见到你。"

但他没有说的是(至少当时没说)大公病了,因此急着让弗拉基米尔·安德列耶维奇成婚。季米特里还不满十岁,是个满脸雀斑、被宠坏了的孩子。他的母亲一刻不停地盯着他,晚上还要睡在他床边。如果父王早逝,年轻的继承人常常会凭空消失。

那年春天,阿列克谢召圣人谢尔盖·拉多涅日斯基来克里姆林。这两人已经是多年老友了。"我要派弗拉基米尔·安德列耶维奇去北方娶亲,"阿列克谢说,"越快越好。他必须在伊凡去世前成亲。小季米特里也要跟迎亲队伍一起去,好避开危险。如果他待在莫斯科,他妈妈怕他会有生命危险。"

隐士和都主教一起坐在果菜园中的木椅上,喝掺了不少水的蜜酒。"那就是说,伊凡·伊凡诺维奇病得很重喽?"谢尔盖问。

"他的皮肤灰一片黄一片,盗汗,浑身发出恶臭,眼睛也混浊了,"都主教说,"如果上帝垂怜,他就能活下去;但如果他熬不下去,我也要做好准备。我不能离开这座城市。季米特里太小了。我想让你跟迎亲队伍一起去,照看好他,亲眼看弗拉基米尔成亲。"

"弗拉基米尔要娶彼得·弗拉基米罗维奇的女儿,对不对?"谢尔盖说,"我见过彼得的儿子萨沙,他们是这样叫他的。他去修道院见我。我从没见过那样一双眼睛。他会成为修士,或是圣徒、英雄。一年前他就想发誓修行。如果他这个想法没变的话,修道院用得上这样一位兄弟。"

"好吧，去看看吧，"阿列克谢说，"劝彼得的儿子跟你一起回修道院。季米特里必须住在你那里，直到成年。如果亚历山大·彼得罗维奇能成为他的伙伴就更好啦。此人跟他有血缘关系，还那么虔诚。如果季米特里被加冕，他会需要足智多谋的手下的。"

"那就是说，"谢尔盖迟疑地问道，"你要为他摄政了？如果幼主被弑，摄政者一般可活不太长。"此时蜜蜂围着他们嗡嗡飞个不停。虽然花期注定短暂，但北方的花朵盛开时也会报复般地散发出令人陶醉的芬芳。

"你觉得我是那种懦夫吗？你觉得我不敢以身挡剑，护在那个孩子身前吗？"阿列克谢说，"我会的，即使押上性命也可以。上帝与我们同在。但如果我死了，你必须接任我做都主教。"

谢尔盖笑起来："兄弟，来到莫斯科试图管理你手下的主教之前，我就会去见上帝，沐浴在他的荣光中。但我会和谢尔普霍夫亲王一起去北方。我已经好久没出过门了，想再去看看那高大的森林。"

***

彼得在骑手中看到了那修士，于是沉下脸，但那天他只说了些客套话，直到傍晚来临。夜里，他们在薄暮的微光中一起大吃大喝。等人们酒足饭饱，举着火把，大声谈笑着向村子走去时，彼得从暮色中走过去，抓住谢尔盖的肩膀。这两人面对面站在奔流的河水边。

"你真的来了，上帝的仆人，来从我身边把我儿子偷走吗？"彼得对谢尔盖说。

"你儿子又不是匹马，能被我偷走。"

"不，"彼得厉声说，"他还不如马。一匹马还能听人讲道理。"

"他是天生的战士,也是上帝的仆人。"谢尔盖说,他的声音一如既往地温和。彼得的怒火烧得更高,使他的话卡在嗓子眼儿里,一时吐不出来。

那修士皱起眉头,好似下了决心。他说:"听我说,彼得·弗拉基米罗维奇。伊凡·伊凡诺维奇要死了,没准现在已经死了。"

彼得还不知道这消息,惊得后退了一步。

"他的儿子季米特里现在在你家里做客,"谢尔盖接着说,"那孩子离开这里后,会直接去我的修道院,躲在那里。对那些垂涎宝座的家伙来说,一个小男孩的命不算什么。一位亲王需要有自己的亲人教导守护,而你的儿子是季米特里的表兄。"

彼得惊讶得说不出话。蝙蝠飞出来了。年轻时,彼得每晚总能听见它们的尖叫,但现在暮色渐浓,它们沉默着一掠而过。

"我,还有我的人,并不是光会烤祭坛面包和唱圣诗,"谢尔盖补充道,"你在这里很安全,这森林足以吞下一支军队。其他人却未必有这么幸运。我们为饥饿的人烤面包,也会拔出剑来保护他们,这是高尚的使命。"

"我的儿子也会为家人拔出剑来战斗,你这花言巧语的家伙。"彼得条件反射般地厉声说。由于他心里不太确定这一点,就更生气了。

"他肯定会。"谢尔盖说,"为他自己的表弟,一个早晚要君临罗斯的男孩。"

彼得再次沉默下来,但怒气烟消云散。

谢尔盖感受到彼得的悲伤,低下了头。"对不起,"他说,"这是个艰难的抉择。我会为你祈祷的。"他从树间悄悄离去,脚步声被

潺潺流水声掩盖。

彼得一动不动。满月升空，如同镶着银边的盘子挂在树梢。"你一定知道该说什么，"他低声说，"但我不知道。帮帮我，玛丽娜。即使是为大公的继承人，我也不愿失去自己的儿子。"

***

"之前听说你把妹妹卖到那么远的地方，我很生气。"萨沙对他的父亲说。他这话说得断断续续，因为他正在驯一匹儿马①。彼得骑着梅泰尔，这匹灰牡马可不是下地干活儿的那种马。梅泰尔正吃惊地看着身旁腾跃的小家伙。"但弗拉基米尔是个体面人，虽然他年纪还不算大，对他的马却很和善。"

"为亲爱的奥尔加着想，我很高兴。但就算他是个酒色之徒，年纪还很大，我也没办法，"彼得说，"大公可不管这些。"

萨沙突然想起了继母，她属于父亲永远不会主动去选择的那类女人。她总是哭哭啼啼地祈祷，还总是恐惧地惊跳起来。"你也没得选吧，爸爸。"他说。

我肯定是老了，彼得暗自想道，我的儿子都开始可怜我了。"选不选都一样。"他说。修长的山毛榉之间，金色阳光斜照下来，所有银色的叶片一起颤抖。萨沙的马被吓了一跳，用后腿站立起来。萨沙在他跳到一半时勒住他，让他四蹄着地。梅泰尔走到他们身边，好像在向那小马演示一匹真正的马该有的举止。

"你听过那修士的话了吧，"彼得慢吞吞地说，"大公和他儿

---

① 儿马指未受驯的年轻牡马。——译者注

子是我们的亲戚。但萨沙，我希望你能慎重考虑。这种生活很艰苦，修士总是独自一人，穷困潦倒，总是要祈祷，晚上只能睡在冰冷的床上。家里需要你。"

萨沙斜视着父亲。他那晒黑了的脸突然年轻了许多。"我有兄弟，"他说，"我必须出去闯一闯，在世界上开出一条路。在这里，我被森林困起来了。我要闯出去，为上帝而战。这是我与生俱来的使命，爸爸。再说，亲王——我的表弟季米特里，他需要我。"

"你会痛苦的，"彼得吼道，"父亲被儿子抛弃。或者死前都没有儿子来为他哀悼。"

"我会有同信基督的兄弟为我哀悼，"萨沙回答，"而你还有柯利亚和阿廖沙。"

"如果你走的话，萨沙，从我这里你一分钱也得不到，"彼得厉声说，"你可以带走身上的衣服、你的剑，还有你骑着的那匹疯马，但我再不会认你这个儿子了。"

萨沙看上去比任何时候都要年轻，被太阳晒得黝黑的皮肤泛起了白色。"我必须走，爸爸，"他说，"别为此恨我。"

彼得没回答；他骑着梅泰尔回家，心怀怨恨，把萨沙骑的那匹儿马远远落在后面。

***

当天晚上，瓦西娅偷偷溜进马厩，看到萨沙正打量一匹高大的年轻骟马。"米什很伤心，"瓦西娅说，"她想跟你一起去。"那匹棕色牝马把头从自己的畜栏那边伸过来。

萨沙对妹妹笑了笑。"她年纪大了，不能走远路了。"他伸手轻抚她的脖颈，"另外，在修道院里牝马也没什么用。这匹会很适合我的。"他拍拍那匹骟马，后者的尖耳朵动了动。

"我也能当修士。"瓦西娅说。萨沙发现她又偷了哥哥的衣服。她站在那里，一只手拿着只小皮包。

"我相信你，"萨沙说，"但修士一般要比你年纪大。"

"我总是太小！"瓦西娅气呼呼地喊，"我会长大的。亲爱的萨沙，先别走，再过一年吧。"

"你忘了我们的奥尔加吗？"萨沙说，"我答应过要送她去她丈夫家里。然后上帝就会召唤我，亲爱的瓦西娅，别找借口了。"

瓦西娅想了一下："如果我也答应去奥尔加丈夫家里送她，那我也能去了吗？"

萨沙什么也没说。她低头看着自己的脚，用脚趾在尘土中划来划去。"安娜·伊凡诺芙娜会让我去的，"瓦西娅急急忙忙地说，"她想让我去。她讨厌我。我太小了，又那么脏。"

"给她点时间，"萨沙说，"她是在城里长大的，还不习惯住在森林里。"

瓦西娅满脸不高兴："她已经在这里待得够久了。我希望她能回莫斯科去。"

"到这儿来，小妹妹，"萨沙看着她苍白的脸说，"过来上马。"瓦西娅小时候，一度非常喜欢骑在前鞍桥上，安全地窝在他怀里，让风吹过自己的脸。她满眼放光，萨沙把她放在那匹骟马上，随后自己也跳了上去。瓦西娅身子向前倾，呼吸加速，接着他们飞驰起来，蹄声如雷，响成一片。

瓦西娅开心地把身体向前挣。"再跑一会儿，再跑一会儿！"她大喊道，因为此时萨沙已放松缰绳，掉转马头回家。"我们一起去萨莱吧,亲爱的萨沙!"她转身看他,"或者去沙皇格勒,要不就去布扬岛①。海王和他的女儿天鹅姑娘就住在那里。不太远,就在太阳东边,月亮西边。"她眯起眼睛,好像要确定他们的方向。

"想夜里骑马去那里可有点远,"萨沙说,"你一定要勇敢,小青蛙,听顿娅的话。总有一天我会回来的。"

"会很快吗,萨沙,"瓦西娅低声问,"很快吗?"

萨沙没回答,但随后他也不必再回答了,因为他们已经骑到了家。他勒住马,把妹妹放到马厩的地上。

---

① 布扬岛是斯拉夫神话中的神秘岛,能自己出现或消失。有不少俄罗斯民间传说提到过它。

第十一章

❦

宅神多毛沃伊①

萨沙和奥尔加走后,顿娅发现瓦西娅变了。首先,她待在外面的时间比以前更长了;其次,她的话也少了很多。有时她开口说话时,会把人吓一跳。这女孩长大了,不再像小时候那样喋喋不休,可是⋯⋯

"顿娅,"奥尔加的婚礼后不久的一天,瓦西娅开口问,"河里住着什么呢?"当时暑热仿佛大手一样,压在森林和田野上。她喝了一大口汤,期待地看着她的保姆。

"鱼,亲爱的瓦西娅,而且如果你一直到明天都能乖乖的,我们就让人抓鱼,用香料和奶油炖给你吃。"

瓦西娅喜欢吃鱼,但是她摇摇头:"不,顿娅,河里还有什么呢?有种东西,眼睛像青蛙,头发像水草,泥水从它鼻子上滴下

---

① 多毛沃伊是俄罗斯民间传说中守护家宅的多毛守护灵。——译者注

来。"

顿娅警觉地瞥了那孩子一眼；但瓦西娅只顾吃碗底最后几片卷心菜，什么也没看见。"你是听那些农民讲故事了吗，瓦西娅？"顿娅问，"那是沃迪诺伊①，河流之王，他总是找小姑娘，要带她们去河岸下的城堡。"

瓦西娅心不在焉地刮着碗底。"不是城堡，"她舔着手指上的肉汤说，"就是河岸上的一个洞。但我以前从来不知道他叫什么名字。"

"瓦西娅……"顿娅开口说，盯着那孩子明亮的眼睛看。

"嗯？"瓦西娅把空碗放下站起来。顿娅想要明确警告她关于——关于什么呢？不要讲童话吗？话到嘴边，她又把它咽了回去，把一只盖着布的篮子推给瓦西娅。

"给你，"顿娅说，"把这个带给谢苗祭司。他病了。"

瓦西娅点点头。那祭司就住在宅子里，但他的房间在南边墙上另开了一道门。她抓起一只饺子，在顿娅责骂之前把它塞进嘴里，接着溜出厨房，大声哼着走调的歌，和她父亲之前的习惯一模一样。

顿娅把手慢慢地、迟疑地放进缝在裙子里的口袋里。星状的坠托里嵌着闪耀的蓝宝石，完美得像一片雪花。虽然那天早上闷热得难受，而她又一直在炉边干活儿，但那块石头在她的掌心里冷得像冰一样。

"时机不到，"她低声说，"她仍然是个小女孩。哦，拜托，还

---

① 沃迪诺伊是俄罗斯民间传说中的男性水怪，常做坏事。

不到时候。"那块宝石在她满是皱纹的掌心闪耀。顿娅生气地把它放回口袋，报复似的转身去搅汤，样子仿佛变了个人。于是那清澈的肉汤从锅边溅出来，洒在热炉石上咝咝作响。

***

过了一会儿，柯利亚看见妹妹躲在一大丛长草里偷看，于是抿起嘴。他敢确定：在远近十个村子里，再没有像瓦西娅这样招人烦的孩子了。

"你这时候应该待在厨房里吧，瓦西娅？"他有点不高兴。那天天气很热，他的妻子汗流浃背，总是发火；而他刚出生不久的儿子正在长牙，一刻不停地尖叫。最后柯利亚咬牙切齿地抓起绳子和篮子去了河边。但现在妹妹又跑来烦他了。

瓦西娅把头伸出来些，身子仍然躲在草丛里。"我受不了啦，哥哥，"她花言巧语地说，"安娜·伊凡诺芙娜和顿娅正对彼此尖叫，伊丽娜又哭了。"伊丽娜是他们出生不久的继妹，比柯利亚自己的儿子早生几天。"安娜·伊凡诺芙娜一过来，我就不能缝衣服了，我就忘记该怎么缝了。"

柯利亚对此嗤之以鼻。

瓦西娅在藏身之处动了动。"我能帮你钓鱼吗？"她充满希望地问。

"不用。"

"我能看你钓鱼吗？"

柯利亚张开嘴想要拒绝，接着他重新考虑了一下。如果让她坐在岸边，她就不会去别处闯祸了。"好吧，"他说，"但你得坐在那边。别出声，别把影子落在水面上。"瓦西娅乖乖地爬到他指定的位置。柯利亚不再理她，把精力集中到水面和手中的鱼线上。

一小时后，瓦西娅仍然按要求坐在那儿，而柯利亚的篮子里已经有了六条不错的鱼。也许妻子会原谅自己的突然失踪，他想，同时瞥了一眼妹妹，有点不敢相信她怎么能一动不动地坐那么久。她正看着水面，脸上那种全神贯注的表情使他有些不安。她看见了什么，这样目不转睛？河水一如既往地在河床上低语，两岸的水芹在水流中摇曳。

鱼线突然被狠狠拽了一下，他把它拉回来，同时忘记了瓦西娅。但那鱼还没被拖到岸边时，木鱼钩突然断了。柯利亚咒骂着，不耐烦地把鱼线卷起来，换掉鱼钩。在把鱼钩投出去之前，他环顾四周，发现篮子不见了。他又开始咒骂，声音更大，同时看着瓦西娅。但她正坐在十步外的一块岩石上。

"发生什么事了？"她问。

"我的鱼没了！村里的小贼肯定刚来过，而且……"

但瓦西娅没听他说完就跑到河边。

"那不是你的！"她喊，"还回来！"水花泼溅声中，柯利亚觉得自己听到一个奇怪的声音，就像在回答一样。瓦西娅跺着脚。"快点！抓你自己的鱼去！"一声低沉的抱怨从河水深处传来，就像岩石互相摩擦。然后，那只篮子不知打哪儿突然飞出来，砸在瓦西娅的胸前，把她撞得向后退去。她本能地抓住它，转身对着哥哥咧嘴笑了。

"给你！"她说，"那个贪婪的老家伙只是想……"但她看见哥哥的脸，马上住嘴，默默地把篮子递过去。

柯利亚现在只想回村子去，把那只篮子和怪胎妹妹留在这里。但他是个男人，是波雅尔的儿子，于是他僵着腿走上前，接过自己的猎物。他也许想说几句话,因为他的嘴开合了一两次,在瓦西娅看来就像他手中的鱼一样。但随后他一言不发地转身大步走了。

***

秋天终于来了,被夏日骄阳烤干的青草感到一阵凉意,云朵变得潮湿柔软,阳光也从金色变为灰色。就算瓦西娅仍在为哥哥姐姐哭泣,想必也避开了家人。她也不再每天问父亲自己是否已经足够大,可以去莫斯科了,但她狼吞虎咽地喝粥,还经常问顿娅自己是不是又高了一些。她逃避做针线活,也躲着继母。安娜跺脚,尖声发令,但瓦西娅根本不听她的。

那个夏天,瓦西娅从早到晚在森林里闲逛。现在她逃跑时,再没有萨沙来逮她了,于是她常常逃出去。顿娅的责骂也不再管用。日子一天天过去,天气逐渐变坏。在狂风大作的下午,瓦西娅有时会待在家里,坐在小凳子上吃面包,和多毛沃伊讲话。

宅神多毛沃伊是个矮胖的棕色小东西,有长长的胡子和闪亮的眼睛。深夜里,他会爬出火炉,把盘子擦干净,把煤烟清洗掉。过去如果人们把要补的衣服留在外面,他也会帮着补完。但安娜如果看见有哪件衬衫放在外面就会尖叫,用人们都不敢惹怒她。在瓦西娅的继母嫁进来之前,她们会为宅神留下供品:一碗牛奶或一点面包。但安娜见到这些也会尖叫。顿娅和女用人们只好把供品放在安娜从不去的角落里。

瓦西娅边吃边讲话,还踢着凳子腿。那只多毛沃伊正在做针线活,因为她偷偷把自己的活计交给他做。他的小手指动作飞快,好像夏日里飞舞的小蠓虫。他们所谓的对话常常只有一个人在说。

"你从哪儿来?"瓦西娅问他,嘴里塞得满满的。她以前问过这个问题，但有时他的答案会不一样。

那只多毛沃伊并没抬头，也没停下手里的活。"这里。"他说。

"你的意思是你还有同伴？"女孩四处打量。

多毛沃伊似乎很困惑："不。"

"但如果就你一个人的话，那你是从哪里来的呢？"

多毛沃伊并不擅长这种哲学性很强的对话。他皱起眉头，手指的动作也慢下来："我在这里，因为房子在这里。如果房子不在这里，我也就不在这里了。"

瓦西丽莎无法理解这个答案。"那就是说，"她又试了一次，"如果这房子被鞑靼人烧了，你就会死喽？"

多毛沃伊看上去像是在拼命理解这个概念："不会的。"

"但你刚才说——"

这时，多毛沃伊做了个无礼的手势，暗示自己不想再聊下去了。不管怎样，瓦西娅已经吃完了她的面包。她困惑地带着面包屑从凳子上滑下来。多毛沃伊抿紧嘴瞪了她一眼。她感到很内疚，于是掸了掸面包屑，但只是把它们撒得更远了。最后她放弃了，溜了出去，结果在一块松动的木板上绊倒了，正好撞在安娜·伊凡诺芙娜身上。后者正站在门口，半张着嘴盯着她看。

其实瓦西娅并不是故意把继母撞到门框上的。对像她这么大的孩子来说，瓦西娅虽然瘦削，但其实很强壮，跑得也很快。瓦西娅迅速抬起头道歉，但一下愣住了。安娜脸色白得像盐，两边颧骨上各有一点红，像被烧灼了一样。她胸膛起伏，瓦西娅后退一步。

"瓦西娅，"安娜开口说，发出的声音就像脖子被人勒住了一样，"你刚才在跟谁说话？"

瓦西娅大吃一惊，一言不发。

"回答我，孩子！你刚才在跟谁说话？"

瓦西娅狠狠地选了最安全的答案："没谁。"

安娜看看瓦西娅，又看看她后面的房间，突然伸出手，给了瓦西娅一记耳光。

瓦西娅捂住脸，又惊又怒，脸色苍白，片刻后眼泪涌上眼眶。虽然她的父亲总是打她，但都有正当的理由。还从没有人为发泄怒火而打她。

"我不想再问第二次。"安娜说。

"只不过是多毛沃伊，"瓦西娅瞪大眼睛，"不过是多毛沃伊。"

"那是什么样的魔鬼，"安娜尖声问，"那个多毛沃伊？"

瓦西娅不知道该怎么回答。她忍住哭声，没有说话。

安娜举起一只手，作势要再打。

"他能帮人打扫房间，"瓦西娅惊慌地、结结巴巴地说，"他不会害人。"

安娜在房间里四处看，眼睛闪着光，脸涨得通红。"你，走开！"她尖叫道。那只多毛沃伊困惑地抬起头，显出愤愤不平的样子。"多毛沃伊？"安娜从齿缝里挤出这个词，向她的继女逼近，"多毛沃伊？根本没有什么多毛沃伊！"

瓦西娅怒不可遏，张开嘴要反驳，但看到继母的表情，她又猛地闭上了嘴。她还从没见过有哪个人被吓成这个样子。

"滚出去，"安娜喊，"滚出去，滚出去！"最后那个字化作一声尖叫。瓦西娅转身落荒而逃。

※※※

动物身上的热量升起来，阁楼里暖烘烘的，充满好闻的气味。瓦西娅把自己埋进稻草好暖和起来。她脸上有伤，心里感到很困惑。

有没有多毛沃伊这种东西呢？当然有。他们每天都见到他。他就在那里。

但他们能看到他吗？除了自己，瓦西娅想不起任何人跟多毛沃伊聊过天儿。但是——当然，安娜·伊凡诺芙娜能看见他。滚开，她刚才说。对吧？也许——也许没有多毛沃伊这种东西。也许她是疯了。也许她注定是个圣愚①，要在村子间到处乞讨。但是不对，圣愚是受基督庇佑的；他们可不会像她这样邪恶。

瓦西娅想得头都痛了。如果多毛沃伊不是真实的，那么其他东西呢？河里的沃迪诺伊、树上的树枝人呢？水泽仙女②、波列维克③和德沃罗伊④呢？那些都是她想象出来的吗？她是疯了吗？安娜·伊凡诺芙娜也疯了吗？她希望能去问问亲爱的奥尔加或萨沙。他们会知道的，这两人谁也不会打她。但他们远在千里之外。

瓦西娅抱着头躺着，不确定自己在这儿躺了多久。日影在阴暗的马厩里移动。她像个疲惫的小孩子一样打起了盹儿。醒来时干草棚里的光线已变成灰色，她觉得自己饿得要命。

瓦西娅艰难地伸开腿，睁开双眼，发现眼前有个陌生的小人正盯

---

① "圣愚"或"信仰基督的愚人"指放弃俗世所有，献身苦行生活的人。他们的疯狂（无论真假）被认为是蒙神感召。他们敢于说出人所不敢言的真理。
② 水泽仙女是俄罗斯民间传说中的水中仙女，类似魅魔。
③ 波列维克是斯拉夫神话中的原野之灵。——译者注
④ 德沃罗伊是俄罗斯民间传说中的庭院守卫，现在称为"看门人"。

着自己看。瓦西娅沮丧地呻吟一声,又蜷缩起来,用拳头压住眼窝。

但她再次去看时,那双棕色的眼睛仍然睁得大大的,平静地看着她。它的主人有张宽阔的脸庞,脸上还有只红鼻子和晃来晃去的白胡须。那生灵很小,不比瓦西娅的个头儿大。他坐在一堆干草上,带着好奇的同情神色看着她。和那穿着整洁袍子的多毛沃伊不同的是:这小东西穿着一堆拼凑起来的破烂布头,还光着脚。

看到这里,瓦西娅又紧紧闭上双眼。但她不能永远藏在干草里,最后她鼓起勇气,再次睁开双眼,颤抖着说:

"你是魔鬼吗?"

静了片刻。

"我不知道,也许吧。魔鬼是什么?"那小生灵的声音像是和善的马发出的嘶声。

瓦西娅思考了一下:"魔鬼就是一种巨大的黑色生物,火焰是它的胡须,它还有根叉子状的尾巴。它想占有我的灵魂,把我拖进火坑里折磨。"

她又看了看那小生物。

不管是什么,他看起来并不符合这种描述。他的胡子是白色的——这让她心定了不少。他正转过身来,检查自己裤子的屁股部位,好像要确认自己没有尾巴一样。

"不,"他最后答道,"我觉得我不是恶魔。"

"你一直在这儿吗?"瓦西娅问。

"有时候。"那小东西平静地回答。

瓦西娅并没有完全放心,但她想了一下,认定"有时候"比"从不"要好些。"哦。"她用安抚的口吻说,"那么,你是什么呢?"

"我照看这些马。"

瓦西娅明了地点点头。如果有个小生灵来照顾宅子的话,好吧,那么就应该还有一个来照看马厩。但女孩已经学会了谨慎。

"大家都——都能看见你吗?他们知道你在这儿吗?"

"至少马夫们知道我在这儿。如果夜里很冷,他们会留下供品。但是没人,没人能看见我。除了你。还有一个人,但她从不过来。"他向她鞠了一躬。

瓦西娅看着他,越来越惊讶:"那多毛沃伊呢?也没人能看见他,是吗?"

"我不知道什么是多毛沃伊,"那小生灵平静地回答,"我属于马厩,属于住在这里的牲畜。我不会冒险到外面去,除非是去驯马。"

瓦西娅张开嘴,想问他是怎么做的。他的个头儿还不如她高,而所有的马背都比她的头还要高几拃[①]。但就在此时,瓦西娅听到顿娅那沙哑的声音在叫自己。她跳起来。"我得走啦,"她说,"我还能再见到你吗?"

"只要你愿意,"对方回答,"我之前没跟任何人说过话。"

"我叫瓦西丽莎·彼得罗芙娜。你叫什么名字?"

那小东西想了一会儿。"我之前从来没必要取名字。"他说,又想了想。

"我是——瓦兹拉[②],马匹的精灵,"他最后说,"我想你可以这样叫我。"

[①] "拃"指张开的大拇指和中指两端间的距离。——译者注
[②] 瓦兹拉是俄罗斯民间传说中马厩和牲畜的守护神。

瓦西娅礼貌地点点头。

"谢谢你。"她说。然后她翻过身，匆匆爬下干草棚的梯子，头发里的干草在身后飘落。

***

斗转星移，时光流逝。瓦西娅长大了，也学会了谨慎。如果身边有人，她绝不对任何非人类的生灵讲话。她决定少喊、少跑、少让顿娅担心。而最重要的是：躲开安娜·伊凡诺芙娜。

她做得很成功。七年时光平静地过去了。如果瓦西娅听到风中的声音，或是看到叶子上的面孔，会装作没注意到。多数时候如此，唯一的例外是瓦兹拉。

他是种非常单纯的精灵。据他讲，就像所有的家中精灵一样，马厩建成时他就在那里了，完全不记得之前的事。但他有马那种慷慨的天真，能看出瓦西丽莎顽皮外表下的坚定心志。尽管她本人对此还懵然无知，但它吸引着这个小小的马厩精灵。

只要有时间，瓦西娅就会躲进畜棚。她能一连几个小时看着瓦兹拉。他的动作轻灵敏捷，超乎凡人。而且，他能像松鼠一样爬上所有马的后背。甚至他这样做的时候，梅泰尔仍然站在那儿，像石像一样一动不动。瓦西娅开始拿刀和梳子来帮助他给马梳毛，好像这一切再自然不过。

起先，瓦兹拉只教她些手艺活儿：如何喂马，如何给马看病，如何修理马蹄铁。但瓦西娅对这些知识非常热切，很快他就开始教她更奇怪的东西。

他教她跟马说话。

这是一种结合了眼神和身体，以及声音和手势的语言。瓦西娅年纪小，学得很快。很快，她再溜进畜棚就不仅是为了享受干草和温暖的躯体，而是为了和马说话。她能坐在畜栏里，一连几个小时倾听。

如果马夫们遇到她，就会把她赶出去，然而他们很少能撞见她。有时瓦西娅会担心起来，怕他们永远也找不到自己。其实她不过是贴在畜栏边，围着马转个圈，然后逃跑，但马夫甚至都不抬头看。

第二部分

第十二章

金发祭司

瓦西丽莎·彼得罗芙娜满十四岁那年,都主教阿列克谢开始准备让季米特里·伊凡诺维奇亲王即位。七年以来,都主教一直摄政。他计谋百出,不时挑起小型战争,与人结盟又毁约,派士兵上战场,再命他们解甲归田。季米特里长大成人后,阿列克谢觉得他勇敢敏锐,而且很有主见,于是说"好吧,良驹不能总待在牧场上",就开始筹备加冕礼。王袍缝好了,毛皮和珠宝买来了,使者们被派往萨莱,乞求可汗应允。

阿列克谢继续静静地环顾四周,寻找那些可能反对亲王继位的人。一位名叫康斯坦丁·尼科诺维奇的祭司引起了他的注意。

准确地说,康斯坦丁还相当年轻,而且十分俊美(不知这是他的幸运还是不幸)。他有古金色的头发,双眼如同碧水,他的虔诚之心闻名全莫斯科。虽然年纪轻轻,但他已经游历过很远的地方:南至沙皇格勒,西达希腊。他会读希腊文,能与人就晦涩难懂的神学观点辩论。此外，他唱圣诗时声若天使，能使听众黯然落泪。

但最重要的是，康斯坦丁·尼科诺维奇会画圣像。人们说在全罗斯都找不出他笔下这样的圣像，说它们一定是出自上帝之手，来为这个邪恶的世界赐福。罗斯北部的修道院争着复制他的作品。阿列克谢派出的间谍给都主教形容那些狂喜骚动的人，讲起女人因为能亲吻到画像的脸庞而痛哭流涕。

这些传言使都主教感到相当不安。"好吧，我要为莫斯科除掉这位金发祭司，"他自言自语，"如果他如此受人爱戴，那么只要他愿意，就能煽动人民反对亲王。"

他开始谋划。

正当他沉思时，一位从彼得·弗拉基米罗维奇家里赶来的信使求见。

都主教马上派人去叫他。那位信使应召而来，风尘仆仆，疲惫不堪，站在都主教金碧辉煌的房间里，样子十分敬畏。但他仍然稳稳地站着，说话时也只稍有一点结巴："都主教，愿神保佑您。"

"愿神与你同在。"都主教阿列克谢说，用手指画了个十字，"告诉我，你远道而来，带来了什么消息，我的孩子。"

"列斯纳亚辛里亚的祭司去世了，"那信使上气不接下气地解释，因为之前没想到会向如此尊贵的人物直接汇报，"虔诚的胖谢苗祭司已蒙上帝恩召往见，我们现在茫然无依，这是女主人说的。她求您再给我们派一位祭司，好使我们不会在旷野中迷路。"

"好吧，"都主教马上说，"谢谢你，能救赎你们的人马上就到。"

都主教阿列克谢命信使退下，派人召康斯坦丁·尼科诺维奇来见他。

那年轻人走到这位高阶神职人员面前。他身材很高,面色苍白,热情洋溢。他的袍子是黑色的,正好衬托出美丽的头发和眼睛。

"康斯坦丁祭司,"阿列克谢说,"神指派了任务给你。"

康斯坦丁祭司什么也没说。

"一位夫人,"都主教继续说,"就是大公本人的姐姐,派信使来乞求我们的帮助。她村庄里的羊群失去了牧人。"

那年轻人脸色不变。

"你就是要去照顾这位夫人和她家人的人选。"阿列克谢皮笑肉不笑地把话讲完。

"巴图席卡,"康斯坦丁祭司说,声音深沉得令人吃惊,"荣幸之至。但我在莫斯科这边还有工作没完成,这里的人还需要我,而且我为上帝荣光绘制的圣像也在这里。"阿列克谢身边的仆人不禁轻轻地叫了一声,而都主教眯起双眼。

"莫斯科有太多像我们这样的人为大家服务了。"都主教回答,"但没有一个人为旷野中那些可怜的迷途者服务。不,不,这件事一定要你来做。三周后你就动身。"那年轻祭司的声音既能抚慰人心,却又令人紧张不安。阿列克谢警惕地看着他。

彼得·弗拉基米罗维奇是个明智的人,阿列克谢想,在北方待上三个季度,足以要了这个自命不凡的家伙的命,或者至少会使那种可怕的魅力褪色。这比现在就杀了他要好,否则人们会把他的血肉当作圣骸,尊他为殉道者。

康斯坦丁祭司张开嘴。但他看到都主教冷酷无情的眼睛和旁边的守卫,想到在前厅还有更多举着鲜红长矛的士兵,便把要说的话又咽回肚子里。

"我敢肯定,"阿列克谢轻声说,"你在动身前还有不少事情要做。愿上帝与你同在,我的孩子。"

康斯坦丁脸色苍白,咬着红唇,僵硬地低头行礼,转身离开房间。他厚重的袍子如水般波动,在他身后哗啦啦地响。

"大患已除,可喜可贺。"阿列克谢喃喃地说,虽然他仍然觉得很不自在。他把克瓦斯倒进杯子,一饮而尽,体会着喉咙里的那股寒意。

※※※

盛夏时分,野草在干燥的路上蔓延,温柔的阳光洒在芬芳的泥土上。轻柔细雨洒过,林中鲜花盛开。但康斯坦丁祭司眼里看不见这些。他骑马走在安娜的信使身边,气得嘴唇发白。他渴望画笔、颜料和木画板,渴望回到自己那凉爽安静的小屋。最重要的是:他想念自己的教民,想念他们渴求爱、惊恐而狂喜的样子,想念他们向他伸出的双手。爱管闲事的都主教已经被恶魔附体了。现在他被流放了,不为别的,只因为人们更喜欢他。

好吧,他会教导某个村里的男孩,让他领圣职,然后自己就一身轻松地返回莫斯科,或者再往南走去基辅,或向西去诺夫哥罗德。天高地广,康斯坦丁·尼科诺维奇可不会在森林中的某个农场里烂掉。

康斯坦丁花了一周时间生闷气,但人类天生的好奇心终究占了上风。越往荒野深处走,树木越高大:橡树粗得吓人,松树和教堂的圆顶一样高。青青牧草越来越稀疏,道路两边的树木挤得越来越紧。光线变成绿色、灰色和紫色,树木投下的阴影像黑天鹅绒一样厚。

"彼得·弗拉基米罗维奇的领地是什么样子的?"有一天早上康斯坦丁问他的同伴。那信使被吓了一跳,因为之前他们并辔骑行了一周,这位英俊的祭司在就餐之外的时间里很少开金口。

"非常漂亮,巴图席卡,"那人恭敬地答话,"树木像大教堂一样精美,到处是欢快的河流。夏天鲜花盛开,秋天果实飘香。但冬天很冷。"

"你的主人和女主人呢?"康斯坦丁忍不住问。

"彼得·弗拉基米罗维奇是个好人,"那人的声音渐渐变得柔和温暖,"有时严厉,但很公正。他的子民从不会有所不足。"

"你的女主人呢?"

"噢,她是个虔诚的、善良的女人。不像之前的女主人,但仍是个好女人。我说不出她有什么缺点。"他一边说,一边偷偷瞥了康斯坦丁一眼,康斯坦丁祭司很想听听这位信使咽回去的那些话。

***

祭司到达那天,瓦西娅正坐在树上跟水泽仙女聊天儿。瓦西娅之前跟她聊天儿时还觉得不安,现在她已习惯了这女人赤裸的绿皮肤,还有从那杂草一般的浅色头发上不断滴落的水。那精灵好像猫一样,若无其事地坐在粗壮的树枝上,一下一下梳理长发。梳子是水泽仙女最重要的宝物,因为如果她的头发干了,她就会死去,但梳子能在任何地方生出水来。瓦西娅仔细看时,能发现水从梳齿里汩汩地流出来。水泽仙女喜欢吃肉。黎明时分小鹿来她的湖里喝水时,她会抓走它们,有时还会抓走仲夏时在湖里游泳的年轻男子。但她喜欢瓦西丽莎。

北国的夏天白昼漫长。下午晚些时候,阳光照在她俩身上,使瓦西娅的头发闪着光亮,却使水泽仙女皮肤的颜色更浅了。她看上去像个有女人外形的绿色幽灵。这水妖的年纪和湖泊一样大,有时她会疑惑地看着瓦西娅，那来自新世界的性急的孩子。

她们交上朋友的原因也很古怪。水泽仙女劫走了村里的一个男孩。瓦西娅眼看着那男孩消失，听到汩汩水声，看到绿色的手指一闪。于是她紧跟着也潜进湖中。虽然她还是个孩子，但她有种不怕死的蛮劲，不畏惧任何水泽仙女。她抓住那男孩，把他拖回阳光下。他们安全上岸。男孩遍体鳞伤，大口吐水，盯着瓦西娅，既感激又害怕。一上岸，他就挣脱她的手，向村子跑去。

瓦西娅当时耸耸肩，跟在后面，同时把发辫里的水拧出来。她想回去喝汤了。春天里黄昏漫长。晚些时候，当每一片树叶和草叶都在浅蓝色的空气中变成黑色剪影时，瓦西娅又回到湖边，在湖岸上坐下，把脚趾浸在水里。

"你刚才是想吃掉他吗？"她对水面说，像是在跟人聊天儿，"你找不到其他肉吃吗？"

寂静，只有树叶沙沙响着。

"不。"一个如潺潺流水般的声音说。瓦西娅跳起来，目光在枝叶间迅速扫来扫去。纯靠运气，她才瞥见一个裸女的曲线轮廓。那水泽仙女蹲坐在树枝上，一只手抓着个闪着微光的白色物体。

"不是肉，"那生物抖了一下，头发像水波般扫过皮肤，"恐惧——和欲望——这两者你都不懂。它会丰富水的味道，还给我提供养分。只有垂死时，他们才能知道我是谁。否则我在他们眼里不过是湖泊、树木和水草。"

"但你把他们杀死了！"瓦西娅说。

"万物终有一死。"

"我不会让你屠杀我的族人。"

"那么，我就会消失。"水泽仙女淡漠地回答。

瓦西娅想了片刻："我知道你在这里，我能看见你。但我不会死，我也不怕。但是，我能看见你。我可以成为你的朋友，行吗？"

水泽仙女正好奇地看着她："也许吧。"

瓦西娅说话算话，不时来找这水妖。春天时她把花朵扔到湖里，水泽仙女没有死。

作为回报，水泽仙女教瓦西娅游泳，她这样棒的老师可是很少见的。水泽仙女还教她如何像猫一样爬树。于是两人待在一起，舒服地靠在树杈上，低头就能看到大路；而此时康斯坦丁祭司正向列斯纳亚辛里亚走来。

水泽仙女首先看到了那祭司，眼睛一亮："来的那个人一定很好吃。"

瓦西娅向下面的大道看去，看到一个金发男子，头发落满灰尘，身上的袍子说明他是个祭司。"为什么？"她问。

"他心中充满欲望，欲望和恐惧。他不知道自己在渴望什么，也不承认自己的恐惧。但他能感觉到这两者，它们也强大到能让他丧命。"那个越走越近的男人确实有张饥渴的脸。他高高凸起的颧骨在凹陷的双颊上投下灰色阴影。他有一双深陷的蓝眼睛，以及柔软饱满的嘴唇——虽说它们执拗地紧闭，似乎要掩饰这种温柔。她父亲的一个手下骑马走在他旁边。两匹马都满身尘土，疲惫不堪。

瓦西娅的脸亮了起来。"我要回家了，"她说，"如果他是从莫斯科来的，他会有我哥哥姐姐的消息的。"

水泽仙女并没有看她，而是俯瞰那男人脚下的小路，眼里闪着饥饿的光。

"你答应过我不杀人的。"瓦西娅一针见血。

水泽仙女微笑着,尖牙在绿色的唇间发光。"也许他渴望死亡呢,"她说,"如果是这样——我能帮他。"

***

前院里人头攒动,好像沐浴在午后金色阳光中的一座蚁山。一个男人正在为疲惫的马解下马鞍,但那位祭司不见了。瓦西娅向厨房门跑去。顿娅在门槛那儿迎接她,对她头发里的小细枝和短裙上的污点发出不满的嘘声。"瓦西娅,哪里——?"她说,"算了,来吧,快点。"她催着女孩去梳头发,换下脏衣服,穿上衬衫,戴上绣花头巾。

瓦西娅心情激动地从她和伊丽娜共住的房间里出来,衣饰整洁到能见人了。阿廖沙正等着她,她出现时他咧开嘴笑了:"亲爱的瓦西娅,也许他们最后能想出办法把你嫁出去。"

"安娜·伊凡诺芙娜可不是这么说的,"瓦西娅镇定自若地回答,"个头儿太高,瘦得皮包骨,像只鼬鼠,脚和脸像只青蛙。"她握住双手,抬起眼睛,"哎呀,只有童话里的王子才会娶青蛙当老婆。而且她们会魔法,会听从命令变成美女。恐怕不会有王子要我了,亲爱的阿廖沙。"

阿廖沙嗤之以鼻:"那我就要同情那个王子了。但别把安娜·伊凡诺芙娜当回事,她不想让你变漂亮。"

瓦西娅什么也没说,脸上掠过一道阴影。

"好吧,我们有位新祭司了。"阿廖沙匆匆加了一句,"你不好奇吗,小妹妹?"

两人溜到外面,绕着宅子走。

她看了他一眼,无忧无虑仿佛孩子一样。"你不好奇吗?"她说，"他从莫斯科来，也许会带来些消息。"

***

彼得和那祭司正一起坐在夏日凉爽的草地上，喝着克瓦斯。听到孩子们过来了，彼得就转过身去。看见自己的次女时，他眯起眼睛。

她快长大成人了，他想，我好久没有仔细看过她了。她那么像她妈妈，又那么不像她妈妈。

其实瓦西娅仍然处在某个尴尬的时期，但快要长开了。她的骨相仍然粗大，嘴还是太宽，而且嘴唇对脸上的其他部分来说过于饱满。但她引人注目：眼如碧湖，思绪好像掠过湖水的云朵；一举一动、脖颈线条和发辫让人看得移不开眼睛。阳光照在她的头发上，那黑发并不像玛丽娜的头发那样闪着如青铜器一样的光，而是呈暗红色，好像缀着石榴石。

康斯坦丁祭司望着瓦西娅，挑起眉毛，似有若无地皱了皱。难怪，彼得想。虽然穿着整洁的袍服，头发编得也没什么问题，但她身上还是带着些野性。她看上去好像刚被抓住的野生动物，还没来得及被驯化并学会服从。

"这是犬子，"彼得飞快地说，"阿列克谢·彼得罗维奇。这是小女瓦西丽莎·彼得罗芙娜。"

阿廖沙向祭司和父亲两人躬身施礼，而瓦西娅正看着康斯坦丁，毫不遮掩目光中的急切。阿廖沙用胳膊肘狠狠捅了她一下。

"噢！"瓦西娅说，"欢迎您来，巴图席卡。"她匆匆加了一句，"您有我哥哥姐姐的消息吗？我哥哥七年前骑马走掉，在圣三一修道院出家了。我姐姐是谢尔普霍夫亲王妃。您一定见过他们！"

她母亲真该管管她，康斯坦丁想道。一位女士问候祭司时，要轻声细语，同时垂下头；而这厚脸皮的姑娘却用古怪的绿眼睛直盯着他的脸。

"够了，瓦西娅，"彼得严厉地说，"他大老远过来，已经很累了。"

康斯坦丁不必回答这个问题，因为夏天的草地上传来沙沙的脚步声，安娜·伊凡诺芙娜穿着最好的衣服气喘吁吁地登场。她的小女儿伊丽娜跟在后面，漂亮得像个洋娃娃，一如既往地让人挑不出瑕疵。安娜鞠了个躬。伊丽娜吮着手指，瞪大眼睛盯着新来的人。"巴图席卡，"安娜说，"大驾光临，蓬荜生辉。"

祭司点头回礼。至少这两位女士举止很得体。母亲用围巾裹住头发，那小姑娘整洁、小巧、恭敬。但不知怎的，康斯坦丁的目光斜瞥，正好看见另一个女儿饶有兴味地盯着自己。

***

"颜料？"彼得皱着眉头说。

"颜料，彼得·弗拉基米罗维奇。"康斯坦丁祭司说，试图掩饰自己的急切之情。

彼得不确定自己是否听错了。

他们在夏日的厨房里用餐，人声喧闹。这是一年中的黄金季节，森林对人也非常和善，果菜园里的植物长得满满当当。顿娅的炖菜水平更上一层楼。"我们就像野兔一样跑起来。"坐在灶台另一边的阿廖沙说。在他身边，满面通红的瓦西娅捂住了脸。厨房里的人哄笑起来。

"您的意思是染料吧？"彼得对祭司说，一脸了然的表情，"好吧，这一点您不用担心；您想要什么颜色，女人们都能染出来。"他咧嘴笑起来,觉得自己又完美地解决了一件事。彼得对生活很满意:他的庄稼长得又高又绿;头顶上是万里晴空;而自从那金发祭司来到这里,妻子哭泣、尖叫和躲藏的次数也变少了。

"我们能做到,"安娜忘记了自己的炖菜,喘着气插嘴,"只要您喜欢。您吃饱了吗,巴图席卡?"

"颜料,"康斯坦丁说,"不是染色的染料。我想做些颜料。"

彼得觉得受到了冒犯。宅子的屋檐下也有猩红和蓝色相间的彩绘。但油漆还很鲜艳,保持得也不错。如果这人想胡来……

康斯坦丁指指门对面放圣像的角落。"我想画圣像,"他把话挑明,"为了上帝的荣光。我知道自己需要什么。但在这森林里,我不知道该去哪里找。"

为了画圣像。彼得不禁对康斯坦丁是另眼相看。

"跟我们的圣像一样吗?"他斜眼看着角落里的圣母玛利亚像。它面前放着蜡烛头,被烟熏得失了色,本身也画得相当差。

家里供养的圣像是他从莫斯科买来的,但他从未见过圣像画家。修士才会画圣像。

康斯坦丁张开嘴又合上,揉了揉脸说:"是的,会有点像。但我必须有颜料。颜料,我带来了一些,但是……"

圣像是神圣的。如果有位圣像画家住在家里,那这宅子也会受人尊敬。"当然,巴图席卡。"彼得说,"圣像——画圣像——好吧,我们会弄来颜料的。"他提高声音,"瓦西娅!"

灶台另一边,阿廖沙说了什么,接着大笑起来。瓦西娅也跟着一起笑。阳光照在她发间,能清楚地看见她鼻梁上的雀斑。

笨拙的女孩,康斯坦丁想道,笨手笨脚,半大不小。但宅子里的一半人都在看她要做什么。"瓦西娅!"彼得又叫了一声,声音更严厉了。

她停止耳语,向他们走来。她穿着件绿裙子,戴着红黄相间的方头巾,两绺头发从太阳穴那里溜出来。她真丑,康斯坦丁想,然后他暗自纳闷儿:这姑娘丑不丑与自己何干?

"爸爸?"瓦西娅说。

"康斯坦丁祭司想去森林里,"彼得说,"他在找颜料。你和他一起去吧。你可以告诉他那些能染色的植物长在哪里。"

她看了他一眼,但并不像一般少女那样腼腆。她的目光坦率如阳光,明亮且好奇。"好的,爸爸。"说着,瓦西娅转向康斯坦丁,"明天拂晓,我想,巴图席卡。要采那些植物,最好赶在天大亮之前。"

安娜·伊凡诺芙娜抓住这个机会给康斯坦丁碗里又舀了些炖菜。"请原谅。"她说。

他盯着瓦西娅看。为什么村里的某个男人不能帮他找颜料呢?为什么是这个绿眼睛的小巫婆?突然他意识到自己失礼了。那种活泼的神情从女孩脸上褪去。康斯坦丁回过神儿来:"非常感谢,小姐。"他用手指在两人之间的空气中画了个十字。

瓦西娅突然笑了。"那就明天。"她说。

"退下,瓦西娅,"安娜的声音有些刺耳,"祭司不需要你了。"

***

第二天早上,地面笼罩着薄雾,在初升太阳的光芒中呈现红色和白色,道道树影投在上面。那女孩容光焕发地向康斯坦丁打招呼,但神色警惕。薄雾中她仿佛一个精灵。

列斯纳亚辛里亚的森林和莫斯科周围的森林可不一样。这里的森林更原始、更冷酷,也更美丽。处处巨木参天,康斯坦丁觉得四周似乎都有眼睛盯着自己。眼睛……荒谬。

"我知道哪里长着野薄荷。"瓦西娅说。他们走上一条肮脏狭窄的小路,头上交织的枝叶好像大教堂的拱顶。那女孩的赤脚踩在尘土里,显得那么纤弱。她将一个皮包斜背在背后。"如果我们幸运的话,还能找到接骨木和黑莓。桤木能做成黄颜料。但要画圣像的脸,还不够。您会为我们画圣像吗,巴图席卡?"

"我这里有红土、碾成末的岩石、黑铁,我甚至还弄到了青金石粉来画圣母玛利亚的血管。但我没有绿色、黄色和紫罗兰色。"康斯坦丁说。他终于从自己的声音里听到了急切。

"我们能找到那些颜料,"瓦西娅说,像个孩子一样跳着走,"我从来没见过圣像是怎么画出来的。大家都没见过。我们都会过来,求您让我们祈祷,看您工作。"

他知道有人就是这么做的。在莫斯科,他们拥过来看他的圣像……

"毕竟您还是人类,"瓦西娅说,她看到了康斯坦丁脸上划过的思绪,"我也搞不清。您自己有时就像圣像。"

他不知道她从自己脸上看出了什么,但开始生自己的气:"你想知道的太多了,瓦西丽莎·彼得罗芙娜。还是乖乖和你妹妹待在家里比较好。"

"您不是第一个对我这么说的人,"瓦西娅毫不在意,"但如果我真待在家里,那还有谁能一大早跟您出来找叶子呢?它们那么小,这里——"

他们在桦树前停下,又在野芥末花前驻足。那女孩用起小刀来很灵巧。太阳升得更高了,驱散了雾气。

"真不好意思,昨天我问了您一个问题,"瓦西娅说,网眼状的芥末花叶子从她的包里支出来,"但我今天还想再问一次,您能原谅一个女孩的急切吗,巴图席卡?我爱我的哥哥和姐姐,我有好久没听到过他们中任何一个人的消息了。我哥哥现在是亚历山大兄弟了。"

祭司抿抿嘴。"我知道他,"他稍稍踌躇,说,"他以自己出生的名字发誓修行时,惹出不少传言。"

瓦西娅微微一笑:"我们的妈妈为他起了这个名字,我哥哥总是那么固执。"

亚历山大兄弟宁可渎神也不妥协的谣言已经传遍了罗斯。但康斯坦丁提醒自己:修士的誓言可不适合与少女谈论。女孩那双大眼睛盯着他的脸,康斯坦丁开始觉得不安。"亚历山大兄弟曾经去莫斯科参加季米特里·伊凡诺维奇的加冕礼,据说他因在村子间传教而颇有名气。"祭司生硬地加上一句。

"我姐姐呢?"瓦西娅问。

"谢尔普霍夫亲王妃因其虔诚和强壮的子嗣而受人尊重。"康斯坦丁说,希望这次谈话快点结束。

瓦西娅满意地轻叹一声,转过身来。"我担心他们,"她说,"爸爸也担心,但他装作若无其事的样子。谢谢您,巴图席卡。"她把脸转向他,内心的欣喜使整张脸庞都亮了起来,康斯坦丁吓了一跳,不由得看呆了。他沉下脸来,两人沉默了一小会儿。小径变宽,于是他们并肩走着。

"我爸爸说您到过大地的尽头,"瓦西娅说,"去过沙皇格勒,还有那座千王宫①。还去过圣智教堂②。"

"是的。"康斯坦丁说。

"您能跟我讲讲吗?"她说,"爸爸说天使在傍晚时会唱歌。沙皇③统治所有上帝的子民,就像他是上帝本人一样。他的宝石能装满好几间屋子,还有一千名用人伺候他。"

她的问题把他吓了一跳。"不是天使,"康斯坦丁慢吞吞地说,"是人在唱歌,但他们的歌声能使天使嫉妒。夜幕降临时,他们点起十万根蜡烛,到处金光闪耀,到处都能听到音乐……"

他突然停住了。

"那一定像是天堂了。"瓦西娅说。

"是的。"康斯坦丁说。记忆扼住了他的喉咙:金和银,音乐、博学的人和自由。森林好像要让他窒息。"对女孩来说,这不是个合适的话题。"他又说。

瓦西娅抬起一条眉毛。他们向一丛黑莓灌木走去。瓦西娅摘了一把吃。"您不想来这里,对不对?"她绕过黑莓丛,"我们这里没有音乐也没有烛光,更没有那些装模作样的人。您还会再离开吗?"

---

① 千王宫由君士坦丁大帝为供奉智慧之神索非亚而兴建。始建于公元325年,后受损于战乱。——译者注

② "圣智教堂"一词起源于拉丁词Caesar,原本为罗马皇帝(imperator)专用,在古教会斯拉夫语境中,指拜占庭皇帝。

③ 在本部小说中,"沙皇"一词指君士坦丁堡(又称沙皇格勒,意为"沙皇之城")的拜占庭皇帝,而非俄罗斯的统治者。伊凡四世(即"恐怖的伊凡")是第一位获得"全俄罗斯沙皇"头衔的大公,时间是在《熊与夜莺》中的虚构事件发生的近二百年后。俄罗斯统治者们沿用沙皇的头衔,原因是继君士坦丁堡于1453年在奥斯曼帝国的进攻下陷落后,他们认为莫斯科是"第三罗马",继承了君士坦丁堡在东正教徒中的精神权威。

"上帝指派我去哪里,我就去哪里,"康斯坦丁冷冷地说,"如果这里有任务要我完成,我就会留在这里。"

"您的工作是什么呢,巴图席卡?"瓦西娅说,她已经不再吃黑莓了。有那么一瞬,她把目光投向头上的树冠。

康斯坦丁顺着她的目光望去,但那里什么都没有。奇怪的感觉如蚂蚁般顺着他的脊梁爬上来。"来拯救灵魂。"他说。他能数清她鼻子上的雀斑。如果有哪个女孩需要拯救的话,那就是眼前这个。黑莓汁把她的嘴唇和手弄脏了。

瓦西娅微微一笑:"那么,您要来拯救我们吗?"

"如果上帝赐予我力量,我会拯救你们。"

"我不过是个乡下丫头,"瓦西娅说,又伸手去够黑莓丛,小心避开上面的刺,"我从没见过沙皇格勒或天使,也没听到过上帝的声音。但我觉得您应该小心,巴图席卡,有时上帝讲的话未必合您的心意。我们之前从不需要拯救。"

康斯坦丁瞪着她。她只是对他微笑,样子更像是个孩子,而不是女人。她身材高瘦,脸被黑莓汁弄脏了。"快点,"瓦西娅说,"天很快就要亮了。"

***

那天晚上,康斯坦丁祭司躺在狭窄的小床上发抖,无法入睡。在北方,即使是在夏季,日落后也寒风刺骨。

他已经照原样把圣像放在门对面的角落里。圣母像挂在正中,下面是描绘基督教"三位一体"[①]的画作。夜幕降临时,那位腼腆而爱

[①] "三位一体"指基督教中圣父、圣子、圣灵的合体。——译者注

管闲事的女主人给了他一根油乎乎的蜂蜡烛让他放在圣像前。黄昏时分,康斯坦丁点燃它,欣赏着那金色的光芒。但在月光中,蜡烛在圣母脸上投下不祥的阴影,奇怪的影子在"三位一体"上狂野地舞动。这座宅子在夜里使人感到危机四伏,它几乎可以呼吸……

多么可笑,康斯坦丁想。他生起自己的气,起身打算把蜡烛吹灭。但穿过房间时,他清清楚楚地听到某扇门"咔嗒"一声关上了。他不假思索地转向窗户。

一个女人裹着厚重的披肩,快步穿过房前的空地,看上去胖乎乎的。由于蒙着披肩,他看不清她的身形。康斯坦丁祭司认不出她是谁。那个身影走到教堂门口,停了下来,把手放在铜环上拉开门,消失在教堂里面。

很少有人会在这样黑暗潮湿的夜晚去祈祷。那女人的行动有些鬼鬼祟祟,看上去不像好人。

此时康斯坦丁越来越好奇,越来越恼火,同时也更加清醒。他从窗口转过身来,披上黑袍。他的房间单独有扇通向外面的门。他悄无声息地溜出去,连鞋都懒得穿,穿过草地向教堂走去。

***

安娜·伊凡诺芙娜在黑暗中跪在祭坛画[①]前,试着把所有念头从脑海里赶出去。灰尘、颜料、蜂蜡和旧木头的味道萦绕在周围,使她感到安心。她之前又做了个噩梦,吓得全身是汗,此时汗水已逐渐在寒冷中干涸了。在梦中,她一直走在午夜的森林中,四周是黑影和奇

[①] 祭坛画是以宗教为题材的绘画,常安置在教堂圣坛前面。——译者注

怪的声音。

"太太,"它们喊道,"太太,求您了。看看我们。听我们说话,免得您的火炉没人保护。求您了,太太。"但她不去看。她走啊走啊,声音一直折磨着她。最后,她绝望地跑了起来,脚被岩石和树根弄得伤痕累累。一声洪亮的悲叹响起,突然脚下的路走到了尽头。她跑向一片虚无,大口喘气,汗流浃背。

这不过是个梦。但她觉得脸和脚很痛,于是被惊醒了。安娜能听到那些声音。最后她冲向教堂,在祭坛画脚下缩成一团。她要待在教堂里,直到第一缕阳光出现时再溜回去。她以前就这样做过。尽管要解释自己为何整夜消失是件很难堪的事,丈夫还是对她很包容。

门的铰链轻柔地嘎吱一响,她听在耳里,还以为进了小偷。安娜摇摇晃晃地站起来,转过身看。那是个穿黑袍的身影,天上的月亮为它镶上银边。它轻悄悄地进了门,向她走来。安娜吓得一动不能动,直挺挺地站在那儿,直到那人影走到近前,她才从那古金色头发的微光上认出了对方。

"安娜·伊凡诺芙娜,"康斯坦丁说,"你还好吗?"

她在祭司面前大张着嘴。她这一生中,人们总是愤怒地向她发问:"你在干什么?"他们说:"你有毛病吗?"但从没有人用那种温和的口吻问她还好吗。月光在他脸上的凹陷处轻快地跳动。

安娜结结巴巴地说:"我——当然,巴图席卡,我很好,我只是——原谅我,我……"她哽咽着,说不出话来,全身发抖,不敢去看他的眼睛。她转过身去,在胸前画十字,再次跪在祭坛画前。康斯坦丁祭司一言不发地站在那儿看了她一会儿,转过身来画了个十字,也跪了下去，恰恰跪在圣障①的另一端，跪在圣母那平静的面孔前。他祈祷的声音隐隐传到安娜耳中。尽管她听不清他说了什么，但能听到那缓慢而深沉的喃喃低语。慢慢地，她的喘息平复了。

她亲吻了基督圣像，斜瞥了康斯坦丁祭司一眼。他正注视着眼前模糊的神像，双手合十。突然，他深沉平和的声音飘到她耳边。

"告诉我，"他说，"在这个时候，你为什么要来这里寻求安慰？"

"他们没告诉你我是个疯子吗？"安娜痛苦地回答。话一出口，她自己也大吃一惊。

"没有。"祭司说，"你真的疯了吗？"

她的下巴稍稍低下去，动作微小得几乎看不见——算是点了下头。

"为什么？"

安娜抬起头看着他的眼睛。"我为什么疯了吗？"她低声问，声音嘶哑。

"不。"康斯坦丁耐心地回答，"我的意思是——你为什么觉得自己疯了？"

"我能看到——一些东西。怪物、魔鬼。到处。一直。"她觉得自己已经灵魂出窍，有什么东西控制了她的舌头，正在帮她回答。她以前从未告诉过任何人。即使她在角落里喃喃自语，而其他女人遮着嘴互相窃窃私语，她也经常自欺，否认这一点。笨拙而和善的谢苗祭司经常喝得醉醺醺的，他曾无数次与她一同祈祷。但她也从未向他坦

---

① 圣障是东正教堂中特别设置于中殿与圣所之间的圣像墙，用于分隔内外。

白过这个。

"但是，那怎么就能说明你疯了呢？教会告诉我们说，恶魔在我们之中行走。你是在否认教会的教导吗？"

"不！但是……"安娜感到身上热一阵，冷一阵。她想再次看看他的脸，却鼓不起勇气。她转而去看地板，模糊地看到他的赤脚从厚重的袍子下伸出来，很不协调。最后她勉强低声说：

"但是它们不是——不可能是——真实的。没有其他人能看到……我是疯了，我知道我疯了。"她的声音渐渐低下来，慢吞吞地加上一句，"但有时我会觉得——我的继女瓦西丽莎……但她不过是个听了太多故事的孩子。"

康斯坦丁祭司的目光变得锐利。

"她谈起过这些，是吗？"

"没有，最近没有。但当她还是个小丫头时，有时我觉得……她的眼睛……"

"但你就什么也没做？"康斯坦丁把自己的声音调整得很好，像蛇一般灵活柔软，仿佛一位歌者。他那怀疑而轻蔑的口吻令安娜畏缩。

"每次我都打她，不许她提起这事。我想，也许，如果我能在她小时调教好她，这种疯病就不会恶化。"

"你就是这样想的吗？疯病？你就从不为她的灵魂担心吗？"

安娜张开嘴又合上，困惑地盯着祭司看。他大步走向圣障中央，那里有一张画，画的是基督登上王位，使徒们围在他四周。月光中，祭司的金发变成银灰色。他的黑色影子慢慢爬过地板。

"恶魔可以被驱除，安娜·伊凡诺芙娜。"他说，仍然盯着圣像不动。

"驱——驱除？"她尖叫起来。

"当然。"

"怎么驱除呢？"她的思想纷乱，理不出头绪。她这一生都在受诅咒，而现在她知道自己可能会摆脱它。她觉得一时还消化不了这个说法。

"教会的仪式。还有，多多祈祷。"

短暂的沉寂。

"噢，"安娜喘着气，"哦，求您了。把它赶走吧，把它们赶走吧。"

他可能是笑了，但在月光中她看不清。

"我会祈祷，再考虑一下这件事。回去睡觉吧，安娜·伊凡诺芙娜。"她瞪大眼睛看着他，眼中满是震惊。之后她急急地转过身，跌跌撞撞地向门走去，双脚笨拙地踩在裸露的木地板上。

康斯坦丁祭司伏在祭坛画前，一夜无眠。

第二天是个星期日。在灰绿色的晨光照耀大地之前，康斯坦丁回到自己的房间。他觉得眼皮沉重，往头上浇了盆冷水，又洗了手。不久他就必须主持礼拜了。他疲倦但镇定。在刚过去的那个不眠之夜里，上帝给了他答案。他知道是什么样的罪恶盘踞在这片土地上。它在保姆围裙上的太阳标志里，在那个傻女人心中的恐惧里，在彼得次女那古怪而充满野性的眼睛里。这地方恶魔肆虐，全是旧宗教的余孽。这些愚蠢野蛮的人白天崇拜上帝，私下里却供奉过去的神灵。他们脚踩两只船，在天父看来全是品性卑劣的家伙。难怪恶魔要来作祟。

他兴奋，他热血沸腾。他本以为自己会在这片僻远之地无聊到发霉，但这里有一场真正的战斗，一场征服人们灵魂的战斗。战场一边是邪恶，另一边则是他——上帝派来的使者。

人们正在聚集起来。他几乎能感觉到他们热切的好奇心。现在这里的情况还比不上莫斯科。在莫斯科，人们贪婪地听他讲话，惊惧地膜拜他。还比不上。

但早晚会一样的。

***

瓦西娅扭动肩膀，希望能摘下头巾。他们正在教堂里，而顿娅为这个由布料、木材和半宝石构成的、沉重的新发明又加了条面纱，使她很痒。但比起安娜来，她就是小巫见大巫了。安娜盛装打扮，仿佛要去出席宴会。她脖子上戴着镶宝石的十字架，每根手指上都有戒指。顿娅看了她的女主人一眼，低声念叨着关于虔诚和金发的某些话。就连彼得也挑眉看了妻子一眼，但没吭声。瓦西娅挠着头皮，跟在哥哥们后面走进教堂。

女人们站在中殿左边、圣母玛利亚前面；男子们站在右边，面对基督。瓦西娅之前一直希望自己能站在阿廖沙旁边，这样在做礼拜时，他们就可以互相乱戳，前后乱动。伊丽娜那么小，又那么可爱，戳她一下也没什么意思。不管怎么说，安娜总是能看见。瓦西娅反背双手，十指交握。

圣障中央的门开了，祭司走了出来。村民们窃窃私语的声音渐渐降低，最后归于沉寂。但这静寂不时被某个女孩的咯咯笑声打破。

教堂很小，康斯坦丁祭司的气场几乎将它填得满满当当。他的金发吸引了无数目光，即使安娜的珠宝也比不上它。他锐利的蓝眼睛仿佛利刃般刺穿人群，逐一扫视。他没有立刻开口。令人窒息的寂静仿佛水波，在人群中传播开来，瓦西娅能听到他们那轻柔而热切的呼吸。

"圣父、圣子、圣灵的国是有福的，"康斯坦丁终于开始说话，像在为他们施洗，"从今以后，万世不息。"

他听起来可不像谢苗祭司，瓦西娅想，尽管他们念的是同样的祷文。他的声音仿佛雷霆，但每个音节都像顿娅手中的针脚一样清楚。他口中吐出的词句是有生命的，他的声音像春天的江河一样深沉。他向他们讲述生与死、上帝与罪孽。他谈到他们不知道的事情，比如恶魔、痛苦的根源和引诱。他将这些展现在他们眼前，让他们亲眼看到自己屈服于上帝的审判，也看见自己被判永受地狱之苦、被投下深渊。

吟唱圣诗时，人群不由自主地向康斯坦丁走过去，在恐惧中迷迷糊糊地回应他。他用柔和的声音鞭答他们，驱他们前行，直到他们停止回应，像雷雨中受惊的孩童一样倾听。就在他们马上就要恐慌或迷醉时，他的声音变得柔和。

"求您怜悯我们，拯救我们，因为神本善良，神爱世人。"

一片沉寂。寂静中，康斯坦丁举起右手，为大家祝福。

他们像梦游者一样，手挽着手走出教堂。安娜露出瓦西娅无法理解的、兴奋而恐惧的神色；其他人则显得头昏脑涨，甚至疲惫不堪，眼睛里还残留着骇人的狂喜。

"亲爱的阿廖沙！"瓦西娅喊着，冲到她哥哥身边。但他转向她，脸色像其他人一样苍白，目光仿佛从极远处飘来，看着她的眼睛。她被那种茫然的眼神吓坏了，给了他一耳光。阿廖沙突然回过神儿来，推了她一把。她本来要摔倒，但她动作敏捷，而且那天她身上穿了件新袍子，往后趔趄一下后，站稳了脚跟。两人互相怒视，胸膛起伏，双拳紧握。

他们同时恢复理智，大笑起来。阿廖沙说："那是真的吗，瓦西娅？恶魔藏在我们中间。如果不把它们赶走，它们就会折磨我们。但精灵——他刚才说的是妖怪吗？女人们总是给多毛沃伊留下面包。上帝会在意这个吗？"

"不管他是不是在讲故事，但单凭莫斯科来的一个老祭司的话，我们为什么就要把家里的小妖赶走呢？"瓦西娅厉声说，"我们总是给它们留下面包、盐和水，也没见上帝生气。"

"我们并没挨过饿，"阿廖沙犹疑地说，"也没遭过火灾，或得过重病。但也许上帝在等我们死去，好让我们受的惩罚永无尽头。"

"看在上帝的分儿上，亲爱的阿廖沙。"瓦西娅开始说，但她的话被顿娅的喊声打断了。安娜下令准备一顿特别丰盛的晚餐，而瓦西娅必须去包饺子、搅拌汤。

他们在屋子外面吃饭，餐桌上摆着鸡蛋、麦粥[1]和夏天绿油油的蔬菜，还有面包、奶酪和蜂蜜。往常那种快活的忙乱气氛消失不见了，年轻的农妇三三两两地站在一起，窃窃私语。

康斯坦丁容光焕发，默默地咀嚼。彼得皱着眉头，左右晃着脑袋，仿佛一头嗅到了危险但还没看到草丛中狼群的公牛。爸爸了解野兽和强盗是怎么回事，瓦西娅想，但人是无法与罪孽和诅咒战斗的。

---

[1] 麦粥是用荞麦、小麦、黑麦、粟米或大麦做的粥。

其他人望着祭司，眼光中有恐惧，也有如饥似渴的崇拜。安娜·伊凡诺芙娜喜气洋洋，但心里还有些犹豫不定。他们的热情仿佛疾驰的马，把康斯坦丁驮在背上带他飞奔。瓦西娅并不知道这个。但所有人走后，中殿里一片沉寂，祭司当时把这种感情全身心地倾注进驱魔仪式里去。就算是盲人也会发誓自己听到了魔鬼哭着逃命，逃出彼得家，跑得远远的。

***

那年夏天，康斯坦丁常常到人群中去，倾听他们的悲哀，为垂死的人和新生儿祝福。有人向他讲话，他就倾听。当他低沉的声音响起时，所有人都安静下来听他讲话。"你要忏悔，"他告诉他们，"否则将有烈火焚身。那火焰已经很近了。每次你躺下睡觉时，它就在等你，也在等你的孩子们。把你的果实献给上帝，只能献给上帝。这是你唯一的救赎之路。"

人们聚在一起喃喃低语，且他们的低语越来越可怕。

康斯坦丁每晚都来彼得家用餐。他的声音使杯中的蜂蜜酒泛起涟漪，使他们的木匙咯咯作响。伊丽娜开始用勺子敲杯子，听到它们碰在一起就笑个不停。瓦西娅也怂恿她这么做，因为那孩子的快乐使人感到安慰。关于诅咒的谈话吓不到伊丽娜——她还太小了。

但瓦西娅被吓到了。

她怕的不是祭司，不是魔鬼，也不是炼狱里的火坑。她见过他们口中的魔鬼，她每天都能见到它们。其中有些是邪恶的，有些很和善，还有些很淘气。所有的魔鬼都有自己要守护的人，并学着以被守护者的方式生活。

不，瓦西娅是被她的同类吓到了。在去教堂的路上，他们不再开玩笑了。他们如饥似渴地倾听康斯坦丁祭司说话。甚至在教堂之外，人们也找借口去他的房间。

康斯坦丁从彼得那里要来蜂蜡，把它融化，和颜料混在一起。阳光照进他的小屋时，他会拿起画笔，打开装有研碎粉末的小玻璃瓶开始作画。他画了圣彼得，这位圣人长着卷曲的胡子，穿着黄色和棕色相间的袍子，举起手为人们祝福。

除了这些，列斯纳亚辛里亚再没有别的谈资了。

某个星期天，绝望的瓦西娅把几只蟋蟀握在手里偷带进教堂，把它们扔在做礼拜的人中间。它们的叫声同康斯坦丁祭司深沉的声音应和着，听起来可笑得很。但没人笑；他们感到难堪，低声说这是不祥的征兆。安娜·伊凡诺芙娜没看见捣乱者是谁，但她能猜到。礼拜结束后，她把瓦西娅叫了过来。

瓦西娅不情不愿地走进继母的房间。安娜手里已经握好一根柳条。祭司坐在打开的窗户旁边，正把一小块蓝色的石头磨成粉末。当安娜质问继女时，他似乎什么都没听见；但瓦西娅明白，继母问这些问题是想向祭司证明自己的公正，想展示自己作为女主人的威严。

问题一个接一个，没完没了。

"我还会再干一次的。"瓦西娅最后厉声说道，怒火已烧毁了她的理智，"难道不是上帝创造了所有生灵吗？为什么他只允许我们高声赞美他呢？蟋蟀也在唱赞歌呀，和我们一样。"

康斯坦丁的蓝眼睛扫了她一眼，但她读不懂他的眼神。

"无礼！"安娜尖叫道，"不敬！"

瓦西娅高昂着头，一言不发，即使继母的柳条呼啸而下，抽在她身上，她也不躲开。康斯坦丁注视着她们，表情严肃，莫测高深。瓦西娅盯着他的眼睛，一动不动。

安娜看着女孩和祭司坚定地彼此注视，气得脸更红了。她使出全身力气，挥舞那根锋利的柳条。瓦西娅在鞭挞下仍然站着不动，把嘴唇咬出血来。虽然她尽了最大努力，眼泪还是涌了出来，顺着面颊往下流。

在安娜身后，康斯坦丁无言地看着。

瓦西娅哀号一声，因为疼痛，也因为觉得受到了侮辱。但随后一切结束了，因为吓得嘴唇发白的阿廖沙跑去找他们的父亲了。彼得看见鲜血和女儿苍白的脸，抓住了安娜的胳膊。

无论对父亲还是其他人，瓦西娅一个字都没有讲。虽然她哥哥试图把她叫回来，但她马上跟跟跄跄地离开了，像只受伤的动物一样躲进林子里。如果她哭过，也只有水泽仙女能听到。

"这将教会她罪恶的代价。"当彼得责备安娜的残暴行为时，后者骄傲地如此说，"现在给她上一课，总比以后她落在火坑里要好，彼得·弗拉基米罗维奇。"

康斯坦丁什么也没说。

伤口愈合后，瓦西娅的脚步更加轻柔，嘴也闭得更紧了。她和马匹待在一起的时间更多了。她制订了疯狂的计划：打扮成男孩，去修道院找萨沙，或派个秘密信使去找奥尔加。

阿廖沙虽然嘴上不说，却开始留意她的行踪，尽量不让她再单独跟继母待在一起。

这段时间里，康斯坦丁一直在批评人们献给家中小妖的供品，即面包或蜂蜜酒。"把它献给上帝吧，"他说，"忘掉你的恶魔，免得你被烧死。"人们倾听他的话，甚至顿娅也半信半疑。她喃喃自语，摇着白发苍苍的头,从围裙和头巾上取下太阳标志。

瓦西娅没有看见这些,她藏在树林或马厩里。她不在宅子里,多毛沃伊比任何人都遗憾,因为现在他只能得到些面包屑。

第十三章

狼群

绚烂的秋季降临,但转瞬即逝,这一年慢慢临近末尾。静寂像薄雾一样,笼罩在彼得·弗拉基米罗维奇的土地上。康斯坦丁接二连三地画圣像。村里的男人们努力做新的座屏来安放这些画:圣彼得、圣保罗、圣母玛利亚和基督。人们在康斯坦丁的房间里徘徊,怀着敬畏之情看那些已完成的圣像,看那些身形和闪闪发光的面孔。康斯坦丁打算完成一整块圣障——一个一个地画。

"你的得救要归功于上帝,"康斯坦丁说,"看他的脸,你就得救了。"他们从未见过基督像他笔下的那样有大眼睛、苍白皮肤和细长的手。他们看着看着就跪下来,有时还会哭出来。

"什么是多毛沃伊?"他们说,"不过是给坏孩子讲的童话。对不起,巴图席卡,我们忏悔。"

几乎没人准备供品了,即使秋分那天也一样。多毛沃伊日渐虚弱,百无聊赖。瓦兹拉也越来越瘦,显得憔悴不堪、绝望躁狂,纠结的胡须上挂着不少稻草。他开始偷吃为马匹储备的黑麦和大麦，而马开始在它们的畜栏里跺脚、喷鼻子。村子里的人越来越不耐烦了。

***

"好吧，那不是我干的，也不是马、猫或是鬼魂干的。"某个寒冷的早晨，彼得对看马厩的男孩咆哮。头天晚上，消失的大麦特别多，于是本来就已濒临爆发边缘的彼得大发雷霆。

"我没看见！"那男孩哭着说，同时抽着鼻子，"我永远不会——"

十一月的清晨，严寒刺骨，大地似乎被冰霜冻得发脆，在脚下发出响声。彼得和那个年轻人面对面地站着。后者紧握拳头，回答他的质问。"砰"的一声，随后是痛苦的喊叫。"别再偷我的东西了。"彼得说。

瓦西娅正好溜进马厩门。她皱起眉头——父亲从不会如此暴躁，甚至从没动手打过安娜·伊凡诺芙娜。我们周围有什么事发生了？瓦西娅躲开他们的视线，爬上堆着稻草的阁楼。她花了点时间才找到瓦兹拉，发现后者正蜷成一团，把自己半埋在稻草中。看到他的眼睛时，她吓得一抖。

"你为什么要吃大麦？"她鼓起勇气问。

"因为没有供品了。"瓦兹拉闪闪发光的黑眼睛令人不安。

"你吓唬那些马了吗？"

"它们和我心有灵犀，我们能感受到彼此的情绪。"

"那就是说你很饿了？"那女孩低声说，"但我们村的人不理解这些。他们只会被吓到。那祭司总有一天会离开的，情况不会一直这样下去。"

瓦兹拉眼中的光黯淡下来，但瓦西娅觉得自己在其中不仅看到了悲伤，还有愤怒。

"我饿。"他说。

瓦西娅突然很同情他，因为她过去也常常饿肚子。"我会去给你拿面包，"她坚定地说，"我可不会被吓到。"

瓦兹拉眨眨眼睛。"我不需要太多，"他说，"面包、苹果。"

瓦西娅尽量不去多想要把自己的食物分给别人这件事。隆冬之后，食物从来就没充足过。很快她就不得不吞掉每一块面包屑了，但是——"我会给你带来的，我发誓。"她诚挚地盯着魔鬼那双棕色的圆眼睛。

"谢谢。"瓦兹拉答道，"你说话算话，我就不碰那些粮食。"

瓦西娅遵守了自己的承诺。小魔鬼要的东西从来不多：一颗干瘪的苹果、一块残缺的面包壳、一滴蜜酒。她把这些食物拿在手里，或是叼在嘴里。但瓦兹拉急切地把它们吃下去。他进餐时，马匹就安静下来。阳光渐渐变暗，白昼渐渐缩短，飘落的大雪仿佛要将他们封进洁白的大地之中。但瓦兹拉皮肤红润，心满意足。冬天的马厩像往常一样让人想在里面睡一觉。

不过这样也好，因为那年的冬季特别漫长。到了一月，天气越来越冷，甚至连顿娅都不记得哪年冬天有这样冷过。

无情的昏暗冬日里，人们不得不躲进室内。彼得终日看着家人憔悴的面容，十分心疼。他们挤在火堆旁，嚼着面包和风干的肉块，轮流添柴。即使在晚上，他们也不敢松懈。老人们嘟囔着说柴烧得太快了，现在要三根木头才能把火烧旺，而从前他们只需要一根就够了。彼得和柯利亚谴责这种无稽之谈。但他们的柴火垛确实在迅速变矮。

隆冬来了又去。白昼又变长了，但天气更冷了。寒流冻死绵羊和兔子，把粗心大意的人的手指冻黑。不管发生什么事，在这么冷的冬天里，柴火是必不可少的。因此，当柴火储备变得越来越少时，人们大胆地在冬天耀眼的阳光下穿过寂静的森林。瓦西娅和阿廖沙带着一匹小马、一辆雪橇和几把短柄斧出来，看见了雪地上的爪印。

"我们应该去追他们吗，爸爸？"那天晚上柯利亚问，"杀几只，剥皮，把其余的赶走？"他正在修理一把镰刀，眯着眼睛望着炉火。柯利亚的儿子谢辽沙一动也不动，一言不发，依偎在母亲怀里。

瓦西娅沮丧地看了看那只装针线活的大篮子，抓起一把斧子和一块磨刀石。阿廖沙觉得好笑，从自己的斧柄上抬头看了她一眼。

"看到了吗？"康斯坦丁祭司对安娜说，"看看你周围。你能得到拯救，是神的恩典。"安娜紧盯着他的脸，把针线活忘在膝上。

彼得探询地看着妻子。虽然这是他记忆中最严酷的冬天，但她似乎从来没这么轻松过。

"我觉得不妥。"彼得回答儿子的问题。他在检查他的靴子，因为在冬天，靴子上的洞可能会使人失去一只脚。他把靴子放在火旁边，捡起另一只。"北极来的狼比猎狗个头儿更大，二十年来它们头一次离我们这么近。"彼得俯下身，抚摩着皮奥斯瘦削的脑袋，那狗沮丧地舔了他一下。"这意味着它们走投无路了。如果可能的话，它们会抓小孩，或者在我们眼皮底下咬死羊。把人都召集起来，也许还有胜算。但现在太冷了，拉不开弓，只能用长矛，这样就会有人员伤亡。不行，我们必须看好孩子和牲畜，只有在白天才能进入森林。"

"我们可以设陷阱。"瓦西娅一边磨刀，发出刺耳的剐蹭声，一边插嘴说。

安娜阴沉地看了她一眼。

"不行，"彼得说，"狼不是兔子，它们能闻到你留在陷阱上的气味。而且机会渺茫，没人敢为此冒险进入森林。"

"您说得对，爸爸。"瓦西娅温顺地说。

那天晚上冷得要命。他们像腌鱼一样在炉顶上挤成一团，用家里所有的毯子把自己裹得严严实实。瓦西娅睡不好，因为父亲打呼噜，而伊丽娜那小而尖的膝盖顶在她的后背上。她翻来覆去，还要小心别踢到阿廖沙。最后快到午夜时，她迷迷糊糊地睡着了。她梦见了号叫的狼、被温暖的云吞没的冬日星星、一位骨瘦如柴的红眼睛老人，最后梦见了一个面色苍白、下巴突出的男人。他看上去非常饿，独眼斜瞟着她，不怀好意地眨着。天还没亮，她就气喘吁吁地醒来，看见屋子对面有道影子，被煤封住的炉火火光映出它的轮廓。

没什么，她想，不过是个梦，是厨房里的猫。然而那身影停了停，好像感觉到了她的注视。它稍稍侧过身来。瓦西娅几乎不敢呼吸，因为她看见了它的脸。在暗淡的光线中，那张苍白的脸仿佛潦草的涂鸦，双眼的颜色如同冬天的坚冰。她吸了口气，准备开口说话或是尖叫。但接着那个身影不见了。阳光透过厨房的门照进来，从村子里传来一声哀号。

"是蒂莫非。"彼得说出村里某个男孩的名字。彼得天还没亮就起身去看牲口了。现在他轻快地走进门来，跺着脚抖掉靴子上的雪，再掸去胡子上结的冰。由于寒冷和失眠，他的眼睛深深地凹陷进去。"他昨夜死了。"厨房里响起叹息声。半梦半醒中的瓦西娅躺在炉顶上，想起了在黑暗中走过的那个人影。顿娅什么也没说，只是嘴唇紧闭，埋头烤面包。她时常不安地看看瓦西娅，又看看伊丽娜。冬天对孩子们是很残酷的。

　　上午十点左右，女人们聚集在公共浴室里为那孩子裹尸。瓦西娅跟在继母身后挤进小屋，瞥见了蒂莫非的脸：他目光呆滞，泪水冻在瘦削的脸颊上。他的母亲把他僵硬的尸体紧紧抱在怀里，对他耳语，根本不理邻居们。人们耐心地一再劝她，但她仍抱着孩子不放。两个女人用力把他从她怀里拽出来，她开始尖叫。

　　房间里乱成一团。母亲向邻居们猛扑过去，哭着要把儿子抢回来。大多数妇女自己也有孩子，看到她的眼神，畏缩着不敢上前。那母亲盲目地挣扎，在空中乱抓。瓦西娅把伊丽娜推到安全的地方，抓住了她伸出来的双臂。瓦西娅很瘦，但很有劲。那母亲悲痛万分，瓦西娅紧紧抓住她不放，想说些什么。"放开我，巫婆！"女人尖叫道，"放手！"瓦西娅惊慌失措，手一松，对方的胳膊肘就撞在她脸上。她眼前金星乱冒，放开了那女人。

　　就在这时，康斯坦丁祭司出现在门口。他的鼻子冻得红红的，脸和大家一样粗糙，但他一眼扫过去就知道发生了什么事。他两大步穿过那间小茅屋，抓住了那位母亲仍在摸索的手。那女人绝望地挣扎了一下，但是没有用。随后她安静下来，浑身发抖。

　　"他已经走了，雅斯娜。"康斯坦丁严厉地说。

　　"不，"她嘶哑地回答，"我把他抱在怀里，昨晚整晚我都抱着他，但火苗渐渐灭了。他不能，如果我抱着他，他就不会离开。把他还给我！"

　　"他属于上帝，"康斯坦丁说，"我们都属于上帝。"

　　"他是我的儿子！我唯一的儿子，我的——"

　　"别激动，"他说，"坐下。你这样很不体面。来吧，女人们要把他放在火前,烧热水为他洗身。"他的声音低沉、柔和、平稳。雅斯娜任他把自己带到火炉前,在炉边坐下来。

那天整个上午(确切地说,在那整个短暂而沉闷的冬日中)康斯坦丁都在说话。雅斯娜盯着他,就像被激流卷住的游泳者。而女人们则脱下蒂莫非的衣服,洗干净他的身体,用冰凉的亚麻布裹好。瓦西娅冒着寒风找了一天的柴火。当她回来时,祭司还在那儿。她看见他站在澡堂门口大口吸凉气,仿佛喝水一样。

"您想来点蜂蜜酒吗,巴图席卡?"她问。

康斯坦丁吓得一哆嗦,因为瓦西娅走路时无声无息,而她穿的灰色皮衣在夜色中很难看清。但他停了停,说:"好的,瓦西丽莎·彼得罗芙娜。"他那美妙的嗓音细若游丝,不再有深沉的回响。她严肃地把自己装蜂蜜酒的小皮酒囊递给他。他如饥似渴地喝了口酒,用手背擦擦嘴,又把酒囊递还给她。她正皱着眉打量祭司,眉间挤出一道皱纹。

"您今晚要守灵吗?"她问。

"这是我的本职工作。"他略带傲慢地回答。这个问题很无礼。

她看出他生气了,于是笑起来,他皱眉。"我敬佩您,巴图席卡。"她说。

瓦西娅转身向那大宅子走去,融入阴影中。康斯坦丁看着她离去,双唇紧闭。他嘴里还有浓厚的蜂蜜酒味道。

祭司当晚在尸体边守灵,憔悴的脸绷得紧紧的。他嘴唇微动,念着祷文。凌晨时分,瓦西娅自己回来守夜,不禁对他那坚定的身影钦佩不已,虽说他来到这里之前,人们从不会像如今这样呜咽和祈祷。

天气太冷了,人们无法在这男孩的小小墓穴前逗留太长时间。大家花了不少力气，在冻得如钢铁般坚硬的土地上挖墓穴。走完葬礼流程后，人们立刻四散，返回自家小屋，把那可怜的孩子独自留在那冰冷的摇篮里。康斯坦丁祭司半拖半拽着那失去孩子的母亲走在最后面。

人们开始逐渐向少数伊斯巴里集中，一大家子围着同一个炉子取暖好节约柴火。但木柴消失得飞快，就像中了某种恶毒的诅咒似的。最后他们顾不上那些爪印，开始走进森林寻找柴火。女人们也被蒂莫非那大理石般的面孔和他母亲那可怕的眼神吓到了，陆续外出捡柴。不可避免地，有人消失在森林中。

人们找到奥列格的儿子丹尼尔时，后者只剩一堆白骨，散落在被踩得乱七八糟、染着鲜血的雪地上。奥列格把那些被啃过的骨头送到彼得面前，一言不发。

彼得低头看着它们，什么也没说。

"彼得·弗拉基米罗维奇——"奥列格开口说，声音嘶哑，但彼得摇摇头。

"让你的儿子入土为安，"他久久看着自己的孩子，"明天我就召集人手。"

在那个漫漫长夜里，阿廖沙一直在检查宽刺矛的柄，磨猎刀，还没长胡楂儿的光滑双颊透出一点血色。瓦西娅看着他干活儿。她一方面心里痒痒的，想拿起长矛，亲自去冬天的森林里冒险；另一方面又想去敲哥哥的头，因为他兴奋的样子很欠打。

"我会带张狼皮给你，瓦西娅。"说着，阿廖沙把武器放到一边。

"留着你的狼皮吧，"瓦西娅反驳说，"你只要能不冻掉脚趾，把你自己这身皮带回来就行。"

她哥哥咧嘴一笑,眼睛闪闪发光:"你担心了,小妹妹?"

两人当时坐在炉边,远离闹哄哄的人群,但瓦西娅还是放低声音:"我不喜欢这样。你觉得我会愿意把你冻僵的脚趾砍掉吗,还是砍你的手指头?"

"可是没有办法,亲爱的瓦西娅,"阿廖沙放下靴子,"我们必须搞到木柴。与其在家里冻死,不如出去战斗。"

瓦西娅噘起嘴,没有回答。她突然想起了瓦兹拉愤怒的黑眼睛,想起她带给他硬面包壳,好平息他的怒气。还有别的什么人在生气吗?这样的人只能在树林里,那里寒风呼啸,群狼号叫。

想都别想,瓦西娅,她脑袋里仿佛有个声音说。但瓦西娅瞥了眼家人,看到父亲阴沉的面孔,以及哥哥们压抑着的兴奋神色。

好吧,我只能试试。如果我不试一下,而阿廖沙明天受伤的话,我会恨自己一辈子的。想到这里,瓦西娅立刻去拿自己的靴子和外套。

没人费心问她要去哪里。大家谁都不会料到真相。

瓦西娅戴着连指手套,费劲地爬过栅栏。夜空中仅有的几颗星星发出模糊的光;月光照在冻得坚硬的雪地上,闪闪发亮。瓦西娅穿过林子的外沿,从月光中走入黑暗。她轻快地走着。天气冷得可怕。积雪在她脚下咯吱作响。不知在什么地方,有只狼在号叫。瓦西娅尽量不去想那双黄眼睛。她的牙齿咯咯打战,抖得快掉下来了。

突然,瓦西娅跌跌撞撞地停了下来。她觉得自己听到了什么声音。她放慢呼吸倾听。不,那不过是风声。

但那是什么?看上去像一株参天大树:那棵她还模模糊糊记得的树,在她记忆中仍然是个古怪诡异的影子。它时不时在她脑海中划过,她却捉不住它。不,那不过是月光下的影子。

刺骨的寒风摇着高处的树枝。

在树枝摇曳声和风声中,瓦西娅突然觉得听到有人在说话。"你暖和吗,孩子?"那风声半开玩笑地说。

事实上,瓦西娅觉得自己的骨头会像冻死的树枝一样裂开,但她坚定地回答:"你是谁?是你降下的这霜冻吗?"

长时间的沉默。瓦西娅不确定这声音是不是自己想象出来的。然后她仿佛听到它取笑她。"为什么不呢?我也很生气。"那声音似乎有了回应,整座森林都跟着它吼起来。

"你并没有回答我的问题。"女孩反驳。她以尚存的一点理智意识到:深更半夜,在这种忽隐忽现的声音面前,自己的态度也许该温和一些。但寒冷使她昏昏欲睡,她用尽每一丝意志力与睡意斗争,已经没有精力来装得温顺些了。

"是我带来了霜冻。"那声音说。突然有只蜷曲冰冷的手,钟爱地抚过她的脸庞和喉咙。冰冷的触感仿佛指尖在她的衣下滑过,握住了她的心。

"那么,你能住手吗?"瓦西娅低声说,压下内心的恐惧。她的心仿佛在别人手中跳动。"我现在代表我的族人。他们很害怕,他们很抱歉。很快一切就会恢复到从前:我们的教会和精灵将会和谐共处,再也不会有人害怕恶魔,或是谈起它们。"

"太晚了。"风声说,森林中回声四起,"太晚了,太晚了。""另外,你们不该害怕我带来的霜冻,小姐。你们该害怕炉火。告诉我,你们为了烧火,是不是耗费了大量木柴?"

"那是因为太冷了,木柴才会烧得那么快。"

"不,是因为风暴要来了。它到来的第一个迹象就是恐惧,第二个通常是火焰。你的族人很怕,而现在火烧起来了。"

"那就让风暴改道啊,我求您了,"瓦西娅说,"给您,我带来了礼物。"她把一只手放进袖筒里。

那并不是什么特别的东西,不过是一小片干面包和一小撮盐。但当她把它们拿出来时,风停了。

寂静中瓦西娅又听到了狼嚎,声音现在已经很近了,而且另有一群狼齐声回应。但与此同时,一匹白牝马从两棵树之间走了出来,瓦西娅忘记了狼群。牝马长长的鬃毛像冰柱一样垂下来。她打着响鼻,呼出的热气在夜色中袅袅上升。

瓦西娅又能喘过气来了。"噢,你真漂亮,"她说,甚至能从自己的声音中听出渴望,"就是你带来了霜冻吗?"

马上有骑手吗?瓦西娅看不出来。有那么一瞬,她觉得有人骑在马上,但随后那牝马扭扭身子,她就发现马背上的人形不过是月光给她造成的错觉。

白马把小耳朵向前伸,靠向面包和盐。瓦西娅伸出手,感觉到马呼出的热气喷在她脸上,于是盯着那黑色的眼睛看。突然瓦西娅觉得暖和多了,甚至那呼啸的风也冻不痛她的脸。

"是我带来了霜冻。"那声音说。瓦西娅觉得不是这牝马的声音。"那是我的愤怒和警告。但你很勇敢,小姐。看在你的供品的分儿上,我会减轻霜冻。短暂的停顿,但恐惧与我无关,炉火也一样。风暴要来了,霜冻与它相比根本不值一提。勇气会拯救你们。如果你的族人害怕,那么他们就会迷失。"

"什么风暴?"瓦西娅低声问。

"换季时要小心，"她觉得风叹了口气，"当心……"声音消失了。但风还在沉默地刮着，一阵紧过一阵，卷起云朵遮住月亮。令人高兴的是，风带来了雪的味道。如果下雪，再严重的霜冻也不会持续太久。

当瓦西娅跌跌撞撞地走进家门时，雪花已经盖住她的兜帽，挂在她的睫毛上。她大呼小叫的家人们突然住了口。阿廖沙抓住她，高兴得说不出话；而伊丽娜开心地大笑着，到外面抓了一把飘落的白雪。

那天晚上寒流确实过去了。雪下了一个星期。最后雪停时，他们又花了三天把自己的房子挖出来。到那时，狼群已利用这相对温暖的时间，尽情大吃骨瘦如柴的兔子，并向森林深处迁移。再也没人见过它们，只有阿廖沙似乎很失望。

***

晚冬时分，顿娅睡得并不好，并非因为寒冷和疼痛的骨头，也不是因为她在为伊丽娜的咳嗽和瓦西娅苍白的脸担忧。

"是时候了。"那霜魔说。

这次顿娅没有梦到雪橇，也没梦到阳光或冬日清新干燥的空气。她站在喃喃低语的阴沉森林中，黑暗中的某处似乎潜伏着一个更大的阴影。等待。冬天的恶魔脸色苍白，五官像蚀刻版画一样精致。他的双眼没有颜色。"就是现在，"他说，"她已经长成了，而且比自己认为的还要强大。也许我能让你远离不幸，但我必须得到那个女孩。"

"她还是个孩子，"顿娅抗议道。恶魔，她想，他来诱惑人类，满嘴谎言。"她还是个孩子。她明知已经没有了，但还是缠着我要蜂蜜蛋糕。而且今年冬天她脸色特别苍白，瘦得皮包骨，眼睛都变大了。我怎么能现在放手呢？"

那魔鬼脸色冰冷："我哥哥要醒来了。每过一天，封印他的力量就减弱一分。那孩子已经尽她所能，用面包壳、勇气和对神秘事物的一知半解来保护你们，她本人却对此一无所觉。在我哥哥眼里，这些能力不值一提，她必须拿到那宝石。"

黑暗步步逼近，发出咝咝声。那冰霜恶魔用顿娅听不懂的语言厉声说话。一阵轻快的风吹过林间空地，阴影渐渐退却。月亮出来了，积雪在月光中闪光。

"求您了，严冬之王，"顿娅谦卑地说，双手扭在一起，"再等一年吧，再让太阳轮回一次。她会随着雨水和阳光变得强壮。我现在不会——我不能——把我的姑娘交给冬天。"

笑声从灌木丛中爆发出来，是那种苍老的、慢吞吞的笑声。突然，顿娅觉得月光穿过了那冰霜恶魔，就好像他的身影不过是光与影耍的一个把戏。

但随后他又再次成为真正的人：有重量、形状和轮廓。他转过头，一寸寸审视那灌木丛。当他转回身看着顿娅时，脸色非常糟糕。

"你最了解她，"他说，"我不能在她还没准备好时就把她带走，她会死的。那就再等一年，算你是对的。"

第十四章

老鼠和少女

那年冬天,安娜·伊凡诺芙娜和其他人一起受罪。她的手肿得难以弯曲,她的牙齿疼痛。她做梦都想吃奶酪、鸡蛋和法式薄饼,但嘴里嚼着的只有酸菜、黑面包和熏鱼。伊丽娜一直不是个壮实孩子,现在她渐渐衰弱下去,无精打采得像是道影子。安娜害怕她这个样子,于是跟顿娅成了盟友,两人一起哄孩子喝下蜂蜜和肉汤,让她暖和起来。

但至少安娜再看不到恶魔了。那个长着胡子的小生物不再在宅子里出没,那个棕皮肤的瘦乞丐也不再出现在院子里。安娜只能看到男人和女人,所要忍受的也只剩下寒冬里大家挤在一起时发生的那些日常烦心事。而且天使一般的康斯坦丁祭司也在那里。她从没想过世上会有男人有这样动听的嗓音、温柔的嘴唇和能画出圣像的强壮双手。那年冬天,他们都躲在宅子里,每天她都能看见他。看见他,她就觉得已经酒足饭饱,浑身暖洋洋,别无所求。她的心情很轻松,轻松到甚至可以朝继子们微笑，还能忍受瓦西丽莎。

然而下起了雪，天气转暖，安娜宁静的生活也被打破了。

某天中午阴云密布，铅灰色的天空飘着小雪，安娜跑去找待在自己小屋里的康斯坦丁。"恶魔们还在这里，巴图席卡，"她喊道，"它们回来了，它们之前只是躲起来了。这些狡猾的骗子。我造了什么孽了？巴图席卡，我该怎么办？"她哭着发抖。就在那天早晨，多毛沃伊沉着脸，顽强地从火炉里爬出来，拿起顿娅的缝补篮。

康斯坦丁没有立刻回答。他紧紧握住画笔，紧到手指也变成青白色。他正躲在自己的房间里画画。安娜为他端来了汤。它滴落在她颤抖的手中。卷心菜，康斯坦丁注意到这一点，感到恶心。他已经吃腻了卷心菜。安娜把碗放在他旁边，但没有离开。

"要耐心，安娜·伊凡诺芙娜。"那祭司回答。很明显她是在等他说话。他并没转过身，手中的笔也没有慢下来，而是仍然轻快地在画布上舞动。他已经有好几周没画画了。"冰冻三尺，非一日之寒。而且许多人误入歧途，助纣为虐。只需等待，我必领他们归向上帝。"

"是的，巴图席卡。"安娜说，"但我今天看到——"

他牙关紧咬，从牙缝里挤出话来："安娜·伊凡诺芙娜，如果你鬼鬼祟祟地到处找魔鬼，那你就永远摆脱不了他们。这是虔诚信仰基督的女人该做的事吗？你最好敬畏上帝，把时间花在祷告上，多祷告。"他用目光示意门口。

但安娜没走："您已经创造了奇迹。我是——我懂得感恩，巴图席卡。"她摇摇晃晃地向他走去，浑身颤抖着把手放在他肩上。

康斯坦丁不耐烦地瞥她一眼。她猛地往后一缩，好像被火燎了似的，脸上泛起隐隐的红晕。"要感谢就感谢主吧，安娜·伊凡诺芙娜，"康斯坦丁说，"请离开吧，我还要工作。"

她无言地站了一会儿，然后逃走了。

康斯坦丁端过汤，一口喝下去，擦擦嘴，试着重新找回绘画时需要的那种平静心情。但那女人的话如同小老鼠搔着他的心。*恶魔。魔鬼。我造了什么孽啊？*康斯坦丁走神了。他已经向这些人灌输了对上帝的敬畏，他们正走在通向救赎的路上。他们需要他，对他又爱又怕，因为他是主的使者。

他们崇拜他的圣像。他用言辞和凶狠的目光，驱使他们顺从上帝的意志和保持谦卑的精神。他用尽一切手段，而且也能感到这些手段起了作用。

然而……

康斯坦丁不由自主地想起彼得的次女。那年冬天他一直在观察她，观察她孩子气的优雅姿态、笑容、无忧无虑的样子和厚颜无耻的态度，以及她脸上不时掠过的隐秘悲伤。他记得有一次她从暮色中出现，在寒夜中像在家里一样自在。他曾亲手从她手中接过蜜酒，但心中除了为能够解渴而感激，别无其他念头。

她不害怕，康斯坦丁阴沉地想，*她不敬畏神，她无所畏惧*。他从她的沉默中，从她看他时的古怪眼神中，从她在森林里度过的漫长时间中都能看到这一点。无论如何，虔诚信仰基督的姑娘不该有那样的眼睛，也不该在黑暗中如此优雅地行走。

为了她的灵魂，为了这个荒凉的地方所有人的灵魂，康斯坦丁想，他一定要驯服她。她必须看清自己的本来面目，并为此感到害怕。拯救她，就能拯救所有人。如果失败……康斯坦丁一边思考上述问题，一边仍然忘我地作画。最后他回过神儿来，看到了自己所画的东西。

狂野的绿眼睛回望着他，但他本想把眼睛染成柔和的蓝色。画中女人的长面纱变成了红黑相间的浓密头发。她似乎在嘲笑他：困在森林里，永远被放逐。康斯坦丁大叫一声，把调色板扔掉。它"砰"的一声砸在地板上，颜料四溅。

***

那年春天特别湿冷。爱花的伊丽娜哭哭啼啼，因为雪花莲[①]一直没有开放。田地被不合季节的大雨冲刷。一连好几个星期，室内外所有东西都潮乎乎的。瓦西娅绝望地把火炭推到炉子角落里，把他们的袜子放进火炉去烤干，结果只是把它们烤热，还是那样湿漉漉的。半个村子的人都在咳嗽，她皱眉望着过来穿袜子的哥哥。

"这次还算是不错的了。"阿廖沙看着那双被微微烧焦的袜子说。他的眼睛发红，声音嘶哑。他把湿热的羊毛袜穿在脚上，随后做了个鬼脸。

"是的，"瓦西娅穿上她自己的袜子，"我本该多烤一会儿。"她又看了他一眼，"今晚有热饭菜吃。雨停之前可别死，小哥哥。"

"这我可不敢保证，小妹妹。"阿廖沙阴沉地说，同时咳嗽起来。他正了正帽子，溜出门去。

由于雨水和潮气影响，康斯坦丁祭司开始在冬天大家待的这边厨房里做画笔，并把矿石研成粉末。屋里有狗，有孩子，还有身体虚弱

[①] 雪花莲是初春开放的一种小白花。

的山羊卧在脚下。虽然这里比他的房间吵闹得多，但还是要暖和干燥一些。瓦西娅很不喜欢这样。他一次也没跟她说过话，不过他经常称赞伊丽娜，同时指挥安娜·伊凡诺芙娜做事。但即使在喧闹声中，瓦西娅也能感觉到他在盯着自己。当她和顿娅开玩笑、揉面做可怜的小面包或是做针线活时，瓦西娅总是能察觉到祭司直勾勾地盯着自己看。

"如果我犯了错，最好当面指出来，巴图席卡。"

只要有可能，她就躲在马厩里。待在人挤人的房间里就要不停做活，而安娜则一会儿尖叫，一会儿祈祷。祭司倒是始终保持镇静庄重的态度。

瓦西娅从未告诉过任何人自己在一月那个寒冷的夜晚去了哪里。后来有时她会觉得自己不过是做了个梦，梦到了风中的声音和白马。在康斯坦丁的注视下，她小心翼翼，避免对多毛沃伊说话；但祭司还是盯着她。她近乎绝望地想：自己已经惹祸上身，他早晚会猛扑过来揪住她。但日子一天天过去，祭司始终保持沉默。

进入四月，瓦西娅在马场为萨沙之前的坐骑米什缝合伤口。米什是匹牝马，目前已生了七匹小马驹。尽管不再年轻，她仍然强壮健康，而且什么都别想逃过她那双睿智的老眼。最优秀的那批马（米什也是其中一匹）在马厩里过冬。一旦青草芽顶出积雪，他们就和其他马一起走出马厩，去草场上吃草。马之间免不了打架，于是米什的侧肋上出现了一个马蹄形的伤口。瓦西娅缝合肉体比缝合布料更熟练。那道鲜红的伤口逐渐变小。马一动不动地站着，不时发抖。

"夏天夏天夏天。"瓦西娅唱着。阳光又温暖起来，雨也有好久不下了。这给了大麦生长的机会。瓦西娅和马比了比个头儿，发现自己在过去的那个冬天长得更高了。好吧,她懊丧地想,要能总像伊丽娜那么小就好啦。

小伊丽娜已经被称赞为美人坯子了,瓦西娅尽量不去想这个。

米什打断了女孩的沉思。"我们想送你一件礼物。"她说,低下头去啃刚长出来的新草。

瓦西娅的手抖了一下:"一件礼物?"

"你今年冬天给我们带来面包。我们欠你的情。"

"我们?但那瓦兹拉——"

"我们所有人,"那牝马回答,"可能还有别的东西,但通常来说,他就是我们。"

"哦,"瓦西娅困惑地说,"好吧,谢谢你。"

"礼物拿到手前先别急着感谢,"那牝马打了个响鼻说,"我们的礼物是:我们想教你如何骑马。"

这次瓦西娅真的僵住了,只有血液还能流动,涌进心脏。她会骑马,她和伊丽娜共有一匹肥胖的灰色小马,但是……"真的吗?"她低声问。

"是的,"牝马说,"尽管不知是福是祸。这样的礼物会让族人疏远你。"

"我的族人,"瓦西娅说,声音极低,"他们在神像前哭泣,而多毛沃伊在挨饿。我不理解他们。他们变了,而我没有。"她大声补了一句:"我不怕。"

"好,"牝马说,"等泥地干了,我们就开始。"

***

在接下来的几个星期里,瓦西娅几乎忘记了牝马的承诺。春天意味着人们要辛勤劳作长达数周。而每天工作结束后，瓦西娅吃些用去年的陈麦做的糙面包，还有柔软的白色奶酪和新摘的香料，随后就扑倒在火炉顶上睡过去，睡得像个孩子一样沉。

但突然间五月降临，新草长出来盖住泥泞。蒲公英像星星一样在深绿的草丛间闪耀。某天瓦西娅汗流浃背地从大麦田里回来，浑身被划伤，精疲力竭。弯弯的月亮孤零零地挂在空中，马投下长长的影子。

"到这儿来，"米什说，"到我背上来。"

瓦西娅累得几乎答不出话来。她傻乎乎地看着那马，说："我没有马鞍。"

米什打了个响鼻："你不需要马鞍，你必须学着骑没有鞍子的马。我能带你走，但我不是你的仆人。"

瓦西娅看着马的眼睛。那棕色瞳仁的深处有诙谐的意味一闪而过。"你不痛了吗？"她虚弱地问，向那马侧肋上半愈合的深深伤口歪歪头。

"不痛了，"米什回答，"上来。"

瓦西娅想了想热乎乎的晚饭，还有炉边的小凳子，然后咬紧牙关，退后助跑，纵身扑到那牝马的背上。扭动几下后，她在硬硬的马肩隆①处坐好，觉得很不舒服。

在她瞎忙活时，牝马垂下耳朵："你需要练习。"

瓦西娅记不得那天她去了哪里。马跑呀跑呀，不可避免地深入森

---

① 马肩隆是马肩胛骨的隆起处，即马背的最高处。——译者注

林。但骑马很痛苦,瓦西娅永远记得这一点。马一路小跑,直到瓦西娅的背和腿都在发抖。"别动,"牝马说,"你骑在我背上,一个人顶三个。"瓦西娅试着滑动,最后激怒了米什。马突然刹住脚步。瓦西娅滚过马肩,落在铺满叶片的地面上,眨巴着眼睛。

"起来,"马说,"下次小心点。"

回到牧场时瓦西娅浑身脏兮兮的,身上到处是瘀伤,路都走不动了。她也错过了晚饭,并为此挨了一顿骂。但第二天傍晚她又不见踪影。同样的事情发生了一次又一次。不光是米什,马儿们轮流教她骑马。她不能每天都去。春天里有干不完的活,大家都在忙春耕。

但瓦西娅还是尽可能去练习,慢慢地,背部、大腿和肚子的疼痛开始减轻。最后终于有一天,这些地方完全不痛了。她学会保持平衡、翻身上马,学会让马转身、起步、停止、跳跃,直到她觉得与坐骑合为一体。

仲夏时分,天空似乎更加开阔,云朵像天鹅一样悠然飞过。田里绿色的大麦如水波般荡漾,但长势并不很好,彼得对着它们摇头。每天瓦西娅都挎着篮子消失在森林中。顿娅有时会看不惯这姑娘带回来的东西——多半是桦树皮,或者是用来做染料的沙棘,但数量很少。然而瓦西娅容光焕发,开心得要命,所以顿娅只是哼了一声,什么也没说。

天气越来越热,空气变得像蜂蜜一样浓稠。尽管所有人都在祈祷,但森林还是因为干燥而着了火。大麦仍在生长,但速度很慢。

八月里晴朗炎热的一天,瓦西娅向湖边走去,尽量维持正常的走路姿势,不一瘸一拐的。之前她骑着梅泰尔跑了一段。那灰色的牝马(现在是白色的了)仍然是供人骑乘的马中最高大的一匹。他有最邪恶的幽默感。瓦西娅身上的瘀伤就是证明。

湖水在阳光下闪闪发光。瓦西娅走近时仿佛听到水边的树木沙沙作响。她抬起头，却没看到绿色的皮肤。瓦西娅找了一会儿毫无结果，放弃了。她脱下衣服，溜进湖里。湖水是最纯净的融雪水，即使在仲夏时分也冰冷刺骨。水把空气从她肺里挤出来，瓦西娅硬撑着没有尖叫出声。她迅速潜下去，让冰冷的水重新激起疲惫四肢的活力。她在水下嬉戏，东张西望，但没找到水泽仙女。瓦西娅隐隐有些不安。她划到岸边，把衣服拖进水里，在岩石上把它们捣得干干净净。最后她把滴着水的衣服挂在附近树枝上，自己爬上树，像猫一样摊开四肢，在阳光下晒干身上的水。

也许过了一小时后，瓦西娅从疲惫不堪的状态中恢复过来，打量着半干的衣服。太阳已过天顶，开始西斜。在仲夏漫长的白昼里，这就意味着快到傍晚了。现在安娜一定很生气，甚至当她偷偷溜进门时，顿娅也会紧紧抿住嘴，盯着她看。毫无疑问，伊丽娜应该蜷在闷热的火炉边，或者做针线活做到手酸。瓦西娅感到内疚，于是爬到较低的一根树枝上，随后僵住了。

康斯坦丁祭司坐在草地上。他也许本可以成为英俊的农民，而不是祭司。他没穿长袍，而是穿着亚麻衬衫和沾着麦秆的宽松裤子。他没戴帽子，毫无遮掩的头发在午后的阳光下闪闪发光。他正向湖面望去。他在做什么？瓦西娅躲在枝叶间，用双腿钩住树枝，倒挂下去，飞快地抓起衣服，动作迅速得像只松鼠。她笨拙地坐在较高的树枝上，竭力不让自己摔下去断掉一只胳膊。她飞快地穿好从阿廖沙那里偷来的衬衫和绑腿，用手指尽量梳理好头发。最后她甩了甩身后蓬松的辫子，抓住树枝，荡到地上。*也许我能偷偷溜走……*

瓦西娅看到了水泽仙女。她正站在水中，头发在四周的水面上漂动，半掩住赤裸的乳房。水泽仙女对康斯坦丁微微一笑。那祭司被迷住了，站起来摇摇晃晃地向她走去。瓦西娅想都没想就朝他冲过去，抓住他的手。但他几乎是随手就把她推开。他看上去文雅，力气却很大。

瓦西娅转向水泽仙女："放了他！"

"他会把我们都杀了的。"水泽仙女回答道，声音柔和，眼睛始终盯着自己的猎物，"已经开始了。如果他像现在这样继续下去，森林的所有守护者都将消失；暴风一定会来，大地一定会失去屏障。你没看见吗？先有恐惧，然后是火灾，最后是饥荒。他使你的族人害怕。然后火烧起来了，现在太阳要把所有东西烤焦。冬天来临时，你会饿肚子的。严冬之王很虚弱，他的兄弟就要来了。如果看守牢房的人失去力量，囚犯就会挣脱。那是再糟糕不过的事。"她激动得声音发抖，"我最好现在就取这个人的性命。"

康斯坦丁祭司又迈出了一步，水漫过他的靴子。他就站在湖的边缘。

瓦西娅摇摇头，想把一切搞清楚："你不能这样。"

"为什么？他的命比大家的命更贵重吗？我跟你说实话，如果让他活着，要死许多人的。"

瓦西娅犹豫了很久。她不情愿地想起祭司在蒂莫非僵直的尸体旁祈祷，直到再也发不出声音时，仍在用唇形念念有词。她还记得他扶着孩子的母亲站起来，当时后者快要哭倒在雪地上。女孩咬紧牙关，摇了摇头。

水泽仙女仰起头尖叫，随后就消失了，水面上只剩下阳光、水草和树的倒影。瓦西娅抓住祭司的手,把他从湖边拉回来。他低头看她,眼神渐渐清明。

***

康斯坦丁觉得脚很冷,同时有种奇怪的失落感。冷是因为他站在六英寸深的水里,但他搞不清那突如其来的失落感是怎么回事。他可从来不会感到孤独。一张脸在他眼前渐渐清晰。他还没来得及说出名字,那人就抓住他的手,拖着他跌跌撞撞地回到干燥的岸上。阳光照在黑色的发辫上,闪着红色的光泽。他突然认出了她:"瓦西丽莎·彼得罗芙娜。"

她放下他的手,转过身来看着他:"巴图席卡。"

他发现自己的脚湿了,想起湖里的那个女人,开始感到恐惧。"你在这儿干什么?"他问。

"救您的命,"她回答,"对您来说,这湖很危险。"

"恶魔……"

瓦西娅耸耸肩:"或者叫湖的守护者,随您怎么叫她。"

他一只手摸索着十字架,好像要转身回到水里去。

她伸手抓住它,扯断了系在上面的皮绳。"离湖远点,也离她远点,"女孩凶狠地说,把十字架举到他够不着的地方,"您造的孽已经够多了,就不能放过他们吗?"

"我想救你,瓦西丽莎·彼得罗芙娜,"他说,"我要救你们大家。有些黑暗力量是你们无法理解的。"

令他吃惊的是,她开心地笑了,也许她本人也为此吃惊。她脸上的棱角舒展开,笑容使他陶醉。他忍不住钦佩地看着她。

"在我看来,巴图席卡,是您搞不清现状,是您的生命需要拯救。你回大麦地里干活儿吧，别再打这个湖的主意了。"瓦西娅转过身来，两只脚无声地踏在青苔和松针上，也不等着看他是否跟上来。康斯坦丁走在她身边。她仍然用两根手指捏着他的木十字架。

"瓦西丽莎·彼得罗芙娜，"他又试了一次，在心里咒骂自己的笨拙，"你不能再这样过着野蛮人的日子了。你必须带着恐惧和真正的悔改归向上帝。你是虔信基督的领主的女儿。如果我们不把妖魔赶出壁炉，你母亲会发疯的。瓦西丽莎·彼得罗芙娜，回来吧，悔过吧。"他总是知道什么场合该说什么话。但这个姑娘用清澈的目光看着他时，他的自信开始动摇，开始说些愚蠢的话。

"我会去教堂的，巴图席卡，"她回答，"而且安娜·伊凡诺芙娜不是我的母亲，她的疯病也不关我的事。就像我的灵魂不属于您一样。在我看来，我们在您来之前过得很好，但现在我们祷告和哭泣的次数比之前都多。"

她走得很快。他已经可以从树干之间望到村子的栅栏。

"记住我的话，巴图席卡，"瓦西娅说，"为死去的人祈祷，安慰生病的人，安慰我的继母，但别来管我。否则下次它们中有人来取你性命时，我绝对会袖手旁观。"她不等他回答就把十字架塞回他手里，大步朝村子走去。

十字架上还带着她的体温，康斯坦丁不情愿地把它拢在手里。

第十五章

他们只要野姑娘

午后，耀眼的阳光变为蜂蜜般的金黄，最后成为琥珀和铁锈色。朦胧的弯月挂在淡黄的天空上。白天的酷热随着阳光褪去，麦田里干活儿的人身上的汗水变得冰凉，使他们直打哆嗦。康斯坦丁把镰刀扛在肩上。血泡从他已经变硬的掌心皮肤下冒了出来。他用指尖稳住镰刀，避开彼得·弗拉基米罗维奇。渴望扼住了他的喉咙，愤怒偷走了他的声音。那是个恶魔，它是你想象出来的。你并没能把她赶出去，反而向她爬过去。

上帝，他想回到莫斯科，或者基辅，或者更远的地方。他想吃热腾腾的面包，想吃多少就吃多少，而不愿一年中有半年都饿着肚子。这样他就能把地里的活留给农民去干，自己可以在成百上千人面前布道。他再也不愿在夜间失眠，苦苦思索。

不。上帝交给他一个任务。他不能半途而废。

哦，要是我能完成它就好了。

他的下巴绷得紧紧的。他会完成。他必须完成。在他去见上帝前，他一定要再次回到那个世界里。在那里，女孩们对他百依百顺，恶魔也不会在基督教的阳光下行走。

康斯坦丁走过被镰刀割下来的大麦垛，绕过马群觅食的草场。树林的边缘投射出饥饿的影子。他把脸转过去，面对在漫长黄昏中吃草的彼得的畜群。灰色和栗色的牲畜间闪过一道亮光。康斯坦丁眯起眼睛。彼得的战马昂着头一动不动地站着。在夕阳的映照下，有个瘦削的身影站在那马的肩上。康斯坦丁立刻认出了她。那匹牡马扭过邪恶的脑袋，叼着她的辫子玩儿，她笑得像个孩子。

康斯坦丁从未见过这个样子的瓦西娅。在宅子里她显得严肃而谨慎，漫不经心而又妩媚动人，走起路来无声无息。但当她独处时，在天空下她美得像匹一岁龄的小牝马，或是只刚出巢的雏鹰。

康斯坦丁不自然地沉下脸。她的村民给他带来蜂蜡和蜂蜜，求他给他们忠告，为他们祈祷。他们亲吻他的手，看到他时他们的脸庞就亮起来。但那个女孩避开他的目光，听到他的脚步声就躲开，然而一匹马，一匹不会说话的牲畜，却能使她的脸上闪现同样的光彩。那种光彩本应属于他、属于上帝、属于他这位上帝的信使。安娜·伊凡诺芙娜曾评价她：铁石心肠、不柔顺、不像个女孩子。她与恶魔交谈，并且敢于夸耀说自己救过他的命。

他的手指却在发痒，渴望拿到画板、蜡和画笔，好捕捉女孩身体线条中蕴含的爱、孤独、骄傲，以及那种含苞待放的女性气质。她救了你的命，康斯坦丁·尼科诺维奇。

他残忍地把这种思想和冲动扼杀在脑海中。绘画是为了上帝的荣光，而不是赞美人类脆弱的皮囊。她召唤了魔鬼，而拯救我生命的是上帝之手。但他强迫自己转身离开时,那一幕也烙在了他的眼帘上。

***

黄昏时分,瓦西娅踩着紫罗兰色的光线走进厨房,脸被白天的骄阳晒得红通通的。她抓起自己的碗和勺子,盛了一份饭拿到窗前。暮色中她的眼睛发绿。她狼吞虎咽,不时停下来,望向外面漫长的夏日黄昏。康斯坦丁迈着僵硬从容的步伐走过来,坐在她旁边。她的头发散发着泥土、阳光和湖水的味道。她仍然望着窗外。星星点点的火苗在村中燃起,每一簇炊火都有村民精心照管。云朵仿佛蚀刻在天幕上,朦胧的弯月冉冉升起。厨房里挤满了忙碌的人,两人一直没有说话。后来祭司首先开口,打破沉默。"我是上帝的仆人,"康斯坦丁低声说,"但我也并不想死。"

瓦西娅十分吃惊,迅速瞥了他一眼,嘴角挂起一丝似有若无的微笑。"我不信,巴图席卡,"她说,"是我破坏了您上天堂的机会吗?"

"我感谢你救了我的命,"康斯坦丁僵硬地继续说下去,"但你不该轻慢上帝。"他温暖的手突然覆上她的手,她脸上的笑容消失了。"记住。"说着,他把一件东西塞进她手中。他因为使用镰刀而变得粗糙的手轻轻滑过她的指关节。他没有说话。突然瓦西娅明白了所有的女人都向他祈祷的原因,也明白那温暖的手和他棱角分明的脸庞是种武器。言辞失效时,武器就会发挥作用。他想以自己粗糙的手和美丽的眼睛驯服她。

以为我和安娜·伊凡诺芙娜一样傻吗?瓦西娅把头往后一仰,把手抽出来。他放她走了。她没看见他颤抖的双手。他转身走开,影子在墙上晃动。

安娜正在火炉边的凳子上缝亚麻布，而布滑落到她的膝盖上。她站起来，没有留意到那块布又掉到地板上。"他给了你什么？"她从牙缝里挤出话来，"这是什么？"她的脸上，每一个斑点、每一条皱纹现在都看得清清楚楚。

瓦西娅也不知道，但她举起那东西给她继母看。那是康斯坦丁的木十字架，用柔滑的松木雕成，十字架上的基督双臂伸开。瓦西娅惊奇地看着它。这是什么，祭司？一次警告？一声道歉？一个挑战？

"是个十字架。"她说。

但安娜一把抓住它。"这是给我的，"她说，"他的意思是要把它给我。出去！"

有几种回答可供瓦西娅选择，但她选了最保险的。"我确定他是这么说的。"但她并没出去，而是把碗端到炉边，缠着顿娅多给她些炖菜，还从毫无戒心的妹妹那里偷偷顺走一块面包。几分钟后，瓦西娅就把面包壳浸在碗里，同时嘲笑伊丽娜那迷糊的样子。

安娜再也没说话，但也没继续做针线活。尽管瓦西娅笑得前仰后合，她还是能感觉到继母火辣辣的目光盯着自己。

***

那晚安娜没有上床睡觉，而是溜到教堂。当忧郁的仲夏之夜消逝，晴朗的黎明降临时，她走到丈夫身边把他摇醒。

九年以来，安娜从没有主动接近彼得。彼得本能地掐住对方的咽喉，之后才认出来人是妻子安娜。安娜披头散发，头巾歪斜，双目无神。"亲爱的。"她说，一边喘气，一边揉着自己的喉咙。

"出什么事了？"彼得厉声问，边问边从温暖的床上滑下来，匆匆穿衣，"伊丽娜出事了？"

安娜捋顺头发，押直头巾。"不——不。"

彼得把衬衫套在头上，系好腰带。"那是怎么了？"他的声音听起来不太高兴，因为她把他吓了一大跳。

安娜颤抖着，眼睛低垂："你有没有注意到，自从去年夏天以来，你的女儿瓦西丽莎长大了不少？"

彼得放慢动作。清晨的阳光在地板上投下浅金色的线条。安娜从未对瓦西娅表示过兴趣。"是吗？"他困惑地说。

"而且，你没发现她也还算有些吸引力吗？"

彼得眨眨眼，皱起眉头："她还是个孩子。"

"一个女人，"安娜厉声说，"一个不折不扣的野丫头。但她会有丰厚的嫁妆。最好现在就让她嫁人，老爷。如果她连美貌都没有了，就嫁不出去了。"彼得大吃一惊，因为她之前从未反驳过他的话。

"明年她又不会失去美貌，"彼得简短地说，"这种事急什么？为什么要叫我起来，太太？"他离开房间。烤面包里的坚果发出浓烈的香味，整个宅子仿佛都亮堂起来。他饿了。

"你大女儿奥尔加十四岁就嫁人了。"安娜喘息着跟在他后面。奥尔加自从结婚后就顺风顺水。她地位很高，是位有两个孩子的肥胖主妇。她的丈夫很受大公宠爱。

彼得抓起一块刚烤好的面包掰开。"我会考虑这事的。"他敷衍她。他把冒着热气的面包揪下一大团塞进嘴里。他的牙有时会痛，因此喜欢吃这种软食。你老了，彼得想。他闭上眼睛，尽量让咀嚼声盖过妻子的唠叨。

***

天一亮，男人们就下了田。整个早上，他们都在用大镰刀割着如波浪般起伏的大麦,再把麦秆摊开晾干。耙子来来回回,发出单调的声音。太阳仿佛有生命,把炽热的手臂搭在他们的脖子上。模糊的身影躲在他们脚下,流着汗的脸被晒得通红。彼得和儿子们与农民一起干活儿,收获季节里没有闲人。彼得颗粒必争,因为那些大麦长得还不够高,麦穗瘦小可怜。

阿廖沙挺直酸痛的后背,用脏手搭着凉篷向远处看,脸色突然明亮起来。有人骑着匹棕马,从村庄飞奔而来。"终于收工了。"说着,他把两根手指放进嘴里,一声长长的哨声打破正午的寂静。田里的人放下耙子,摘掉脸上的草,向河边走去。铺满绿茵的河岸和潺潺的流水稍稍缓解了暑热。

彼得靠在耙子上,把湿漉漉的灰白头发从额头上拨开,但没有离开麦地。那骑手越来越近,胯下的牝马步伐优雅。彼得眯起了双眼,他能认出那是自己的次女,因为黑色的辫子在她身后飘动。但她并没有骑自己那匹安静的小马。米什的白色马蹄在尘土中闪烁。瓦西娅看见父亲,就挥着一只胳膊向他致意。彼得皱着眉头等着,准备等女儿走近时再责备她。总有一天她要摔断脖子的,这个疯丫头。

但她稳稳地骑在马上。牝马跳过一条沟,疾驰而来。骑手一动不动,只有头发在风中飘扬。一人一马在树林边停了下来。瓦西娅身前稳稳地放着个芦苇筐。明亮的阳光下,彼得看不清她的脸,但突然发现她已经长这么高了。"您不饿吗,爸爸?"她喊道。那马静静地站着,泰然自若,没戴马具。马身上什么都没有,连一根缰绳也没有。瓦西娅骑马时双手抱着筐。

"我来了,瓦西娅。"彼得说,莫名其妙地感觉沮丧。他把耙子扛在肩上。

阳光在金发上闪烁。康斯坦丁·尼科诺维奇并没离开大麦田，而是站在那里看着这位苗条的骑手，直到树林遮蔽她的身影。我的女儿骑马时像个草原上的小伙子。我们正直的祭司会怎么想她呢？

人们把凉水浇在头上，捧着水大口喝。彼得走到溪边时，瓦西娅已经下了马，在人群中间传递一只装着满满克瓦斯的皮囊。顿娅烤了个巨大的馅饼，上面层层堆着谷物、奶酪和夏季蔬菜。人们围过来，把它切成一角角来吃，流着汗的脸变得油乎乎的。

彼得突然觉得瓦西娅在这些大块头的糙汉子之中非常奇怪。她骨架细长，身材苗条，圆睁着一双大眼睛。"我想要个和我母亲一样的女儿。"玛丽娜曾经这样说。好吧，现在她如愿以偿了。眼前的瓦西娅如牛群中的一只猎鹰。

男人们不和她说话。他们低头迅速吃完馅饼，回到酷热的田地中。阿廖沙经过妹妹旁边时拉了拉她的辫子，对她咧着嘴笑。但彼得看见男人们走过去后还回头看她。"巫婆，"其中一个低声说，但彼得没听见，"她对那马施魔法了。那祭司说——"

馅饼吃完了，大家也都走了，但瓦西娅没有走。她把皮囊放在一边，走过去把手浸在河水里。她走路的样子像个孩子。好吧，她当然还是孩子。她仍然是个小女孩：我的小青蛙。然而她有野生动物那种漫不经心的优雅姿态。瓦西娅离开小溪朝他走来，顺手拎起篮子。彼得看着她的脸，吓了一跳，深深皱起眉头。她的笑容消失了。"给您，爸爸。"说着，她把那装克瓦斯的皮囊递给他。

哦，救世主，他想，也许安娜·伊凡诺芙娜也不完全是在信口开河。就算她还没有长成，那一刻也会很快到来。彼得看到康斯坦丁祭司的目光再次停留在他女儿身上。

"瓦西娅，"彼得没想到自己的声音这么粗暴，"这是什么意思，就这么骑马，没有马鞍和缰绳？你会摔断一只胳膊，或者愚蠢的脖子。"

瓦西娅脸红了："顿娅叫我快点把篮子送来。米什是当时离我最近的马。而且只有一小段路，再套马鞍太麻烦了。"

"连缰绳也没有，闺女？"彼得有些暴躁。

瓦西娅的脸更红了："我不会受伤的，爸爸。"

彼得默默地看着她。如果她是个男孩，他会为她的马术鼓掌。但她是个姑娘，男孩气的、即将成年的姑娘。彼得又想起了那年轻祭司的凝视。

"这个我们以后再谈。"彼得说，"回家找顿娅去，别再骑那么快。"

"是，爸爸。"瓦西娅温顺地说。但她上马的动作中透出自豪。她掉转马头，让马拱起脖子向宅子的方向跑去。在这个过程中，她看上去也很自豪。

***

那天的时间缓缓流逝直到黄昏，转眼就是深夜。唯一的光亮是夏天的微光，让夜晚看上去像拂晓一样。"顿娅，"彼得说，"瓦西娅的月经来了多久了？"只有他们两人坐在夏日的厨房里，家里其他人都在周围睡着了。夜晚的自然光使彼得无法入睡，而女儿的问题又折磨着他。顿娅四肢疼痛，迟迟不愿去躺在硬邦邦的床上。她慢慢转动卷线杆。彼得突然意识到她有多瘦。

顿娅责备地看了彼得一眼："半年了。快到复活节时她来了月经。"

"她是个漂亮姑娘，"彼得说，"但性子有点野。她需要个丈夫，结婚后她会稳重些。"但他说这话时，仿佛看到自己不服管教的女儿结了婚，与男人睡在床上，还在火炉边流汗干活儿的样子，心头不禁涌起奇怪的遗憾之情。他摇摇头，把这种感觉甩在脑后。

顿娅把卷线杆放在一边，慢吞吞地说："她还不懂得男女间的事，彼得·弗拉基米罗维奇。"

"那又怎样？到时告诉她做什么，她照做就好。"

顿娅大笑起来："她会吗？你忘记瓦西娅的妈妈是谁了吗？"

彼得不说话了。

"我建议你再等等，"顿娅说，"除非……"

整个夏天，顿娅眼看着瓦西娅天一亮就消失，黄昏时才回来。她曾看着那种野性在玛丽娜女儿的身体里生长，同时还有一种——疏离感。这种感觉很新鲜，就像这女孩只有一半生活在她家人的世界里——那个有庄稼、牲畜和针线活的世界。

顿娅提心吊胆地观察着一切，同时在心里与自己做斗争。现在她做了决定。她把手放进口袋里，掏出那块蓝宝石，让它躺在自己的掌心。它在她苍老的手掌中显得非常不和谐："你还记得这个吗，彼得·弗拉基米罗维奇？"

"那是给瓦西娅的礼物，"彼得粗暴地说，"这是什么意思？我当时叫你把它给她的。"他看着那吊坠，好像它是条蛇。

"我一直为她保管着，"顿娅回答，"我求了严冬之王，而他答应了。一个孩子可承受不起它。"

"严冬之王？"彼得生气地说，"你是孩子吗，还相信童话？没有什么严冬之王。"

"童话？"顿娅回嘴说，声音里也带着怒气，"我是个坏人吗，竟会编出这样的谎话？我也是基督徒，彼得·弗拉基米罗维奇，但我相信自己的眼睛。你是从哪里得到这颗宝石的？它配得上可汗本人，而你却把它带回来送给自己的小女儿？"

彼得的喉结动了几下，但他什么也没说。

"谁给你的？"顿娅继续说下去，"你说是从莫斯科带回来的，但我从没细问过。"

"这是条项链。"彼得说，但他声音中的怒气已经消失了。彼得曾试着忘掉那个浅色眼睛的男人、柯利亚喉咙上的血和站在那里失去知觉的手下人。他就是严冬之王吗？现在他记起当时自己迅速同意把那陌生人的小玩意儿送给女儿。"古老的魔法，"他好像听到玛丽娜说，"我的女儿，继承我母亲的血统。要更温柔地保护她，彼得。我选择她，她很重要。答应我。"

"这不仅是条项链，"顿娅刺耳的声音传来，"还是个护身符，愿上帝原谅我。我见过严冬之王。这项链是他的，而且他会来找她。"

"你见过他？"彼得站起来。

顿娅点点头。

"什么时候？在哪儿？"

"梦里，"顿娅说，"只在梦里见过。他给我托梦，但梦是真的。他说我得把这项链给她，他会在冬至时候来找她。她不再是个孩子了。但他在说谎，他那类人都这样。"她急急忙忙地说，"我爱瓦西娅，把她当作自己的女儿。她胆子太大了，这对她没有好处。我为她担心。"

彼得向大窗户踱去，转身看着顿娅："你跟我说的都是实话吗，阿芙多季娅·米卡罗芙娜？以我妻子的头颅发誓，不要对我撒谎。"

"我见过他，"顿娅重复道，"而你，我想应该也见过他。他有着黑色卷发、浅色眼睛——比冬至的天空颜色还要浅。他没有胡须，穿一身蓝衣。"

"我不会把自己的女儿拱手送给恶魔。她是个信基督教的姑娘。"彼得的话中有毫不掩饰的恐惧，那是康斯坦丁的布道取得的效果。

"那就必须让她嫁人，"顿娅简洁地说，"越快越好。冰霜恶魔对嫁给凡人的女孩不感兴趣。在那些故事里，青鸟王子和邪恶的巫师只会去找野姑娘。"

***

"瓦西娅？"阿廖沙说，"嫁人？那只小兔子？"他大笑起来。干燥的大麦秆窸窣作响。他正在父亲身边用耙拢麦秆，棕色的卷发上沾着稻草。他之前一直在唱歌，好打破午后的寂静。"她还是个小姑娘，爸爸；我曾经打趴下一个农民，因为那家伙总是盯着她看。但她什么都没注意到。甚至那呆子脸肿了一周，她也没在意。"阿廖沙曾把另一个农民打倒在地，因为那人叫她巫女，但他没跟爸爸提起这事。

"瓦西娅还没遇到一个能让她心动的男人，仅此而已，"彼得说，"但我觉得不能再这样下去了。"他轻快地说，下定了决心，"凯瑞尔·阿塔摩诺维奇是我朋友的儿子，继承了一大笔遗产，他的父亲已经死了。瓦西娅年轻健康，嫁妆也很可观。下雪前她就能出嫁。"彼得再次弯下腰来耙地。

阿廖沙却没跟他一起动手："爸爸，她不会愿意的。"

"愿不愿意，她都会听话的。"彼得说。

阿廖沙嗤之以鼻。"瓦西娅吗?"他说,"那我就等着看啦。"

***

"你要嫁人啦,"伊丽娜满怀羡慕之情地对瓦西娅说,"而且你会得到一大笔嫁妆,去住在木头建的大宅子里,生好多孩子。"她站在粗糙的篱笆旁,但并没靠在上面,以免弄脏自己的无袖短上衣。她长长的栗色发辫裹在鲜艳的头巾中,小手优雅地搭在木栏杆上。瓦西娅正在修整梅泰尔的蹄子,喃喃地吓唬那匹牡马,叫他最好别动;而后者看上去仿佛正在进行心理斗争,想在她身上找块地方咬一口。伊丽娜害怕地看着这一幕。

瓦西娅把那只蹄子放下来,瞥了一眼小妹。"我不会嫁人的。"她说。

瓦西娅纵身翻过篱笆,伊丽娜半是羡慕、半是不赞成地撇撇嘴。"不,你就要结婚了,"她说,"有位领主要来了,柯利亚已经去接他了。我听爸爸对妈妈说的。"

瓦西娅的眉毛拧成一团。"好吧,我猜我会结婚的,总有一天。"她斜瞥妹妹一眼,咧嘴笑了,"但如果你在我身边,男人是不会看我一眼的,对吧,小鸟?"

伊丽娜害羞地笑了。她的美貌已经在父亲领地里的村庄间传开了。"你难道要去森林里吗,瓦西娅?快吃晚饭了。你全身都弄脏了。"伊丽娜说。

那水泽仙女正坐在她们上方,像道绿色影子一样依着橡树的枝丫。她正在沉思,头发披散下来,滴着水。"我马上就来。"瓦西娅说。

"但爸爸说……"

瓦西娅单脚猛蹬树干,跳起来去够头上的一根树枝,用强壮的双手抓住了它。她单腿钩住树枝把自己倒挂下来，晃来晃去。"我能赶上晚饭，别担心，小伊丽娜。"下一秒她就消失在枝叶间。

**

憔悴的水泽仙女正在颤抖。"你在做什么？"瓦西娅问，"怎么了？"水泽仙女抖得更厉害了。"你冷吗？"看起来似乎不可能，因为大地正把白天吸收的热气再次散发出来，而且这会儿几乎没有风。

"不，"水泽仙女说，长而柔软的头发挡住了她的脸，"小姑娘们才会冷，精灵不会。那孩子说什么，瓦西丽莎·彼得罗芙娜？你要离开森林了吗？"

瓦西娅意识到水泽仙女很害怕，尽管这一点很难看出来，因为她的声调平板，不像是女性的声音。

瓦西娅之前从没朝这方面想过。"总有一天我会的，"她慢慢地说，"总有一天我必须结婚，住到我丈夫的家里去。但我没想到会这么快。"水泽仙女变得如此虚弱模糊，以至于透过她憔悴的脸能看到后面沙沙作响的树叶。

"你不能走，"水泽仙女说，咧开嘴露出绿色的牙，"我们熬不过这个冬天了。你当时不让我杀掉那个贪婪的人，而守护你的人也失败了。你只是个孩子，你的面包屑和蜜酒供养不了所有宅神。事情终将结束。那头熊醒了。"她梳头发的手猛地一抖，弄得水顺着鼻子和下巴流下来。

"什么熊？"

"墙上的阴影，"水泽仙女急急喘着气，"暗中的声音。"她的脸并不像人类的脸那样会动，但她的瞳孔扩大并变成黑色，"小心死人。你必须小心我，瓦西娅，因为我不会再出现在你面前了。再面对你时,我已经不是我自己。他会召唤我,而我会服从。他会要我效忠他,而我会转而与你们为敌。我没得选。叶子正在落下。别离开森林。"

"你在说什么?当心死人?你会怎样与我们为敌?"

水泽仙女伸出一只手,紧紧抓住瓦西娅的胳膊,力气之大使瓦西娅觉得那潮湿模糊的手指好像要僵死了一样。"严冬之王会尽其所能帮助你的,"她说,"他承诺过。我们都听到了。他很老了,他是你敌人的对头。但你不能相信他。"

所有问题都迅速涌到瓦西娅嘴边,她一时不知该问什么好,于是陷入沉默。她看着水泽仙女的眼睛,那水妖闪光的头发披散在赤裸的身体上。"我相信你,"瓦西娅艰难地说,"你是我的朋友。"

"开心点,瓦西丽莎·彼得罗芙娜。"水泽仙女悲哀地说,接着她消失了,就像她从未出现过一样,只有那棵树还矗立着,银色的叶片暴躁地晃动。也许我是真的疯了,瓦西娅想。她抓住下方的树枝,落到地面上。在夏末时分的美丽暮色中,她脚步轻柔地向家的方向跑去。在她周围整座森林仿佛都在低语。墙上的阴影。你不能相信他。当心死人。当心死人。

***

"嫁人吗,爸爸?"大地被烤焦,热得上气不接下气,直到黄昏带来一丝凉意,才让炉火没那么折磨人。因为怕田里的活干不完,中午他们只在外面吃了面包、凝乳和采来的蘑菇,但那天晚上有炖菜、馅饼、烤鸡和蘸了一点珍贵的盐的青菜。

"如果有合适人选的话。"彼得把碗放在一边,毫不客气地说。蓝宝石、浅色眼睛,威胁和似懂非懂的诺言在脑子里打转,使他很不高兴。瓦西娅满脸湿漉漉地走进厨房。很明显她曾试图用水洗掉指甲缝里的污垢，但只是把手弄得更脏了。她打扮得像个乡下姑娘，身穿没染色的细麻衣，没戴头巾，黑色的头发卷曲着披散下来。她的眼睛又大又狂野，看上去非常困惑。如果她能把自己打扮得更有女人味些，彼得恼怒地想，而不是像个农家孩子或树妖，可能还更容易嫁出去。

彼得眼看着一大串反对的话语涌到瓦西娅嘴边，但又被她吞了回去。所有的姑娘都要嫁人，除非她们出家修道。和大家一样，她也清楚这一点。"嫁人，"她又一次说，努力挑选词汇，"现在吗？"

彼得又一次感到心痛。他仿佛看见她怀着身孕，俯身看着火炉，或坐在织布机前，优雅的风度已不复存在……

别傻了，彼得·弗拉基米罗维奇，这就是女人的命。彼得记起玛丽娜温暖的身体顺从地伏在自己怀中。但他也记得她溜进森林，轻盈得像个幽灵，眼里流露出同样狂野的神情。

"我该嫁给谁呢，爸爸？"

我的儿子说对了，彼得想。瓦西娅确实发怒了。她的瞳孔扩大，头向后仰，好像不愿戴上嚼子的小牝马。他搓搓自己的脸。姑娘们嫁人时都是欢欢喜喜的。当奥尔加的丈夫为她戴上宝石戒指并把她带走时，她满面红光。也许瓦西娅是在嫉妒自己的姐姐。但他的女儿再也不可能在莫斯科找到人家了。倒不如把一头鹰塞进鸽舍，这样还容易些。

"凯瑞尔·阿塔摩诺维奇，"彼得说，"我的朋友阿塔摩很有钱，他的独子继承了这笔遗产。他们都是养马好手。"

瓦西娅的大眼睛几乎占据了半张脸。彼得沉下脸。这是个如意郎君,她没有理由摆出这样一副受挫的表情来。"他住在哪里?"她低声问,"什么时候来?"

"向东走,快马一个星期的脚程,"彼得说,"秋收后他就会到。"

瓦西娅的脸平静而僵硬,她转过头去。彼得又以哄诱的口气补充道:"他会亲自来。我已经派柯利亚去接他了。他会是个好丈夫,让你生孩子。"

"为什么这么着急?"瓦西娅怒气冲冲地说。

她声音中的怨恨刺痛了他的心。"够了,瓦西娅。"彼得冷冷地说,"你是个女人,他是个有钱人。如果你想要个像奥尔加丈夫那样的亲王,好吧,他们喜欢胖点的女人,而且还会要求她们别那么无礼。"

他看到瓦西娅脸上闪过受伤的表情,但她随即将它掩饰住了。"亲爱的奥尔加答应过我,等我长大了,她会来接我,"瓦西娅说,"她说我们会一起住在宫殿里。"

"那你最好现在就结婚,瓦西娅。"彼得立刻说,"你的第一个儿子出生后,你可以去找你姐姐。"

瓦西娅咬着嘴唇大步走开了。彼得很不安,他想知道凯瑞尔·阿塔摩诺维奇会怎样看待他的女儿。

"他年纪不大,瓦西娅,"顿娅说话的同时瓦西娅一屁股坐在火炉边,"他是个打猎好手,会让你生出强壮的娃娃。"

"爸爸有什么事瞒着我,"瓦西娅反问,"这么突然。我本应该再等一年,奥尔加答应过要派人来接我。"

"别说傻话,瓦西娅,"顿娅说,口气或许过于轻松了,"你是个女人,最好嫁人。我肯定凯瑞尔·阿塔摩诺维奇会让你去看姐姐的。"

她绿色的眼睛向上看,眯成一条线:"你知道爸爸这样做是为什么。为什么这么着急把我嫁出去?"

"我——我不能说,瓦西娅。"顿娅说。她看上去突然变得瘦小而憔悴。

瓦西娅什么也没说。"这是为你好,"保姆说,"你好好想想吧。"她坐在炉边的长凳上,力气仿佛已被耗尽,瓦西娅感到一阵悔恨。

"是的,"她说,"对不起,我的好顿娅。"她把手放在保姆的手臂上,但没再说话。喝完粥后,她像幽灵一样从门里溜了出去,消失在夜色中。

***

今晚的月亮比新月稍饱满一些,闪着蓝色的光芒。瓦西娅跑啊跑啊,心中充满自己也无法理解的恐慌。生活的打磨使她身强体壮。她大口吸气,让冷风带走嘴里恐惧的味道。但她没跑多远就听到有人在叫自己的名字,这时她仍能看到家里炉子的火光。

"瓦西丽莎·彼得罗芙娜。"

她几乎就要这样跑下去,直到被黑夜吞没。但是她能去哪里呢?她停下脚步,看到祭司站在教堂的阴影里。黑夜中她看不清他的脸,但那声音她不会听错。她什么也没说。她尝到了咸味,意识到嘴唇上满是泪水,却已经被风吹干了。

康斯坦丁正要离开教堂。他之前没看见瓦西娅离开宅子,但那飞快移动的影子他是不会弄错的。他下意识地叫出声,而当她真的停下来时,他又开始诅咒自己。看到她的脸时他惊呆了。"怎么了?"他粗鲁地说,"你哭什么?"

如果他的声音冷静而威严,瓦西娅就不会回答了。但他以这种口气提问,她就疲倦地回答:"我要嫁人了。"

康斯坦丁皱起眉头。正如彼得一样,他也马上看到了一切:那个狂野的小东西被困在家里,整天忙得喘不过气,和任何一个平凡的女人一样。像彼得一样,他感到一阵奇怪的悲伤,之后又把它甩在脑后。他不假思索地走近她,以便看清她的脸,却惊奇地发现她在害怕。

"那又怎样?"他说,"他是个残忍的人吗?"

"不,"瓦西娅说,"我想不是。"

祭司差点儿说出:这是为你好。但他又想起了她面前的无尽岁月,想起了生儿育女、精疲力竭。野性消失了,优雅的鹰隼被链子拴住……他咽了口唾沫。这是为你好。野性是一种罪孽。

但即使他知道答案,还是不禁问:"那你为什么害怕,瓦西丽莎·彼得罗芙娜?"

"您不知道吗,巴图席卡?"她说,笑声温柔而绝望,"他们把您派到这儿来,您很害怕。您感到森林团团把您围住,好像把您握在掌心——我能从您眼里看出来。但如果您愿意,您可以离开。有一整个的广大世界在等待某位上帝的仆人,而且您已经饮过君士坦丁堡的水,见过太阳从海平面上升起。而我……"他看见恐惧的表情再次从她脸上浮现,于是大步向前抓住了她的胳膊。

"嘘——"他说,"别傻了,你在吓唬自己。"

瓦西娅又笑了。"您说得对,"她说,"我是在发傻。毕竟我生来就是要待在笼子里的：修道院或宅子，没别的了。"

"你是个女人。"康斯坦丁说，仍然抓着她的胳膊。她退后一步，他放了手。"你迟早会接受的，"他说，"你会幸福的。"她几乎看不见他的脸，但搞不懂他那种奇怪声调是怎么回事。听起来他好像在试图说服自己。

"不，"瓦西娅声音嘶哑地说，"如果您愿意，为我祈祷吧，巴图席卡，但是我必须……"她又穿过一栋栋房子跑走了。康斯坦丁强忍住把她叫回来的冲动。他的掌心刚才碰到过她，现在那块皮肤在燃烧。

这是为她好，他想，这是为她好。

第十六章

烛光旁的魔鬼

那个秋天天空灰蒙蒙的,树叶变成了金黄色。大雨说下就下,但太阳也会不时出人意料地投下青灰色的光束。在那位波雅尔的儿子和柯利亚一起到来之前,当年的收成已经安全地储存在地窖和阁楼里了。他们沿着泥泞小路前进,柯利亚派了个信使先来报信。在那位领主到达的当天,瓦西娅和伊丽娜在澡堂里花了一上午的时间洗澡。澡堂小鬼班尼克①大腹便便,眼睛活像两个醋栗。他和善地斜视着姑娘们。"你不能躲在长凳下面吗?"伊丽娜待在外面房间时,瓦西娅对他低声说,"我的继母会看见你,她会尖叫的。"

班尼克咧嘴笑起来,嘴里喷出蒸汽。他只比她的膝盖高一丁点儿:"听你的。但今年冬天别忘了我,瓦西丽莎·彼得罗芙娜。每过一季,我就变小一些。我可不想消失。古老的吞食者正在醒来。如果

---

① "班尼克"直译为"浴室住民",是俄国民间传说中的浴室守护者。

失去你的老班尼克，这个冬天会很难熬。"

这话正说中瓦西娅的心病，她踌躇了。但我要嫁人了。我要离开了。小心死人。她紧紧抿起嘴："我不会忘的。"

他笑得更开心了。蒸汽在他身周缭绕，直到她看不清他。红光从他眼底透出，好像炽热的石头："那这就是一个预言，海女。"

"为什么这样叫我？"她低声问。

班尼克慢慢飘到她旁边的长凳上，胡须如同卷曲上升的蒸汽："因为你有你外曾祖父的眼睛。现在听我说，你将会骑马走到天地交汇之处。你会出生三次：一次生幻象，再次生肉体，三次生魂灵。你要在隆冬采下雪花莲，为夜莺哭泣，然后你就可以选择死亡。"

尽管周围热气氤氲，瓦西娅还是觉得冷："我为什么要选择死呢？"

"三次出生，一次死亡，"班尼克说，"这样还不行吗？别忘记我，瓦西丽莎·彼得罗芙娜。"他消失了，原来的地方只剩下水汽。圣母啊，瓦西娅想，我听够他们这些疯狂的警告了。

两个女孩坐着流汗，直到脸红通通的。她们用桦树条抽打彼此的身体，促进血液流动，又用长柄勺舀起凉水倒在头上。她们洗得干干净净后，顿娅和安娜一起来给她们梳头编辫子。"你这么像个男孩子，真不害臊，瓦西娅，"安娜用一把有香味的木梳梳着伊丽娜长长的栗色发卷，"我希望你的丈夫别太失望。"她斜眼看着自己的继女。瓦西娅脸红了，但咬住舌头没说话。

"但这头发，"顿娅尖刻地说，"算是全罗斯最出色的头发了，亲爱的瓦西娅。"确实，它比伊丽娜的更长更厚，深沉的黑发泛着柔和的红色光泽。

瓦西娅勉强对保姆笑了笑。从儿时起，就有人说伊丽娜像公主一样可爱。瓦西娅从前一直是个丑孩子，同父异母的娇小妹妹把她比得更是难看。不过最近她在马背上花了大量时间。在这项运动上她修长的四肢很有优势，由此瓦西娅对自己更宽容了。而且她本来就不喜欢照镜子，宅子里唯一的镜子是她继母的一面椭圆青铜镜。

可是现在好像屋里的每个女人都在盯着她看，仿佛她是一只已被养肥，即将被牵到集市上的山羊。瓦西娅突然想知道：美貌到底有什么意义。

两个女孩终于打扮妥当。瓦西娅裹着少女的饰头巾，垂下的银丝勾勒出她的脸庞。安娜永远不会让瓦西娅的容貌盖过自己的女儿，即使她要嫁人时也不行。因此，伊丽娜的饰头巾和衣袖上都绣着花，缀着芥子珠，身上那件浅蓝色的无袖短上衣镶着白色花边。瓦西娅的衣饰是绿色和深蓝色，没有珍珠，只有淡淡的白色刺绣。这种简洁的式样是她自己的过错，因为她把大部分针线活推给了顿娅去做。但是朴素的风格适合她。看到盛装打扮的继女，安娜的脸色越来越差。

两个女孩出现在门廊上。前院的泥泞深及脚踝，蒙蒙细雨轻柔地飘落。伊丽娜紧挨着母亲。彼得已经等在前廊，穿着漂亮的毛皮衣和绣花靴子，浑身僵硬。柯利亚的妻子也和孩子们一起来了。瓦西娅的小侄子谢辽沙跑来跑去，大声叫喊。他的亚麻衬衫上已经有一大块污渍。康斯坦丁祭司默默地站在一旁。

"这时候办婚礼很奇怪呀，"阿廖沙走过来站在瓦西娅身边，低声对她说，"夏天干燥，收成欠佳。"他棕色的头发干干净净，短须用芬芳的油膏梳过，蓝色的刺绣衬衫和腰间的饰带相得益彰。"你真漂亮，瓦西娅。"

"别逗我笑了，"他妹妹回答，接着她更严肃地补充，"是的，而且爸爸也感觉到了。"确实，虽说彼得看上去很快活，他眉间的纹路却清晰可见。"他看起来像是要完成某个不愉快的任务，他一定很想把我送走。"

她想就此开个玩笑，但阿廖沙看着她，脸上一副了然的表情："他想尽量让你过平安的日子。"

"他爱我们的妈妈，而我让她送了命。"

有那么一刻，阿廖沙没说话："你说得没错。但说实话，亲爱的瓦西娅，他一直试图保护你。马的皮毛像鸭绒一样柔软，而松鼠还在外面拼命地吃东西，今年冬天会很难熬。"

一位骑手穿过栅门向宅子飞奔而来，马蹄踏入泥地，使泥水飞溅出长长的弧线。马打着滑停住，他从马鞍上跳下来。这是个中年人，个子不高，但身材魁梧，饱经风霜，留着棕色胡子。他的嘴角隐约流露出难以掩饰的青春气息，牙齿齐齐整整，笑容像男孩一样灿烂。他向彼得鞠了一躬。"我希望我没有迟到，彼得·弗拉基米罗维奇？"他笑着问。两个人紧握住彼此的前臂。

怪不得他比柯利亚跑得快，瓦西娅想道。凯瑞尔·阿塔摩诺维奇骑的那匹年青骏马是她生平仅见，甚至马中王子梅泰尔站在这匹筋肉强壮的红棕色牡马旁也会失色。她想抚摸小马的腿，感受他坚实的骨骼和发达的肌肉。

"我跟爸爸说过这不是个好主意。"阿廖沙悄声在她耳边说。

"什么？还有为什么？"瓦西娅说，她的注意力全在那匹马上。

"这么快就把你嫁出去。因为含羞的少女应该柔情脉脉地盯着前来求婚的领主，而不是盯着领主的骏马。"

瓦西娅大笑起来。凯瑞尔正以殷勤到夸张的方式向小伊丽娜躬身施礼。"山野之中，彼得·弗拉基米罗维奇，竟有如此一颗宝石，"他说，"小雪花莲，你应该到南方去，在我们的百花丛中盛开。"他微笑。伊丽娜脸红了。安娜有些得意地看着女儿。

凯瑞尔转向瓦西娅，嘴角仍然挂着轻松的微笑。但当他看到她时，微笑消失了。瓦西娅想他一定是对她的外貌不满意，干脆仰起下巴，露出挑衅的表情。这样更好，如果我让你不满意的话，再去找别人当老婆吧。但阿廖沙非常了解男人那种渐渐深沉起来的眼神是什么意思。瓦西娅直视着你的脸，更像一匹没有被驯服的小牝马，而不是养在深闺的女孩。凯瑞尔入迷地看着她，向她鞠躬，嘴角又露出了笑容，但与他面对伊丽娜时的笑截然不同。"瓦西丽莎·彼得罗芙娜，你哥哥说你很漂亮。但他说错了。"她身体僵直，他笑得更开心了，"你是绝代佳人。"他的目光从她的头饰巾扫到穿着拖鞋的双脚。

在她身边，阿廖沙的一只手攥成拳头。"你疯了吗？"瓦西娅从牙缝里挤出话来，"他有这个权利。我们已经订婚了。"

阿廖沙冷冷地看着凯瑞尔。"这是我哥哥，"瓦西娅赶紧说，"阿列克谢·彼得罗维奇。"

"幸会。"凯瑞尔说，看上去他觉得很好笑。他年纪比他们大了近十岁。他的目光再次从容不迫地扫过瓦西娅。她觉得自己衣下的皮肤像被针扎一样刺痛。她能听到阿廖沙在磨牙。

就在此时，传来一声响鼻、一声尖叫，还有水花四溅的声音。他们都转过身来，发现是瓦西娅的侄子谢辽沙刚才蹑手蹑脚地走到凯瑞尔的红马的另一侧，试图爬上马鞍。瓦西娅很理解他，因为她自己也很想骑那匹红马驹。背上突如其来的重量使那马抬起前腿，人立起来，瞪大眼睛。凯瑞尔跑去抓他的笼头。彼得则把自己的孙子从泥水里拎起来，给了后者一记耳光。正在此时，柯利亚飞马而来冲进院子。他的到来为这短暂的混乱画上了句号。谢辽沙的妈妈把号哭的孩子抱走了。车队里的第一辆马车远远地出现在路的尽头，在灰色的秋日森林背景的映衬下分外鲜明招眼。女人们匆匆走进宅子，把午饭端出来。

"很显然，他更喜欢伊丽娜，瓦西娅，"安娜说，此时她和瓦西娅正使劲搬动一口巨大的炖菜锅，"杂种狗永远比不上纯种狗。至少你的母亲已经去世了，这样人们就更容易忘记你不幸的血统。你壮得像一匹马，这算是个优点吧。"

多毛沃伊从火炉里爬出来，摇摇晃晃，但非常坚决。瓦西娅偷偷给他倒了些蜜酒。"看，继母，"瓦西娅说，"那是猫吗？"

安娜抬眼看去，面如土灰，摇摇欲坠。多毛沃伊向安娜皱起眉头，她立刻昏倒了。瓦西娅抓住滚烫的锅闪开，保住了炖菜。但安娜·伊凡诺芙娜可没这么幸运。她双膝一弯，"砰"的一声撞上炉底石，那声音听上去真是大快人心。

***

"你喜欢他吗，瓦西娅？"那天晚上，伊丽娜躺在床上问。

瓦西娅当时半睡半醒，因为她和伊丽娜在日出前就起来做准备，而当晚的宴会持续到很晚才结束。宴会上，凯瑞尔·阿塔摩诺维奇坐在瓦西娅身边，用她的杯子喝酒。她的未婚夫有双肉乎乎的手，笑起来连墙都随之震动。她喜欢他的个头儿，但不喜欢他的傲慢。"他是个好人。"瓦西娅说。但她向所有圣徒祈祷，希望他能消失。

"他很帅，"伊丽娜表示同意，"笑起来也很和善。"

瓦西娅翻了个身,皱起眉头。在莫斯科,女孩不得与求婚者交往,但北方的规矩宽松一些。"他的微笑也许很和善,"她说,"但是他的马怕他。"宴会结束时,瓦西娅溜到谷仓去了。凯瑞尔的小马奥贡①被关在畜栏里,大家还不敢放他到草场上去。

伊丽娜笑了:"你怎么知道马在想什么?"

"我知道,"瓦西娅说,"而且,他老了,小鸟。顿娅说他快三十岁了。"

"但是他很有钱。你会有珠宝首饰,每天都有肉吃。"

"那么,你嫁给他吧。"瓦西娅耐着性子说,戳了戳妹妹的肚子,"你会像松鼠一样胖,整天坐在炉子上缝东西。"

伊丽娜咯咯笑了:"也许我们结婚后会再见面的,如果我们的丈夫彼此住得不远的话。"

"我相信他们不会的,"瓦西娅说,"当我和乞丐丈夫上门讨饭时,你可以留些肥肉给我,因为你已经嫁给了一位伟大的领主。"

伊丽娜再次咯咯笑了:"但现在是你嫁给了一位伟大的领主,瓦西娅。"

瓦西娅没有回答,她不再说话了。最后伊丽娜不再缠着她,而是蜷着身子靠着姐姐睡着了。但是瓦西娅躺在床上,久久不能入睡。他迷住了我的家人,但他的马惧怕他的手。当心死人。今年冬天会很难熬。你不能离开森林。思绪如激流奔涌,而她被激流托起带走。但是她年纪还轻,又很疲倦,最后还是翻个身睡着了。

---

① 这个名字意为"火焰"。

***

日子在一轮轮比赛和盛宴中流逝。晚饭时,凯瑞尔·阿塔摩诺维奇给瓦西娅盛了一满碗饭后,站在厨房门旁戏弄她。他的身体散发出动物般的热量。瓦西娅发现自己在他的注视下脸红了,感到很生气。晚上她躺在床上睡不着,想着自己的双手将会如何感受那股热量。但是他笑时眼睛里毫无笑意。恐惧不时从她心里涌起,令她窒息。

日子一天天过去,瓦西娅搞不清自己的想法。"你必须结婚,"那些女人批评她,"所有的女孩都要嫁人。至少他不老,而且他很受大家欢迎。为什么要害怕呢?"但是她害怕,所以只要有可能,她就会避开未婚夫,像只被关在笼子里的小鸟一样来回踱步,但那笼子还在不断缩小。

"为什么,爸爸?"又一顿喧闹的晚餐开始时,阿廖沙问彼得。这已经不是他第一次问这问题了。那间又长又暗的屋子里弥漫着毛皮、蜜酒、烤肉、炖菜的味道,还有人们的汗味。一只只盛着荞麦粥的大碗被传来传去,一瓶瓶蜜酒被开封。他们的邻居挤满房间。现在屋里已经人满为患,来宾们只能挤住在农民的小屋里。

"离她结婚还有三天,我们必须好好招待客人。"彼得说。

"她为什么现在要结婚?"他的儿子反驳道,"她就不能再等一年吗?去年冬天和今年夏天都很难熬,我们为什么要因为这些人浪费食物储备呢?"阿廖沙向屋里的客人做了个手势——那帮人正忙着毁掉一个夏天的劳动成果。

"因为这是必须的。"彼得厉声说,"如果你想帮忙,就去说服你发疯的妹妹,别让她在新婚之夜阉了她男人。"

"他是头公牛,那个凯瑞尔。"阿廖沙简短地说,"他跟村姑生了五个孩子。即使待在你家里,他仍然毫不顾忌地和农妇们调情。如果我妹妹觉得应该把丈夫阉掉,爸爸,她一定有自己的道理,而我不会劝阻她的。"

他们不约而同地望向这两人并排坐着的地方。凯瑞尔正在和瓦西娅说话,他的手势夸张随意。瓦西娅望着他,脸上的表情使彼得和阿廖沙都紧张起来,而凯瑞尔似乎没有注意到。

"我独自在那儿,"凯瑞尔对瓦西娅说,"背靠一块岩石,那头野猪冲了过来。我的人都已经跑没影了,只剩下那个死人,身上有个红红的大洞。"他重新斟满她的杯子,微微晃动它。他的嘴唇在杯沿上留下一圈油脂。

这不是凯瑞尔·阿塔摩诺维奇讲的第一段英雄经历了。瓦西娅的思绪开始飘忽不定。祭司在哪儿?康斯坦丁祭司没来赴宴,他不像是那种孤僻的人。

"野猪朝我冲了过来,"凯瑞尔说,"它的蹄子踩得地面都在颤。我把灵魂交给上帝——"

口吐鲜血,死在当场,瓦西娅厌恶地想,我怎么就不能这么幸运呢。

她把手放在他胳膊上,抬头看他,希望自己看起来楚楚可怜:"别说了——我受不了了。"

凯瑞尔不解地看着她。瓦西娅浑身发抖:"我听不下去了,我怕自己会晕过去,凯瑞尔·阿塔摩诺维奇。"

凯瑞尔看上去似乎很困惑。

"顿娅的神经比我坚强得多,"瓦西娅说,"我想你应该把故事讲完,讲给她听。"顿娅的耳朵好得很,神经也完全没问题。老太太向天翻了个白眼,警告地瞥了瓦西娅一眼。但瓦西娅已下定决心,甚至她父亲隔着长桌瞪她也没用。"现在,"瓦西娅以夸张的优雅姿态站起来,从桌上抓了一条面包,"现在,请您原谅,我必须去神前履行虔诚的责任。"

凯瑞尔张开嘴打算抗议,但瓦西娅匆匆致意,把面包塞进自己袖子里逃走了。在拥挤的大厅外,宅子看起来凉爽而安静。她在院子里站了很久,喘着气。

她去敲祭司的门了。

"进来。"片刻寂静之后,康斯坦丁冷漠地说。整个房间似乎都被烛光照亮了,他正借着光作画。某只老鼠把他身边那块没动过的面包壳啃掉了。瓦西娅打开门,祭司没有转身。

"上帝保佑您,巴图席卡,"她说,"我给您带面包来了。"

康斯坦丁身体僵硬。"瓦西丽莎·彼得罗芙娜,"他放下画笔,画了个十字,"愿主保佑你。"

"您病了吗,怎么不跟我们一起吃饭?"瓦西娅问。

"我斋戒。"

"最好吃点。整个冬天都吃不到这样丰盛的食物了。"

康斯坦丁什么也没说。瓦西娅把啃坏的面包壳拿走,换上新的一条面包。两人相对无言,但她没走。

"您为什么把您的十字架送我,"瓦西娅突然问,"那天我们在湖边见过面后?"

他咬紧牙关,没有立即回答。事实上,他自己也说不清。因为她感动了他。因为他希望自己不在时,那个象征能代替他来保护她。因为他想摸摸她的手,看看她的脸,让她感到不安,也许他会看到她像其他女孩子一样坐立不安并傻笑，让他忘记自己的邪念。

因为如果他看不见她的手握着十字架，他宁愿再也见不到它。

"神圣的十字架会指引你大道直行。"康斯坦丁最后说。

"会吗？"

祭司默不作声。夜里他梦见了湖里的那个女人。他永远也看不清她的脸。但在他的梦里，她的头发是黑色的，披散下来，滑过她赤裸的肉体。醒来后，康斯坦丁花了很长时间祈祷，试图把那个形象从脑海中剔除。但他失败了，因为每次他看到瓦西娅，就知道梦中那个女人的眼睛与她一模一样。他感到不安，羞愧难当。她的错在于引诱他。但再过三天，她就要走了。

"你来这里做什么，瓦西丽莎·彼得罗芙娜？"他说，声音很大，十分刺耳。他在生自己的气。

暴风雨要来了，瓦西娅想，当心死人。先是恐惧，火灾次之，随后是饥馑。你的错。你来之前，我们相信上帝，也相信守护我们宅子的精灵。一切都很好。

如果祭司离开，也许她的族人会再次得到安全。

"您为什么要留在这里？"瓦西娅说，"您讨厌田野、森林和寂静，也讨厌我们简陋的教堂。但您还是待在这里。您想走就走，没人会反对的。"

康斯坦丁的颧骨上隐隐泛起红晕。他的手笨拙地摸索着颜料："我有任务，瓦西丽莎·彼得罗芙娜。我必须帮你们脱离旧我，重获新生。上帝会惩罚误入歧途的人。"

"所谓任务，不过是您自己的想法，"瓦西娅说，"是为您自己的骄傲服务的。为什么该是您替上帝说出他的需求？如果您不使人们害怕,他们永远也不会尊重您。"

"你这种无知的乡下姑娘知道什么!"康斯坦丁厉声说。

"我相信自己的双眼看到的证据,"瓦西娅说,"我见过您讲话。我见过族人们很害怕。您知道我说得没错。你在发抖。"他拿起一碗混合到一半的颜料,里面温暖的蜡在颤动。康斯坦丁突然松了手。

她走得近些,更近些。烛光在她眼中化作点点金斑。他迷离的目光转到她的嘴上。恶魔,你走吧。但她温柔恳求的声音仍然属于年轻女孩。"为什么不回去呢?去莫斯科、弗拉基米尔或苏兹达尔①,为什么在这里流连不去?世界那么大,我们这个角落那么渺小。"

"主授予我使命。"他咬牙切齿地回答,每个字几乎都是唾出来的。

"我们不过是人,是普通的男女,"瓦西娅反驳说,"我们不是你的使命。回莫斯科去,去拯救那里的人吧。"

她站得太近了。康斯坦丁突然扬起手,打了她一记耳光。她跟跟跄跄地后退,用手捂着脸。他快步向前,想居高临下地审视她;她却站稳身体,一动不动。他举起手想再打一次,但吸了口气忍住了。他不该打她。他想抓住她、吻她、伤害她,却不知道到底该选哪种做法。恶魔。

"出去,瓦西丽莎·彼得罗芙娜,"他咬牙切齿地说,"别想教训我。别再来这儿了。"

她退到门口,转过身来,一只手放在门闩上。她的辫子垂在胸

---

① 苏兹达尔是座历史悠久的城市,是罗斯人最早的聚居地之一。——译者注

前,面颊上的鲜红手印清晰可见。"随你的便,"她说,"以上帝的名义吓唬人真是个残酷的使命,还是您来吧。"她犹豫了一下,温柔地补充说,"不过,巴图席卡,我不害怕。"

***

她走后,康斯坦丁来回踱步,影子在身前跳跃,打过她的那只手感到灼痛。狂怒之下,他的嗓子哽住了:落雪前她就会离开。离开,永远离开:这是我的耻辱和失败。但这比让她留在这里强。

圣像前的蜡烛摇曳不定,火焰投下参差不齐的阴影。

她会离开的。她必须离开。

那柔和清晰、悦耳动听的声音仿佛传自大地之下、烛光之中,仿佛传自他自己的胸膛里。"愿你安宁,"它说,"虽说我看出你好像很苦恼。"

康斯坦丁停步,一动不动:"谁?"

"忘我地渴望,爱恨交织。"那声音叹了口气,"哦,你真美。"

"是谁在说话?"康斯坦丁厉声道,"你在嘲笑我吗?"

"我没有嘲笑你,"对方迅速回答,"我是朋友、主人、救星。"那声音充满同情,铿锵有力。

祭司转过身去寻找。"出来,"他强迫自己站着不动,"让我看看你是谁。"

"这是什么意思?"那声音开始积聚怒气,"怀疑吗,我的仆人?难道你不知道我是谁吗?"

房间四壁空空,只有床和圣像,还有聚在角落里的阴影。康斯坦丁环顾房间,直到双眼刺痛。那里——是那个吗?有一道影子并没有随着火光移动。不,那只是他自己的影子,烛光将它投在地上。外面也没有人,门后也没有。那么是谁呢?

康斯坦丁的目光落在圣像上。他深深凝视它们那陌生而庄严的脸庞。他的脸色变了。"我的父,"他低声道,"我的主。天使啊。您沉寂了那么久,最后终于开口对我说话了吗?"他四肢发抖,神经紧绷,只希望再次听到那声音。

"还在怀疑吗,我的孩子?"那声音再次温和地说,"你一直是我忠实的仆人。"

祭司开始无声地哭泣,双眼大睁,跪在地上。

"我观察你很久了,康斯坦丁·尼科诺维奇,"那声音继续说,"你代表我勇敢地做了不少事。但现在,那姑娘诱惑了你,又藐视你。"

康斯坦丁双手紧握。"这是我的耻辱,"他狂热地说,"我一个人救不了她。她被附体了,她是个魔女。我求您用智慧为她展示光明。"

"她会受到许多教训,"那声音回答,"许多——许多。别怕。我跟你在一起,你再也不会孤军奋战。这世界会匍匐在你的脚下,人们会通过你的喉舌了解我的神迹,因为你一直对我忠心耿耿。"

此时仿佛有胜利的号角响起。康斯坦丁愉快地颤抖,泪如泉涌。"只要别再离开我,主啊,"他说,"我会一直忠于您。"他紧紧握拳,指甲深深嵌入掌心。

"只要你忠心待我,"那声音说,"我就永远在你身边。"

第十七章

一匹名叫火焰的马

凯瑞尔·阿塔摩诺维奇最喜欢猎杀北方的野猪,因为它们有长长的獠牙,跑起来比马还快。婚礼前一天,他号召大家一起去打野猪。"这样可以让时间过得快点。"他对彼得说,同时对瓦西娅眨了眨眼。瓦西娅什么也没说。但彼得没有表示反对。凯瑞尔·阿塔摩诺维奇是有名的猎手,被橡树果实养肥的野猪肉在秋天吃起来会很不错。一块腰腿肉能提高婚礼宴席的档次,同时为他女儿苍白的脸抹上红晕。

全家在黎明前起身。明晃晃的野猪矛堆在一起。猎狗们听到磨长矛的声音,整夜在窝里尖叫着走来走去。

瓦西娅起得最早。她没吃东西,而是去了马厩。马厩里的马听到外面的狗叫,焦急地用蹄子刨地。凯瑞尔那匹年轻的红棕色牡马每听到陌生的声音就颤抖一次。瓦西娅向他走去,发现瓦兹拉也在那里,正坐在小马的背上。瓦西娅向那小生灵笑了笑。牡马对她打个响鼻,竖起耳朵。

"你真没礼貌,"瓦西娅对他说,"但我猜凯瑞尔·阿塔摩诺维奇总是拉着笼头,拖着你到处走。"

小马把耳朵指向前方:你看起来不像一匹马呀。

瓦西娅咧嘴一笑:"感谢上帝。你不想去打猎吗?"

那马想了想:我喜欢奔跑。但是猪身上有臭味,如果我害怕,那人就会打我。我宁愿在田野里吃草。瓦西娅摸着他的脖子安慰他。如果凯瑞尔继续这样做,他会毁掉这匹漂亮的小马,他比小马驹大不了多少。小马用鼻子撞着她的胸部,水和绿色的黏液滴在她的衣服上。

"现在我比平常更邋遢了,"瓦西娅自语道,"安娜·伊凡诺芙娜会很高兴的。"

"如果你动作够快,野猪不会伤害到你的。"她又对奥贡说,"你是世界上跑得最快的马。你不用害怕。"

小马什么也没说,只是把头靠在她怀里。瓦西娅揉了揉他光滑的耳朵,叹了口气。她最喜欢在秋天的森林里疾驰,最好是能骑着长腿的奥贡。这小马看上去在开阔的田野里应该能跑得比野兔还快。然而她得去厨房揉面做面包,听那些来串门的妇女嚼舌头。每当这时,伊丽娜就会显摆自己的优点,而瓦西娅只能强忍着不放一把火,把所有东西都烧光。

"如果哪位小姐敢凑近我的马,会被骂的。"一个声音从她身后传来。奥贡抬起头,差点儿撞断瓦西娅的鼻子。"但你对动物很有一手,瓦西丽莎·彼得罗芙娜。"凯瑞尔·阿塔摩诺维奇微笑着向他们走来,抓住小马的缰绳。

"嘘——疯狂的小东西。"他说。小马翻了翻眼珠,站在那儿发抖。

"您起得很早啊,我的大人。"瓦西娅恢复了常态。

"你也很早,瓦西丽莎·彼得罗芙娜。"马厩里很冷,他们呼出白气。

"有很多事情要做,"瓦西娅说,"如果今天天气好,你们抓住猎物后,女人们会骑马去接你们。今晚我们要大吃一顿。"

他咧嘴一笑。"不必为自己找借口,小姐。我喜欢起得早的姑娘,还有对男人的牲畜感兴趣的女孩。"凯瑞尔嘴边有个酒窝,"我不会告诉你父亲在哪里找到你的。"

瓦西娅恢复了镇静。"如果你愿意,可以告诉他。"她说。

他笑了:"我喜欢你的脾气。"

她耸耸肩。

"你妹妹比你漂亮,"他若有所思地说,"几年后,她会成为贤惠的妻子,一朵小花。她不是那种会让男人烦恼得失眠的女孩。可是你——"凯瑞尔伸出手,把瓦西娅拉到身边,另一只手从她背上一路摸下来,用评估的口吻说。"骨头太多了,"他说,"但我喜欢强壮的女孩。你不会死在产床上的。"他自信地抚摸着她,希望她能听话,"你愿意为我生儿子吗?"她还没有反应过来,他就吻了她。他的吻像他的抚摸一样:坚定、熟练、自得其乐。瓦西娅推他,但没推开。他用手指顶着她下巴后面那块柔软的地方,把她的脸抬起来。她头昏脑涨。他身上有麝香、蜜酒和马的味道。他的手非常大,手指张开,扶在她的背上,另一只手滑过她的肩膀、胸部和臀部。

他仿佛对她的身体很满意。他放开她,胸膛起伏,鼻孔像骏马一样张开。瓦西娅站着不动,忍着恶心,抬头看着他的脸。对他来说,我就是匹牝马，一个清晰的念头突然闯进她的脑海，而如果牝马不愿套上挽具，好吧，他就会毁了她。

凯瑞尔的笑脸稍稍僵硬。她不知道对方是不是看出了自己心中的傲慢和轻蔑。他的目光再次落在她的嘴唇和身体上，她知道对方也看出了自己的恐惧。很快不安之情就从他脸上消失了。他又向她伸出手来，但瓦西娅动作更快。她把他的手打到一边，头也不回地从马厩里跑出去，惨白着脸跑进厨房。顿娅见状赶紧让她坐在火边，给她喝温好的酒，直到她脸上恢复了点血色。

***

整整一天，寒冷的雾气从地上升起，萦绕在林间。中午时分打猎的男人们有了收获。瓦西娅沉着脸用力摇动和面器，同时隐约听到那垂死动物的尖叫声。这倒是她心情的写照。

妇女们在正午时离开宅子，男人们牵着驮着沉重食物的马，跟她们走在一起。康斯坦丁也在人群中。他骑着马，脸色苍白，在秋日的阳光中显得异常高贵。人们崇敬而钦佩地偷偷盯着他看。瓦西娅避开祭司，和伊丽娜待在队伍后面，控制住自己的牝马迈着不太大的步子，以免把伊丽娜的小马落在后面。

浓雾弥漫。妇女们抱怨天气太冷，把斗篷裹在身上。

米什突然暴跳起来，把伊丽娜骑的那匹马吓得直哆嗦。那孩子发出尖叫，好像被掐住了喉咙，同时紧紧抓住缰绳。瓦西娅赶紧勒住马，抓住小马的笼头。米什的耳朵指向前方，她顺着看过去，发现有个白皮肤的生物站在两棵高大的桦树之间。他的外形像人，目光炯炯有神，头发仿佛森林里杂乱的灌木丛，脚下却没有影子。"没事的，"瓦西娅对米什说，"那东西不吃马，只吃傻乎乎的过路人。"

牝马转了转耳朵,犹豫了一下,又开始走了。

"林卫①。"当他们骑马经过时,瓦西娅低声说道,深深鞠躬。这是大森林的守卫——林卫。他很少会离人类这么近。

"我想和你谈谈,瓦西丽莎·彼得罗芙娜。"林卫的声音如同黎明时分枝叶的低语。

"一会儿再说。"她压下心中的惊讶。

伊丽娜在她旁边尖叫:"你在跟谁说话,瓦西娅?"

"没有人,"瓦西娅说,"我在自言自语。"

伊丽娜安静下来。瓦西娅在心里叹了口气——伊丽娜会告诉她母亲的。

进入森林后不久,他们就发现猎人在大树下休息。他们已经把那头野猪(一头母猪)用绳子拴着跗关节,倒吊在一根粗壮的枝丫上。她的喉咙被割开,血流到一只桶中。树林里回荡着欢声笑语。

谢辽沙认为自己已经长大成人了,总是不愿和女人们一起骑马。现在他从马上跳下来,飞快地跑过去,圆瞪双眼盯着那头吊在树上的野猪。瓦西娅从米什背上滑下来,把缰绳交给仆人。

"我们抓住了一头漂亮的野兽,是不是,瓦西丽莎·彼得罗芙娜?"有声音从她身边传来。她转过身,看见凯瑞尔的掌中有凝固的血,但他那孩子气的笑容丝毫未变。

"野猪肉会让大家很开心的。"瓦西娅说。

"我会把肝脏留给你,"他打量她,"你得长胖点。"

---

① 林卫是斯拉夫神话中的森林精灵,守护森林和林中的动物。

"您真大方。"瓦西娅说。她低下头,悄悄地走了,像是害羞得不敢讲话。妇女们正从装满货物的包裹中取出冷食。瓦西娅小心翼翼地靠近一小片桦树林,接着从树丛中溜了出去,消失了。

她没看到凯瑞尔暗自笑着跟了上来。

***

林卫是种危险的精灵。如果愿意,他们可以带着旅行者兜圈子,直到后者累得昏倒。有时聪明的旅人为了保护自己,会把衣服前后反穿,但这种情况不常见,他们大多会一命呜呼。

瓦西娅在桦树林中发现了他。林卫低下头,用闪光的眼睛看着她。

"有什么消息?"瓦西娅问。

林卫发出刺耳的声音,表示自己很不高兴:"你的族人在我的树林里大吵大嚷,杀死我的动物。他们以前还知道先来请求我的允许。"

"我们再次请求您的允许。"瓦西娅迅速说。他们之前遇到的麻烦已经够多的了,但还没有惹恼林卫。她解开刺绣的头饰,把它放在他手里。他用修长如细枝的手指把它翻过来。

"原谅我们吧,"瓦西娅说,"同时——别忘了我。"

"这也是我想说的,"那林卫不再生气,"我们正在消逝,瓦西丽莎·彼得罗芙娜。甚至我也一样。我可是亲眼看着这些树从小树苗长起来的。你的族人意志不坚定,所以精灵的力量衰落了。如果那头熊现在到来,没有人可以保护你。账该清了。当心逝者。"

"什么意思,什么叫'当心逝者'?"

林卫低下他灰白的头。"三个预兆,而死人是第四个。"说完,他就消失了。窸窣作响的林中，只有鸟儿的歌唱灌满瓦西娅的耳朵。

"我受够了。"瓦西娅咕哝着，但并不指望能有人回答，"你们之中就不能有人挑明了跟我说吗？你们在怕什么？"

凯瑞尔·阿塔摩诺维奇从林间冒出来。

瓦西娅绷直脊背："您迷路了吗，大人？"

他哼了一声："跟你差不多，瓦西丽莎·彼得罗芙娜。我从没见过哪个女孩能在森林里走得这么轻快。但你不应该离开大部队。"

她什么也没说。

"跟我走吧。"他说。

无法拒绝。他们肩并肩走在潮湿厚重的壤土①上面，树叶在他们周围飘落。"你会喜欢我的土地的，瓦西丽莎·彼得罗芙娜，"凯瑞尔说，"马群跑过一眼望不到边的田野。商人从圣母之城弗拉基米尔给我们带来珠宝。"

这时，瓦西娅眼前突然出现了幻象，那不是某座贵族的豪华住宅，而是她骑着马疾驰。大地无垠，没有森林挡住去路。她虽然还站在那儿没动，但思绪已经飘到远方。凯瑞尔拈起她垂在胸前的长辫子轻轻抚摩。她吓了一跳，回过神儿来，把辫子从他手里夺了回来。他拉住她的头发，微笑着把她拉近。"行了，别这样。"她后退几步，但他凑过来，把她的辫子绕在手上。"我会教你怎样想我的。"他的唇在寻找她的唇。

一声刺耳的尖叫打破了午后的寂静。

---

① 壤土是森林里落叶堆积后形成的腐殖质土。——译者注

凯瑞尔放开她。林间有道棕色的身影一闪而过，瓦西娅拔腿就跑，边跑边咒骂碍事的裙子。但即使这样，她也比身后那个大块头要轻快。她飞奔着绕过冬青灌木，大惊失色地停住脚步。谢辽沙正紧紧搂住米什的脖子，而那匹棕色的牝马正像个一岁龄的小马驹似的蹦跳旋转，双眼狂乱，瞳孔缩小，露出一圈眼白。

瓦西娅无法理解眼前的事：那男孩以前骑过马，而且米什也很好说话。但现在她跳了起来，好像有三个魔鬼坐在她背上。伊丽娜被逼得退开，靠在林间空地边缘的一棵树上，双手捂住嘴。"我告诉过他！"她哭着说，"我告诉他这样不好，但他说自己已经长大了，想干什么就能干什么。他想骑马，他不肯听。"

正午的骄阳下，桤树丛中的空地上却铺满阴影，看起来很奇怪。其中有某个阴影似乎要向前冲去。有那么一刹那，瓦西娅可以发誓：她看到个疯狂的笑容和眨动的独眼。

"米什，安静。"她对那马说。马突然停下来，竖起耳朵，静了一瞬。

"谢辽沙，"瓦西娅说，"现在——"

凯瑞尔从矮树丛中冲了过来。在同一瞬，影子似乎同时从三个方向一拥而上。牝马的神经再次崩溃，转身就跑，长腿重重踏进林间小径。狂乱的奔跑中，她几乎要把背上的人甩落在巨树之间。谢辽沙尖叫着，但仍然坐在马鞍上紧搂住马脖子。

在某处，有人在大笑。

瓦西娅跑去找其他马，伸手去抓佩在腰带上的刀。凯瑞尔跟在她后面，但她跑得更快。她从惊讶的父亲身边闪过，首先跑到奥贡身边。"你在做什么？"凯瑞尔喊。但瓦西娅没有回答。那匹小马被拴着，但刀光闪过，绳子断了。她纵身跳上光溜溜的马背，手指插进红色鬃毛。

那马如离弦的箭一般射出去，把张口结舌的凯瑞尔甩在后面。瓦西娅身子向前倾，随着牡马的节奏起伏，双脚夹紧马肚，希望来得及解开纠缠在一起的层层裙裾。一人一马如暴风雨般卷过森林。瓦西娅伏在马脖子上。一根倒下的圆木挡住他们的去路。瓦西娅深吸一口气。奥贡仿佛雄鹿，一跃而过。

她冲出森林，冲进泥泞的田野，离前方的惊马只有十个马身的距离了。神奇的是，谢辽沙仍然紧紧地抓着米什的脖子。他只能这样，因为如果以这种速度奔跑时摔下来，他肯定会没命。地上无数收割后的庄稼残株时隐时现，使马蹄下的路变得非常危险。奥贡稳步缩短两匹马间的距离。他的速度本来就更快，而且前方那惊慌失措的牝马并没有跑直线，同时还不时扭动身体，试图把背上的孩子摔下去。瓦西娅喊着让米什停下来，但她没听见，或者是充耳不闻。瓦西娅喊着鼓励谢辽沙，但风声盖过了她的声音。她和奥贡一点点追上去。马嘴里的白沫向后飞溅。田野对面有条给大麦田排水的沟渠。米什就算可以跃过沟去，也会把谢辽沙从背上甩下来。瓦西娅对奥贡尖叫；后者连续几个强有力的纵跃，终于追平惊马。水沟迅速逼近。瓦西娅向侄子伸出一只手。

"放手，放手！"她喊道，一把抓住他的衬衫。谢辽沙惊慌失措地转头看了一眼，被瓦西娅干净利索地猛拉过来，脸朝下扔在奥贡红色的马肩隆上。男孩的两只手里还抓着黑色的鬃毛。与此同时，瓦西娅调整重心，催促小马在前方隐隐出现的水沟边缘转弯。奥贡居然做到了：他收紧后腿，侧身转向，沿着水沟跑起来，接着又跑了几步才连走带滑地停下来，浑身发抖。但米什就没那么幸运了：她惊慌失措地一头栽进沟里，现在正躺在沟底，伤得很重。

瓦西娅从奥贡背上滑下来，双腿强撑着，摇摇晃晃地站稳，把哭泣的侄子拉下来，迅速打量他一番。他的鼻子和嘴唇被骏马铁一般坚硬的肩膀撞得鲜血淋漓。"谢辽沙，"她说，"谢尔盖·尼古拉耶维奇，你安全了。嘘——"她的侄子哭着发抖，突然咯咯笑起来。瓦西娅扇了他一巴掌，打在他血淋淋的脸上。他打了个寒战，沉默了。她紧紧抱着他，身后传来那匹马挣扎的声音。

"奥贡，"瓦西娅说，那匹马正在她身后吐着白沫，"待在这里别动。"

马动动一只耳朵表示同意。瓦西娅放开侄子，半跑半滑下到沟底。米什躺在一英尺深的水中，但瓦西娅毫不在意。她跪在吐着白沫的牝马的脑袋旁，意外地发现马腿没断。"没事了，"瓦西娅低声说，"你没事了。"她把呼吸调整到与牝马同步。突然米什躺在她灼热的手掌下不动了。瓦西娅站起来退后。

牝马镇定下来，摇摇晃晃地站起来，笨拙得像小马驹。瓦西娅这时才反应过来，浑身发抖，双臂搂住马脖子。"傻瓜，"她低声说，"有东西附了你的体吗？"

"我看见一道影子，"牝马说，"它有牙齿。"她没再说下去，因为杂乱的声音从沟顶传来，碎石纷纷落下，仿佛一场小雪崩，预示着凯瑞尔·阿塔摩诺维奇驾到。米什惊慌退后。凯瑞尔正俯视她们。

瓦西娅的脸烧起来。"她受惊了，"女孩抓住米什的缰绳匆匆说，"你身上有血腥味，凯瑞尔·阿塔摩诺维奇；你最好待在那儿别动。"

凯瑞尔显然也不想跳进泥水里。即使如此,瓦西娅的话也没有使他高兴起来:"你偷了我的马。"

瓦西娅总算还知道此时该装得难为情。

"谁教你那样骑马的?"

瓦西娅咽了一口唾沫,打量着对方惊骇的脸。"我父亲教过我。"她说。

她的未婚夫看上去很震惊,这真令她开心。

她从沟里爬了出来。那牝马像小猫一样跟着她。女孩爬到沟顶,凯瑞尔冷冷地瞪了她一眼。"也许我们结婚后,我可以骑你所有的马。"瓦西娅天真地说。

凯瑞尔没有回答。

瓦西娅耸了耸肩,这个动作才让她意识到自己有多累。她的腿像芦苇茎一样虚弱,她刚才用来拉谢辽沙到奥贡背上的左臂痛得要命。

一群骑马的人正冲过泥泞的田野。彼得一马当先,梅泰尔迈着稳健的步子。瓦西娅的哥哥们跟在他后面。柯利亚第一个跳下马,跑向他的儿子;那孩子还在哭。"谢辽沙,你没事吧?"他问,"发生了什么事?谢辽沙?"孩子没有回答。他转向瓦西娅:"发生了什么事?"

瓦西娅不知道说什么好,结结巴巴地挤出几个字。她的父亲和阿廖沙跟着柯利亚下马。彼得急切地看看她,又看看谢辽沙、奥贡和米什。"你没事吧,瓦西娅?"他问。

"是的。"瓦西娅勉强说。她脸红了。邻居们(都是男人)正飞奔而来。他们直瞪瞪地看着她。瓦西娅突然畏缩地意识到自己头上没有头巾,裙子扯烂了,脸上也脏乎乎的。她的父亲走过去,对抱着哭泣的儿子的柯利亚轻轻地说了句话。

瓦西娅在狂奔中丢失了斗篷，阿廖沙从马上滑下来，用自己的斗篷将她围住。"来吧，傻瓜，"他说，她感激地扣上他的斗篷，"最好快点躲开这些人。"

瓦西娅的骄傲回来了。她高昂起头："我不感到丢人。做点什么总比看到谢辽沙头破血流地死去要好。"

彼得听到了她的话。"跟你哥哥走开，"他咆哮着，出乎意料地责骂她，"现在快走，瓦西娅。"

瓦西娅一言不发地盯着父亲，让阿廖沙扶自己上了马鞍。邻居们议论纷纷，热切地盯着她看。瓦西娅握紧双拳，不肯低头。

但他们没有太多时间围观了。阿廖沙翻身上马，坐在她后面，策马疾驰而去。"你感到丢人吗，亲爱的阿廖沙？"瓦西娅轻蔑地问，"你会把我锁在地窖里吗？我们的侄子死了总比我让家族蒙羞好吗？"

"别犯傻了，"阿廖沙简短地说，"如果他们没有看到你撕破的衣服，这事也没那么严重了。"

瓦西娅什么也没说。

她哥哥以更温和的口气补充说："我要带你去找顿娅。你站在那里，看起来都快崩溃了。"

"这我承认。"她的声音已经柔和下来。

阿廖沙迟疑地问："亲爱的瓦西娅，你做了什么？我知道你会骑马，但是……你怎么做到的，像那样骑在发疯的小红马上？"

"是马教会了我，"瓦西娅顿了顿，说，"我过去常常赶它们出牧场。"

这事她没法儿细说。她哥哥沉默了很长时间。"要不是你救了我们的侄子，他会死掉，或是缺胳膊少腿，"他慢慢地说，"我知道，我很感激。爸爸也会的，肯定的。"

"谢谢你。"瓦西娅低声说。

"但是，"他略带讽刺地补充说，"如果你不想戴上面纱做修女，也不想嫁给农民，恐怕就只能去住在林中茅屋里了。你的壮举使邻居很反感。当你骑走凯瑞尔的马时，他感到很丢脸。"

瓦西娅大笑起来，笑声中带着苦涩。"我很高兴，"她说，"这样我就不必在婚礼前逃跑了。我宁肯当农民的老婆，也不愿嫁给凯瑞尔·阿塔摩诺维奇。但爸爸很生气。"

他们远远能看到宅子时，彼得骑马走过来。他的表情中既有感激和恼怒，也掺杂着愤怒和某种更阴郁的情绪——可能是在担心吧。他清了清嗓子："你没有受伤吧，亲爱的瓦西娅？"

瓦西娅从小就没听到他说过这么亲昵的话。"不，"她说，"我丢了你的人，很抱歉，爸爸。"

彼得摇摇头，没有说话。长时间的沉默。

"谢谢你，"彼得终于说，"你救了我的孙子。"

瓦西娅笑了。"我们应该感谢奥贡，"她感到开心多了，"而且谢辽沙也很镇定，能在马背上坚持那么久。"

他们默默地骑马回家。瓦西娅迅速躲到澡堂里，用蒸汽舒缓疼痛的四肢。

但那天晚饭时，凯瑞尔走到彼得面前："之前我还以为自己要同一位有教养的姑娘成婚，而不是只小野兽。"

"瓦西娅是个好姑娘，"彼得说，"虽然有点任性，但那可以——"

凯瑞尔哼了一声："她骑在马背上的那个样子，那是黑魔法，不是凡人能做到的。"

"她不过是身体强壮，还有点野，"彼得有些绝望，"她会给你生下强壮的儿子。"

"以什么样的代价呢？"凯瑞尔·阿塔摩诺维奇阴郁地说，"我希望家里有个女人，而不是女巫或林妖。此外，她让我在所有人面前丢脸。"

虽然彼得试着跟他讲道理，但凯瑞尔还是不为所动。

彼得很少打孩子。但当凯瑞尔毁掉婚约时，他仍然痛打了瓦西娅一顿，主要是为了减轻自己内心的恐惧。难道她这辈子就不能听一次话吗？

他们只要野姑娘。

瓦西娅受了这顿打，但一滴眼泪也没流，只是责备地看了父亲一眼，拖着腿走开了。彼得没有看到她后来蜷缩在米什的前腿之间哭泣。

但是婚礼取消了。黎明时分，凯瑞尔·阿塔摩诺维奇骑马离开了。

第十八章

年终访客

凯瑞尔走后,安娜·伊凡诺芙娜又去找她丈夫。此时已是秋天,白昼变短,黑夜拉长。全家人在黑暗中起床,在炉火旁吃晚饭。那天晚上彼得失眠了,他坐在火炉前。孩子们都上床了,但他睡不着。炉中余烬发出的红光照亮房间。彼得盯着闪闪发光的炉膛,想着他的女儿。

安娜把针线活放在膝上,但没有动手做。彼得一直没抬头,因此也就看不到妻子那张冷酷无情的脸。"也就是说,瓦西丽莎嫁不出去了。"她说。

彼得吓了一跳。妻子那威严的口吻第一次使他想起了她的父亲,而且她说出的正是他心里想的事。

"出身好的男人都不会娶她。"她接着说,"你愿意把她嫁给农民吗?"

彼得没说话。他一直在反复思考这个问题。把女儿嫁给一个出身卑贱的人，这伤害了他的自尊心。但他的耳边总是响起顿娅的警告：无论怎样，都比把她交给霜魔强。

玛丽娜，彼得想，你给我留下这个疯丫头，而我很爱她。她比我任何一个儿子都勇敢，脾气也更野。但这对女人有什么好处呢？我发过誓要护她一生平安，但这是她自己闯的祸，我该拿她怎么办呢？

"她必须进修道院，"安娜说，"越快越好。还有其他选择吗？没有哪个体面人会娶她。她被附体了。她偷马，把马逼疯了。为了好玩儿，就拿侄子的生命冒险。"

彼得惊奇地盯着自己的妻子，发现她那坚定的脸庞近乎美丽。"修道院？"彼得说，"瓦西娅吗？"有那么一会儿，他搞不清自己为何如此惊讶。每天都有嫁不出去的姑娘进修道院。但他从未见过比瓦西娅更不适合出家的姑娘。

安娜紧握双手，死死盯着他："和神圣的姐妹们一起生活也许能拯救她的灵魂，使它不朽。"

彼得又想起了那个在莫斯科遇到的陌生人的脸。不管那是不是护身符，霜魔不太可能对发誓要终身侍奉上帝的女孩感兴趣。

但他还是犹豫了。瓦西娅绝不会心甘情愿地进修道院。

康斯坦丁祭司坐在安娜旁边的阴影里，脸绷得紧紧的，眼睛黑得像树莓。

"您说呢，巴图席卡，"彼得说，"我女儿把求婚者吓跑了。我该把她送到修道院去吗？"

"您别无选择，彼得·弗拉基米罗维奇。"康斯坦丁说，声音缓慢而沙哑，"她不敬畏神，也不听从训诲。升天修道院在莫斯科克里姆林的围墙里，是为出身高贵的小姐们准备的。那里的姐妹会接纳她的。"

安娜抿起嘴。很久以前，她曾梦想着进那家修道院。

彼得犹豫了。

"克里姆林的墙很坚固，"康斯坦丁补充说，"她会很安全，也不会挨饿。"

"好吧，我会考虑的。"彼得说，心痛欲裂。他将派人去送今年的贡品，瓦西娅可以跟着雪橇队一起去。但事先该派谁通知大家她要去呢？他不能把女儿像个没人要的包裹一样送出去。但现在这个时候，派出信使已经有些晚了。

亲爱的奥尔加，他可以送她去找奥尔加，奥尔加会安排一切的。但是，不行……冬至之前，瓦西娅要么结婚，要么就得进修道院。冬至时，他会来找她的。

瓦西娅……瓦西娅进修道院？黑发上戴起面纱，以处女之身老死？

但她的灵魂——最重要的是她的灵魂。她会安宁富足。她会为家人祈祷。她再也不会被恶魔伤害了。

但她不会情愿去的。她会非常伤心的。

康斯坦丁看着彼得一言不发地做内心斗争。他知道上帝站在自己这边。彼得会被说服，也会找到办法。的确，祭司是对的。

三天后，瓦西娅把一个浑身湿漉漉、打着喷嚏的修士带回了家。她发现此人在森林里迷了路。

***

天快黑的时候，她冒着倾盆大雨把他拖进家门，当时顿娅正在讲故事。"他们的父亲因为渴望而病倒了，"她说，"于是阿列克谢王子和季米特里王子出发去寻找那只长着明亮翅膀的火鸟。他们骑马走了很长时间，经过二十七个王国，终于来到一个岔路口。路旁边立着块刻字的石头。"

外面的门"砰"的一声开了，瓦西娅拽着个年轻大块头修士的衣袖大步走进房间。"这是罗季翁兄弟，"她说，"他在森林里迷了路。他来自莫斯科，来自大公的宫廷。是萨沙派他来找我们的。"

全屋人先是被吓了一跳，然后马上行动起来。有人帮着弄干修士的衣服，有人为他端上饭菜。新袍子披在他身上，蜜酒放进他手里。尽管顿娅忙得脚朝天，但仍然有时间让不断抗议的瓦西娅换掉湿衣服坐在火边，擦干她湿漉漉的头发。人们连珠炮般向那修士发问：莫斯科的天气、宫廷妇女上教堂时佩戴的珠宝、鞑靼头人的马匹……最要紧的，是关于谢尔普霍夫亲王妃和亚历山大兄弟的问题。成堆的问号砸下来，那修士快招架不住了。

彼得终于插手，把孩子们推到一边。"安静，你们所有人，"他说，"先让他吃饭。"

厨房里慢慢安静下来。顿娅拿起卷线杆，伊丽娜拈起针。罗季翁兄弟专心致志地吃晚饭。瓦西娅拿起研钵和杵，开始捣碎晒干的药草。顿娅继续讲她的故事。

"路边立着块刻着字的石头：

直行的人，必受饥寒。

右转的人，马死人生。

左行的人，马生人亡。

这些选择看起来都不怎么样。于是两兄弟掉转马头,在一片绿色的树林里搭起帐篷,消磨时间,忘了他们为什么要来到这里。"

伊凡王子向右走,瓦西娅想道,这个故事她已经听过一千遍了。灰狼杀死了他的马,于是他哭了。但这些故事从来没有讲过如果他一直走下去,或者向左走,将会有什么等待着他。

彼得坐在厨房的另一头,和罗季翁兄弟促膝长谈。瓦西娅真希望能听到他们在说些什么,可是雨点还在噼里啪啦地敲打房顶。

今天天一亮她就出去找食物了。只要能在干净的空气中待上几个小时,做什么都行,哪怕是淋雨也没问题。这所房子使她感到压抑。安娜·伊凡诺芙娜、康斯坦丁,甚至父亲都用莫名其妙的眼神看着她。她经过时,村民们低声咕哝。大家都还记得凯瑞尔的马的事。

她发现那个年轻的修士正骑着匹强壮的白骡子在森林里兜圈。

真奇怪,瓦西娅想,她发现他时,他还活着。在到处闲荡的那些日子里,这女孩见过死人的骨头,但从未遇到过活人。森林对旅行者来说是危险的。林卫会领着他们转圈圈,直到他们倒下。或者沃迪诺伊会用冰冷的鱼眼睛盯着他们,把他们拖到河里。这个大块头、好脾气的家伙闯进森林,却活了下来。

水泽仙女的警告跳进瓦西娅的脑海。精灵在害怕什么?

***

"你很幸运,我那鲁莽的女儿在这样的天气外出找食物,才碰到你。"彼得说。

罗季翁兄弟最初的饥火已被压下去,于是冒险飞快地瞥了一眼炉边,看见那姑娘正在研草药,炉火为她苗条的身形镶上金边。第一眼他就觉得她很丑,甚至现在也不觉得她漂亮。但他看的时间越长,就越难把目光从她身上移开。

"我真是要感谢她,彼得·弗拉基米罗维奇。"罗季翁看到彼得的一条眉毛挑起,赶紧说,"我捎来了亚历山大兄弟的口信。"

"萨沙?"彼得厉声问道,"什么消息?"

"亚历山大兄弟现在是大公的智囊,"那见习修士骄傲地说,"他以做善事和保护弱小而出名。他的智慧和判断力也为人称道。"

"听到萨沙有这些优点确实也不错,但我本来希望他能拥有自己的土地,好把它们更好地发扬光大。"罗季翁听出彼得声音中的骄傲之意,"有话直说吧。快到年底了,你来这里不会光是为了说这些事。"

罗季翁直视彼得的眼睛:"您给可汗的贡物上路了吗,彼得·弗拉基米罗维奇?"

"下雪时就出发。"彼得吼道。收成不好,猎物也很少。彼得对每一粒粮食、每一张毛皮都很珍惜。那些人想宰多少羊就宰多少,而他的儿子们却要终日藏在暗处打猎。不管天气如何,女人们都要出去采集食物。

"彼得·弗拉基米罗维奇,如果你不必再纳这么多贡品,会怎样?"罗季翁追问。

彼得不喜欢这种诱导性的提问,于是他把这点告诉对方。

"很好,"年轻人坚定地说,"亲王和参赞们在扪心自问:我们为什么要再进贡,还要向异教徒的国王下跪?最后一任可汗是被谋杀的,而他的继任者中,也没有哪位能在宝座上坐满一年。他们都死于非命,对方朝中大乱。那为什么善良的基督徒还要奉他们为主人?我们要向金帐汗国宣战,亚历山大兄弟向您求助,因为他曾是您的儿子。"

瓦西娅看到父亲的脸色变了，但不知道那年轻的修士说了什么。

"战争。"彼得说。

"自由。"罗季翁反驳。

"在北方，我们身上的负担没那么重。"彼得说。

"然而终归是有的。"

"这样的负担，总比面对金帐汗国的铁拳要强，"彼得说，"他们不必与我们正面交战，只要在夜间派人偷袭就行了。十支火箭就能把莫斯科烧成平地，而我的房子也是木头做的。"

"彼得·弗拉基米罗维奇，亚历山大命令我说——"

"对不起，"彼得突然站起来，"我已经听够了，希望你能原谅我。"

罗季翁只好点点头，专心地喝起蜜酒来。

***

"我们为什么不战斗呢，父亲？"柯利亚问道。他手里拎着两只死兔子的耳朵。父子俩趁着下雨休息的机会，去检查之前设下的陷阱。

"因为我看不出其中有什么好处，反而会有很大的灾难。"彼得回答说。这已经不是第一次了。自从那修士讲起他们兄弟的赫赫声名，两个儿子就一直缠着他，把他烦得够呛。"你们的姐妹就住在莫斯科，你会愿意她被围困在城里吗？鞑靼人攻下一座城池后会屠城，没人能幸存。"

柯利亚大手一挥，否认了这种可能性。那两只兔子在他手里晃来晃去，看上去很怪异。"我们当然会迎战，与他们在莫斯科城下决一死战。"他说。

彼得弯腰去检查下一个陷阱，是空的。

"而且想想吧，父亲，"柯利亚趁热打铁，"我们也许可以把货物运到南方去卖，而不是白白上缴。我的表弟也不必向任何人下跪，而是成为真正的大公。你的外曾孙们可能也会成为大公。"

"我宁愿我的儿子活着，我的女儿平安，也不愿为了还未出生的后代的荣耀来牺牲他们。"看到儿子开口抗议，彼得语气温和地补充，"孩子，你知道萨沙当时不顾我反对，执意离开家。我不会堕落到因为不愿让儿子走，就把他们绑在门柱上的那个程度。你要是想上战场也可以去，但我不会为这场愚蠢的战争向上帝祈祷，而且我也不会留给你哪怕一点点布匹、银币或马肉。你要知道，萨沙也许很有名望，但是他必须向人乞讨食物，在菜园里种菜。"

柯利亚没有回答，却发出一声满意的欢呼，因为他又发现一只兔子落入陷阱。它的秋天里变得斑驳的毛皮上布满灰尘。儿子弯下腰去把它拉出来时，彼得抬起头，突然僵住不动。空气中弥漫着新死动物的气息。彼得的猎狗皮奥斯瑟缩着，靠在主人的小腿上，像小狗一样呜咽。

"柯利亚。"彼得说。父亲的声调中有些不寻常的东西，那年轻人站了起来，黑色的眼睛里闪过一丝亮光。

"我闻到了。"他停了一会儿，说，"这狗怎么啦？"因为皮奥斯呜咽着、颤抖着，急切地回头望着村子。彼得摇摇头，左右张望，看起来就像只嗅探气味的猎狗。

他什么也没说，只是指了指：有血溅在他们脚边的落叶上。那不是兔子的血。彼得严厉地向狗做了个手势，猎狗呜呜地叫着，乖乖向前探去。柯利亚稍稍偏左一点，像他父亲一样，一声不吭。他们小心翼翼地绕过一排树,来到一处灌木丛生、积满腐败落叶的小空地。

是头雄鹿。它腰以下的残肢就躺在彼得的脚边,拖着血水和肌腱。身体的主要部分卧在更远处,内脏四处散落。即便是在这寒冷的天气里,尸体也臭气熏天。

虽然雄鹿带角的脑袋就在他们脚边,舌头还耷拉着,但这血淋淋的场面并没吓到他们。他们交换了个眼色。在森林里,没有什么能将生灵肢解到这种程度。有什么野兽会在秋天杀死一头肥壮的公鹿,却又留下尸体不吃掉呢?

彼得蹲在泥里,眼睛扫视着地面。

"那头雄鹿逃跑,而猎食者在后面紧追;雄鹿之前跑得太拼命了,伤到了一条前腿。他跳进这片空地——这里,"彼得边说边移动身体,半蹲在地上,"跳跃一次,两次,来自旁边的一击把他打倒了。"彼得停下来。皮奥斯肚皮贴地,趴在空地最外侧的边缘,紧盯着主人。

"但这一击是谁发出的?"他喃喃自语。

柯利亚从泥地上得到的线索也不多。"没有痕迹,"说着,他"唰"地把长刀从鞘里抽出来,"没有。也没看出有人曾试图把它们清理掉。"

"看那狗。"彼得说。皮奥斯站了起来,盯着树与树之间的空隙,竖起脊背上每根粗糙的毛,露出牙齿低吼。两人不约而同地转过身,彼得几乎是下意识地抽刀在手。他一度以为自己看见有什么东西在移动:黑暗中出现了一道更黑的影子,但随后就消失了。皮奥斯高声尖叫,听上去十分恐惧,但又不肯屈服。

彼得向狗打了个响指。柯利亚和他一起转身走了。他们踩着血迹斑斑的壤土向村子走去，一言不发。

***

一天后，罗季翁敲响了康斯坦丁的门，当时祭司正在烛光下检查他的颜料。最后那点调好的颜色受潮发霉了。外面有阳光，但是祭司的窗户很小，雨幕又遮住了太阳。要不是有蜡烛，房间里一定很暗。点这么多蜡烛，罗季翁想，真是浪费。

"祭司，愿主保佑您。"罗季翁说。

"上帝与你同在。"康斯坦丁说。房间里很冷，祭司用毯子裹住瘦削的肩膀，但并没给罗季翁也拿一条。

"彼得·弗拉基米罗维奇和他的儿子们去打猎了，"罗季翁说，"但他们没说自己打到了什么。您有这方面的消息吗？"

"我没听说过，没有。"康斯坦丁回答。

外面大雨倾盆。

罗季翁皱起了眉头："我无法想象是什么猎物能让他们带走野猪矛，却把狗留下。而且天气这样糟，他们没法儿骑马。"

康斯坦丁一言不发。

"好吧，愿主保佑他们成功，不管他们打到什么。"罗季翁仍然不放弃这个话题，"两天后我就走啦。是什么让彼得·弗拉基米罗维奇眼里出现那种表情呢？我可不想遇见那东西，不管它是什么。"

"我会为你祈祷，愿你一路平安。"康斯坦丁简短地说。

"上帝与你同在。"罗季翁回答，无视对方的谢客之意，"我知道你不喜欢思考时受到干扰，但我想问问你的意见，兄弟。"

"请问。"康斯坦丁说。

"彼得·弗拉基米罗维奇希望他的女儿进修道院，"罗季翁说，

"他嘱咐我带着信件和钱财去莫斯科的升天修道院,请修女们为她的到来做准备。他说只要积雪够厚,能跑得了雪橇,她就会和贡品一起上路。"

"神圣的职责,兄弟。"康斯坦丁说,但他已从颜料上抬起头来,"需要什么忠告?"

"因为她不是为修道院而生的女孩,"罗季翁说,"这一点连瞎子都看得出来。"

康斯坦丁咬紧牙关;罗季翁惊讶地看到祭司的脸上燃烧着熊熊怒火。"她嫁不出去,"康斯坦丁说,"在这个世界上,只有罪孽在等着她,所以她最好隐修。她将为她父亲的灵魂祈祷。彼得·弗拉基米罗维奇已经老了。他去见上帝时,会为她的祈祷而开心。"

一切顺利。尽管如此,罗季翁还是感到良心在痛。彼得的次女让他想起了亚历山大兄弟。尽管萨沙是个修士,但他从不会在修道院待太长时间。他骑着那匹矫健的战马,驰骋在宽阔的罗斯平原上,时而捉弄人,时而施展魅力,时而与人战斗。他背着把剑,是亲王们的智囊。但修女是不可能过这样的生活的。

"好吧,我会完成任务,"罗季翁不情愿地说,"彼得·弗拉基米罗维奇款待过我,我也要投桃报李。但是兄弟,我希望你能让他改变主意。肯定能说服某人把瓦西丽莎·彼得罗芙娜娶走的,我认为她在修道院里活不长。野鸟会死在笼子里的。"

"所以又怎样?"康斯坦丁厉声说,"在罪恶的淤泥中稍作停留,就来到神面前的,这人便为有福。我只希望她的灵魂在那之前有所准备。现在,兄弟,我想祈祷。"

罗季翁一言不发,画了个十字,溜出门去,在微弱的天光下眨着眼睛。好吧，我真为那女孩感到难过，他想。

之后，他不安地想：那房间里的阴影太浓重了。

***

彼得和柯利亚不止一次把手下人带出去，抢在落雪前狩猎。虽然天越来越冷，但雨下个不停，他们的力气在漫长的雨天里也渐渐耗尽了。他们尽了最大的努力，却连把那雄鹿撕成碎片的家伙的一根毛也没有找到。人们开始咕哝，最后抗议起来。身体疲惫时，人就没那么忠心顺从了。因此，当霜冻降下导致无法狩猎后，也没人为此感到遗憾。

但就在那时，第一条狗消失了。

她是条高壮的母狗，在野猪面前也毫不畏惧，是猎人的好帮手。但人们在栅栏附近发现她血淋淋的无头尸体躺在雪里，冻得僵直，四周只有她自己的爪印。

大家走进森林时开始结对，腰间还别着斧头。

接着又有匹小马不见了，它本来是被套在拖柴火的雪橇上的。它主人的儿子抱着一堆木头回来，看见马消失了，泥泞的地上只剩下大片杂乱的脚印和一摊血迹。他扔下木头，甚至连斧头也丢下，向村子跑去。

整个村子笼罩在恐惧之中，大家惊恐地私下低语。那种恐惧像柔软的蜘蛛网一样挥之不去。

第十九章

噩梦

进入十一月,寒风挟带着黑色的树叶和灰色的雪咆哮而来。某个天空看上去像脏玻璃一样的早上,康斯坦丁祭司站在窗边,描画圣乔治骑的白色牡马的纤细前腿。他全神贯注地作画,感到一切都静止了,但莫名其妙地觉得那寂静也在倾听。康斯坦丁竭尽全力去听。主啊,您不向我讲话吗?

有人抓他的门,康斯坦丁的手抖了一下,几乎弄脏颜料。"进来。"他吼道,把画笔扔到一边。当然,那该是安娜·伊凡诺芙娜,端着烘过的牛奶,眼中流露出乏味的爱慕之情。

但那不是安娜·伊凡诺芙娜。

"巴图席卡,上帝保佑您。"侍女阿加芙娅说。

康斯坦丁气呼呼地画了个十字:"愿主与你同在。"

"原谅我的冒犯,巴图席卡,"那姑娘低声说,同时绞着因干活儿而变得粗糙的手,在门口犹豫,"我能耽误您一点时间吗?"

祭司紧闭双唇。在他面前的橡木板上，圣乔治正策马大踏步前行，但那坐骑只有三条腿，第四条还没画完。这第四条腿将会以优美的弧度抬起，踩住一条蛇的头。

"你想对我说什么呢？"康斯坦丁试着使自己的声音柔和下来，但没完全成功。阿加芙娅脸色泛白，神情畏缩，但没离开。

"我们是真正的基督徒，巴图席卡，"她结结巴巴地说，"我们吃圣餐、拜圣像，但日子以前从来没有这样难熬过。夏天下大雨，淹没了我们的菜园。换季之前，我们就会挨饿的。"

她停下来，舔舔嘴唇。

"我想——我忍不住想——我们是不是冒犯了过去那些神灵，比如嗜血的切尔诺伯格①？我奶奶常说要有灾祸了。现在我为儿子害怕。"她看着他，无声地祈求。

"你是该害怕，"康斯坦丁咆哮道，"恐惧说明你在真心忏悔。审判的时候到了，上帝会认出他忠实的仆人。你必须坚持下去，不久你就会看到那王国，那个即使穷尽你的想象力也想不到的王国。你谈到的东西都是假的，因为幻象会诱惑粗心的人。心向真理，一切都会好起来的。"他很想拿起画笔接着画，但逼自己耐住了性子。

他转过身，伸手去拿颜料。但她的声音从背后传来。

"但我不需要一整个王国，巴图席卡，只要冬天里我儿子有足够的食物就可以了。玛丽娜·伊凡诺芙娜以古老的方式生活，而我们的孩子从不挨饿。"

---

① 切尔诺伯格是斯拉夫神话中的负面之神，又称"黑之神"，代表黑夜、黑暗、盲（他本人就是瞎子）、死亡等诸多负面的象征，有带给人类不幸的能力。——译者注

康斯坦丁脸上的表情活像面前那位正在挥舞长矛的圣徒。阿加芙娅吓得绊倒在门槛上。"现在,上帝是在算总账,"他从牙缝里咝咝说道,声音仿佛流动的黑水,挟带着凛冽的冰霜,"想想看,即使推迟了两年或十年,上帝难道就不会为这种渎神的事发怒吗?命运之轮转得很慢的。"

阿加芙娅抖得像落入捕鸟网中的鸟。"求您了,"她低声说,抓起他的手,吻着那染着颜料的手指,"那么,您会为我们乞求宽恕吗?不是为了我自己,而是为了我的儿子。"

"尽我所能。"他的声音更温柔了,他把一只手放在她低垂的头上,"但你必须先自己祈求赦免。"

"是的——是的,巴图席卡。"她抬起头来,一脸感激。

她终于走了,走进灰蒙蒙的下午,门在她身后"咔嗒"一声关上了。墙上的阴影像睡醒的猫一样舒展开。

"做得好。"那声音在康斯坦丁的骨缝间回荡,"他们当敬畏我,这是第一要紧的,为了叫他们得救。"祭司僵住了,每根神经都燃烧起来。

康斯坦丁把画笔扔到一边,跪了下来:"主啊,我只愿讨您的欢心。"

"吾心甚悦。"那声音说。

"我曾试图让这些人走上正义的道路。"康斯坦丁说,"我只求,主啊……也就是说,我想问……"

声音极其柔和:"你想问什么?"

"求您了,"康斯坦丁说,"让我完成在这里的使命吧。只要您下令,我会把您的福音传播到天涯海角。但这座森林太小了。"

他低下头，等待着。

但那声音大笑起来，笑声中充满慈爱的喜悦，以至于康斯坦丁觉得自己欢喜得快要灵魂出窍了。"你当然要去，"它说，"冬天又来了。只需奉献和忠诚，就可将我的荣耀显给世人看，我会永远与你同在。"

"请吩咐我，"康斯坦丁说，"我会忠心不贰。"

"讲话时，要高声呼我的名，"那声音说，"祈祷时、每次呼吸时都要呼我的名。我带来暴风雨。我必在你们中间，为你们赐福。"如果有第三人在场，会听出话中的急切。

"如您所愿。"康斯坦丁热情洋溢地说，"正如您所说，这是我应该做的。只要您再也不离开我。"

所有的烛火颤抖起来，仿佛一声满意的长叹。"永远听我吩咐，"那声音答道，"我就永不离开你。"

**

第二天，太阳被裹在湿透了的云中，向色彩单调的大地投下幽灵般的光。天亮时开始下雪。彼得全家哆嗦着来到小教堂，在屋里挤成一团。如果没有烛光，教堂里会漆黑一片。瓦西娅几乎能听到外面落雪的声音。雪会把他们埋起来，直到春季化冻。落雪把光线隔在室外，但烛光照亮了祭司。他脸上的骨骼投下优雅的阴影，神情比圣像还要高渺——他从未如此俊美过。

圣障已完成。那最后绘完的复活基督高高坐在门上方的宝座上，俯瞰风雨交加的俗世，审判罪人，脸上带着瓦西娅看不懂的表情。"主啊，我祈求汝，"康斯坦丁声音低沉但清晰地说，"神召我做他的仆人。黑暗中传来的声音，暴风雨的召唤者。愿汝在我们之间现身。"

他提高嗓门儿,开始布道。"天主受光荣。"康斯坦丁说。他的眼睛如巨大的黑洞,但声音似乎随着火苗闪烁而颤抖。布道一直持续下去。当他讲话时,人们忘记了冰冷的潮气、咧嘴大笑的饥馑妖魔和尘世间的烦恼。门上方的基督似乎也举起手来祝福。

"听着,"康斯坦丁放低声音,他们不得不尽力去听,"我们中间有恶魔。"人们面面相觑。"夜晚,它静静地潜入我们的灵魂。它窥伺那些不谨慎的人。"伊丽娜悄悄靠近瓦西娅,瓦西娅用一只胳膊搂住她。

"只有信仰,"康斯坦丁继续说,"只有祈祷,只有上帝,才能拯救你们。"每说一个字,他的声音就高一分,"敬畏上帝,忏悔吧。这是你们摆脱诅咒的唯一方法。否则你将被焚身,你将被焚身!"

安娜尖叫起来,叫声在整座小教堂里回响。她的眼睛在带点蓝色的眼睑下瞪出来。"不!"她尖叫,"哦,天哪,别在这里!别在这里!"

她的声音似乎穿透了墙壁,回音不断叠加,就像有一百个女人在尖叫。

在大家陷入混乱之前的那一刹,瓦西娅顺着继母的手指望去。门上那复活的基督正对着他们微笑,而在此之前他一脸肃穆。基督的两枚犬齿在下唇上压出两个凹坑。他只有一只眼睛,脸的另一侧布满蓝色伤疤。那个空眼窝被缝上了,针脚缝得乱七八糟。

瓦西娅竭力压下哽在喉咙里的恐惧。她见过那张脸。

但她没有时间思考。她两边的人都低下头,用力捂着耳朵,或者朝安全的教堂前厅挤过去。安娜被独自留在原处,又哭又笑,手在空中乱抓。没有人会碰她。她的尖叫在墙壁间回响。康斯坦丁挤到她身边,给了她一耳光。她渐渐放低声音,喘不过气来。但声音似乎在不停地回响,好像那些圣像自己在尖叫。

混乱初起时,瓦西娅就抓住了伊丽娜,以免她被挤倒。片刻过后,阿廖沙出现了,用强壮的胳膊紧紧抱住顿娅。顿娅小得像个孩子,脆弱得像是十一月里的树叶。这四人紧紧挨在一起。人们互相推挤,同时齐声大喊。"我得去找妈妈。"伊丽娜扭动着身体说。

"等会儿,小鸟,"瓦西娅说,"你会被人踩在脚下的。"

"圣母玛利亚,"阿廖沙说,"如果有人知道伊丽娜的妈妈有这种病,她就嫁不出去了。"

"没人会知道的。"瓦西娅厉声说。她的妹妹脸色白得像雪一样。她怒视着哥哥,同时人群把他们挤到墙边。瓦西娅和阿廖沙用身体护住顿娅和伊丽娜。

瓦西娅又看了看那圣障。现在一切如常。基督坐在大地上方的宝座上,举起手来赐福。那张脸是她想象出来的吗?但如果是她想象出来的,为什么安娜会尖叫?

"安静!"

康斯坦丁的声音洪亮,活像十二口钟一起鸣响。大家都僵住了。他站在圣障前,举起一只手,仿佛头上方基督的化身。"愚人!"他声如雷鸣,"你们是孩子吗?居然怕一个女人的尖叫!起来,你们所有人,安静,上帝会保护我们的。"

他们像受罚的孩子一样悄悄聚到一起,而之前彼得一再咆哮都没能达到这样的效果。他们摇摇晃晃地向他走来。安娜仍然站在那儿,颤抖着,哭泣着,脸色苍白得像黎明时的天空。教堂里唯一一张比她还苍白的脸属于祭司本人。烛光在中堂里投下奇怪的阴影。圣障上又一次闪过一道阴影,但不像是人类投下的影子。

上帝啊,瓦西娅想,此时中止的布道又继续进行,在这里吗?精灵不能进入教堂。他们是这个世界的生灵,而教堂属于另一个世界。

但她确实看到了那道阴影。

***

彼得设法把妻子尽快带回了家。她女儿为她脱衣服,让她上床睡觉。但安娜哭了吐,吐了又哭,停不下来。

最后伊丽娜绝望地回到教堂,发现康斯坦丁祭司独自跪在圣障前。那天的仪式结束后,人们亲吻他的手,求他拯救他们。当时他看上去心平气和,甚至有些得意扬扬。但是现在伊丽娜觉得他仿佛是世界上最孤独的人。

"你能来看看我妈妈吗?"她低声问。

康斯坦丁抖了一下,环顾四周。

"她在哭,"伊丽娜说,"她停不下来。"

康斯坦丁没说话,他所有的神经都绷到了极限。人们离开教堂后,上帝在熄灭的蜡烛冒出的青烟中来到他身边。

"干得漂亮。"他的低语使蜡烛的烟雾在地板上打旋,"他们吓坏了。"那声音听起来几乎是幸灾乐祸的。康斯坦丁一言不发。有那么一刻,他怀疑自己是不是疯了,而那声音是从他自己心中爬出来的。但是——不,当然不是。怀疑这一切的不过是你心里的邪恶,康斯坦丁·尼科诺维奇。

"很高兴你来到我们中间,"康斯坦丁低声说,"引领你的子民行公义。"

但那声音没有回答,现在教堂里一片寂静。

康斯坦丁提高声音对伊丽娜说:"是的,我会去的。"

***

"康斯坦丁祭司来了,"伊丽娜把祭司领进她母亲的房间,"他会安慰您的。我去拿晚饭来,瓦西娅已经在热牛奶了。"她跑出去。

"那教堂,巴图席卡,"安娜·伊凡诺芙娜抽泣着说,"那教堂——教堂里从来没有。"此时房里再没有别人。她躺在床上,裹在毛皮里。

"你在说什么傻话,"康斯坦丁说,"教堂是受上帝护佑的。只有上帝、他的圣徒和天使会在教堂现身。"

"但我看见——"

"你什么也没看见!"康斯坦丁把一只手放在安娜的脸颊上。她抖得像匹受惊的马。他压低声音,仿佛在催眠,用食指碰碰她的嘴唇。"你什么也没看见,安娜·伊凡诺芙娜。"

她抬起一只颤抖的手去摸他的手:"如果你这么说,那我就什么也没看见,巴图席卡。"她脸红得像小姑娘。她的头发浸了汗水,颜色更暗了。

"那么,你果然一无所见。"康斯坦丁说,把手抽回来。

"我看到的是您,"她的声音轻得仿佛呼吸,"有时我能看到的只有您。在这可怕的地方只有寒冷、恶魔和饥饿,您是我的一束光。"她再次抓住他的手,用手肘撑起身来,眼睛里汪着眼泪,"求您了,巴图席卡,我只想离您更近些。"

"你疯了。"他推开她的手,身子躲开,"你嫁人了,而我已献身给上帝。"安娜的脸因恐惧和希望破灭而变得苍老憔悴。

"不是这样!"她绝望地喊,"完全不是这样。我想让你看到我，"她开始结结巴巴地说，"看见我。你眼里只有我的继女。你盯着她看，而我盯着你看。我盯着你看，但你为什么不看我？为什么不看我？"她拔高声调，变成了哀号。

"嘘，"康斯坦丁把一只手放在门上，"我看到你了。但是，安娜·伊凡诺芙娜，我看不到太多东西。"

门很沉重。因此关上门时，安娜的抽泣声听起来模糊不清。

***

那天大雪纷飞，人们待在炉边。但瓦西娅溜出去照料马。他要来了，米什转动狂热的眼睛。

瓦西娅去找她父亲。

"我们必须把马牵进栅栏里，"她说，"今晚，黄昏之前。"

"瓦西娅，你为什么还在这里给我们添麻烦？"彼得厉声说道，"你早就该走了。走得远远的，非常安全。但你吓跑了求婚者，现在你只能待在这儿。冬天到了。"雪下得很厚，沾在他们的帽子和肩膀上。

瓦西娅没有回答。她确实无话可说，因为她突然清楚地看到了父亲的恐惧。她从未见过这个样子的父亲。她想像孩子一样躲在炉子里。"原谅我，爸爸，"她克制住自己，"这个冬天会过去，就像其他冬天一样。但我认为现在到了晚上，应该把马牵进来。"

彼得深吸一口气。"你说得对，女儿，"他说，"你说得对。来吧，我帮你。"

门在他们身后关上，马稍稍安静了一点。瓦西娅把米什和梅泰尔牵进马厩，而其他不那么名贵的马则在院子里乱转。小瓦兹拉拉住她的手："别离开我们，瓦西娅。"

"我得把我的汤拿来,"瓦西娅说,"顿娅在叫我了。我会回来的。"

瓦西娅蜷在米什狭窄的畜栏里,把汤喝掉,把面包喂给牝马吃。然后她用马毯裹住自己,数了数马厩墙上的影子。瓦兹拉坐在她身边。"别走,瓦西娅,"他说,"当你留下来的时候,我就能记起我的力量,记起自己并不害怕。"

瓦西娅留了下来。虽然有稻草堆和马毯,但她仍然冷得发抖。那天晚上特别寒冷,她觉得自己会失眠。

但她应该还是睡着了,因为月落时她醒了过来,冻得失去了知觉。马厩里很黑,即使是能在黑暗中看到东西的瓦西娅也几乎认不出头上的米什。起先是万籁俱寂,接着她听到有柔和的窃笑声从外面传来。米什打了个响鼻后退,摇着头,瞳孔缩小,眼白露出。

瓦西娅无声地起身,任毯子落在地上。寒冷的空气如同尖牙啃噬她的身体。她蹑手蹑脚地走到马厩门前。没有月亮,大朵的云完全遮住了星星。雪仍在下。

有个男人蹑手蹑脚走过雪地,好像无声飘落的雪花。他箭一般地从一道阴影冲向另一道。他呼气时,笑声在喉咙深处滚动。瓦西娅轻轻地走近些。她看不见那人的脸,只能看见破衣烂衫和一头浓密的粗发。

那人靠近宅子,把一只手放在门上,直接冲进厨房。瓦西娅大声叫起来。并没有身体撞在木门上的声音,那人像一缕烟一样穿过房门。

瓦西娅跑过院子。院里地面上的初雪闪着微光。那衣衫褴褛的男人没有留下脚印。积雪厚而柔软,瓦西娅觉得四肢像坠了铅一样,但仍然飞快跑着，边跑边喊。她跑到宅子之前，那男人就跳回前院，像动物一样四肢着地。他哈哈大笑。"哦，"他说，"已经过了这么久了。人类的房屋多么可爱，而且，哦，她叫得——"

他看到了瓦西娅，那女孩跟跄了一下。她认得那些伤疤和那只灰色的独眼。那张脸曾出现在圣像上，那张脸……属于多年前曾睡在森林里的那个人。怎么会有这种事？

"哎呀，这是谁啊？"那男人停下来。她看到记忆纷乱地划过他的脸。"我想起那个眼睛长得跟你一样的小女孩了。但现在你长大了。"他紧盯着她的眼睛，仿佛要剥开她的灵魂，找到那个秘密，"你就是那个诱惑我仆人的小女巫。但我没看见……"他走得越来越近。

瓦西娅试着逃跑，脚却不听使唤。他的呼吸中散发出热乎乎的血腥味，一阵阵喷到她脸上。她鼓起勇气。"我会叫人来。"她说，"出去，别骚扰我们。"

他伸出潮湿的手指，挑起她的下巴。"你是谁，姑娘？"他放低声音，"看着我。"他的眼里满是疯狂。瓦西娅不去看，她知道她不能看。但他的手指像一只铁质兽夹，马上她就会……

但随后有只冰冷的手抓住了她，把她拉开。她闻到了冰水和断掉的松树的味道。有声音从她头顶上方传来："还不到时候，哥哥，"他说，"回去。"

瓦西娅看不到那个说话的人，只能看见黑斗篷那弯曲的线条，但她能看见另一个人——那个独眼男人。他正咧开嘴诏媚地笑，身体却在发抖。

"还不到时候？但已经结束了，弟弟，"他说，"结束了。"他向瓦西娅眨了眨那只独眼，离开了。黑斗篷向瓦西娅当头罩下来。她很冷，马在嘶鸣，远处有人在尖叫。

瓦西娅醒来时，发现自己全身僵硬，躺在马厩的地板上发抖。米什把温暖的鼻子贴在女孩的脸上。她醒着，听到喊声一直没停。瓦西娅跳起来，把噩梦忘在脑后。马厩里的马嘶鸣着、踢着腿，把马厩的墙壁踢得片片纷飞。马群挤在结了冰的院子里，惊慌失措。没有衣衫褴褛的独眼人。一个梦，瓦西娅想，不过是个梦。她从马群中冲过去，注意躲开跳跃的马匹，免得被撞到。

厨房里乱哄哄的，像藏着一窝愤怒的黄蜂。她睡眼惺忪的哥哥们举着武器冲进门，而伊丽娜和安娜·伊凡诺芙娜挤进对面的门。仆人们四处打转，画十字、祈祷或紧紧抱在一起。

她身材高大的父亲到了。彼得神色沉稳，单手执剑，咒骂着从惊恐的仆人中间挤出一条路。"安静。"他对那些如没头苍蝇般打转的人说。康斯坦丁祭司跟在他后面冲了进来。

是女仆阿加芙娅在尖叫。她笔直地坐在小床上，指关节发白的双手紧抓住羊毛毯。她咬破了下唇，血涌出来流到下巴上。她双眼一眨不眨，眼珠四周有一圈白。尖叫声划破了空气，就像冰柱从屋檐落下来。

瓦西娅挤过受惊的人群，抓住女仆的肩膀。"阿加芙娅，听我说，"她说，"听着，没关系。你是安全的。一切都好。安静，安静。"她紧紧地抱着阿加芙娅，过了一会儿，阿加芙娅呻吟着沉默下来，大眼睛慢慢聚焦在瓦西娅脸上。她能说出话来了，瓦西娅紧张地听着。"我有罪，所以他来找我，"她快喘不过气了，"他……"她胸膛起伏，费力地呼吸。

一个小男孩在人群中爬过来。"妈妈。"他喊道,"妈妈!"他扑到她身上,但她没有理他。

伊丽娜突然出现,小脸显得很严肃:"她昏过去了,她需要空气和水。"

"不过是个噩梦,"康斯坦丁祭司对彼得说,"最好让女人们来安抚她。"

彼得可能回答了什么,但没人听见,因为瓦西娅突然震惊而狂怒地喊起来,厨房里的人陷入新的恐慌。

瓦西娅正盯着窗户。

"没事,"她说,显然正努力使自己镇定下来,"原谅我。我——没什么,没什么。"彼得皱眉。仆人们看着她,毫不掩饰怀疑之色,交头接耳。

顿娅拖着脚步走向瓦西娅,呼哧呼哧地喘着气。"变天了,姑娘们常常会做噩梦。"顿娅的声音大到足以让全屋人听见,"去吧,孩子,拿水和蜜酒来。"她严厉地看了瓦西娅一眼。

瓦西娅什么也没说,又瞥了眼窗户。她可以发誓:有那么一瞬,她看到了一张脸。但那是不可能的,因为那是她梦中的脸——蓝色伤疤、独眼、咧着嘴笑,隔着窗户上闪烁不定的冰层向她眨眼。

***

次日天刚亮,瓦西娅就去找多毛沃伊。她找了又找,连活计都顾不上做。从太阳老高找到短暂的下午来临,直到太阳西斜时,她才偷偷地把他从火炉里拖出来。他的胡子尖直冒烟,瘦削佝偻,衣衫寒酸,一脸沮丧。

"昨天晚上,"瓦西娅抱着一只烧伤的手开门见山地问,"我梦见了一张脸，后来又在窗口看到了它。他只有一只眼睛，还在微笑。他是谁？"

"疯狂，"多毛沃伊咕哝着说，"食欲。睡着的人，吞食者。我不能把他挡在外面。"

"你应该加把劲。"瓦西娅厉声说。

但多毛沃伊目光飘忽，大张着嘴。"我很虚弱，"他含混不清地说，"而且林卫也很虚弱。我们的敌人已挣脱锁链，很快他就要自由了。我挡不住他。"

"敌人是谁？"

"食欲，"多毛沃伊再次说，"疯狂，恐惧。他想吃下整个世界。"

"我怎样才能打败他呢？"瓦西娅急切地问，"怎样才能保护宅子呢？"

"供品，"多毛沃伊低声说，"面包和牛奶会给我力量，也许血也可以。但你只是个孤单的小女孩，我不能从你身上汲取生命力。我会逐渐消失。那吞食者还会来的。"

瓦西娅抓住多毛沃伊摇晃，晃得他下巴打战，呆滞的双眼逐渐回过神儿来。他看上去有一瞬被吓到了。"你不会消失的，"瓦西娅厉声说，"你可以拿走我的生命力，你可以。那个独眼男人，那个吞食者，不能让他再进来，不能。"

没有牛奶了，但瓦西娅偷来面包塞给多毛沃伊。那天晚上她是这样做的，从此以后每晚她都会把食物省下来。她割破手，把血涂在窗台上和烤炉前，甚至把血淋淋的手送到多毛沃伊嘴边。她的肋骨在皮肤下清晰可见；她双眼空洞，夜晚常做噩梦。但一个个夜晚平安地滑过去。一天，两天，十二天……再没有人对着看不见的东西尖叫。多毛沃伊撑下来了，因为她把自己的力量倾注到他的身上。

但阿加芙娅说起话来总是疯疯癫癫。有时她会向别人看不见的什么东西恳求，比如圣徒、天使和一只独眼熊。后来她的胡言乱语中提到了某个男人和一匹白马。一天晚上她跑出宅子，倒在雪地里死去，尸体的嘴唇变成青色。

女人们匆忙将尸体收殓好，尽量做到符合习俗。康斯坦丁祭司一直在她身边守灵。他勾着头，嘴唇发白，神情莫测。尽管在她身边跪了几个小时，但他从未大声祈祷过，那些言辞似乎哽在喉咙里了。

他们在短暂的冬天白昼里埋葬了阿加芙娅，森林在他们四周叹息。天很快黑下来，他们匆忙回家，在自家炉子前挤成一团。阿加芙娅的孩子哭着要妈妈，恸哭声像雾气，笼罩在一片死寂的村庄上空。

***

葬礼后的那个夜晚，噩梦像疾病一样缠上了顿娅，好像肉食动物的大嘴。她站在燃烧后的森林中，到处都是发黑的树桩。油腻的烟雾遮住闪烁的星星，火光在雪中闪烁。霜魔的脸仿佛头骨面具，皮肤在上面绷得紧紧的。他声音柔和，但比咆哮更使顿娅害怕。

"你为什么还在拖时间？"

顿娅积聚起全身的力量。"我爱她，"她说，"她就像我亲生的女儿。你是冬天，摩罗兹科，你是冷冰冰的死神。她的生命属于上帝，不是你的。"

那霜魔大笑起来，笑声中尽是悲苦之意。"她会在黑暗中死去。每过一天，我哥哥的力量就增强一分。她见过他，但时机不对。现在他知道她的底细了。如果可能，他会杀了她，再把她带走。然后你们就知道什么是地狱了。"摩罗兹科的声音稍稍变得柔和,"我能救她,我能救你们所有人。但她必须拿到那块宝石,否则……"

顿娅看到那闪烁的火光其实是来自燃烧的村庄。森林里到处有怪物在爬行,她认识它们的脸。其中个头儿最大的是咧嘴微笑的独眼人,旁边站着另一个人形,又高又瘦,脸色苍白得像尸体,头发细长。"是你害死我的。"幽灵用瓦西娅的声音说,牙齿在血淋淋的唇间闪光。

顿娅发现自己抓住那条项链递了出去。黑暗中,它发出一星微光。

"我不是有意的。"顿娅结结巴巴地说。她伸手去够那个死去的女孩,项链从拳头里垂下来,晃来晃去。"瓦西娅,拿着它。瓦西娅!"但那独眼男人只是大笑,女孩没有任何表示。

随后,霜魔挡在她面前,不容她再恐惧。他用坚硬冰冷的手抓住她的肩膀。"你没时间了,阿芙多季娅·米卡罗芙娜,"他说,"下次你见到我,我将召唤你,而你要随我来。"他的声音就是森林的声音,仿佛在她的骨缝间回响,在她的喉咙里震颤。顿娅觉得自己的内脏肯定已因恐惧绞成一团。"但你走之前还可以救她,"他继续说,"你必须救她。把项链给她。救我们所有人。"

"我会的,"顿娅低声说,"听您命令。我发誓,我发誓。"

她被自己的声音惊醒了。

但那燃烧的森林和霜魔带来的恐惧仍未消散。顿娅的骨头发抖,似乎要把皮肤抖落。她只能看见急切而绝望的霜魔,还有他哥哥——那个独眼人大笑的脸。两张脸渐渐模糊,合二为一。她口袋里那块蓝色的石头似乎燃起冰冷的火焰,把她紧握项链的手烧得皮肤开裂、颜色发黑。

第二十章

陌生人的礼物

冬天昼短夜长，每个白日都像金属般坚硬。瓦西娅每天都踏着第一缕晨光去看马，只比父亲晚上一点。在这一点上，这对父女果然是一家人，因为他们都很为那些动物担心。晚上马被圈进院子，安全地躲在栅栏后，坚固的马厩里也尽可能多地容纳马匹。白天它们被放出去自行觅食，在灰色的草场上游荡，拨开积雪吃草根。

仲冬后不久的某天晚上，瓦西娅赶着马跑进田野。她不用马具骑在米什身上，向马群嘀嘀叫着。一旦马儿们安顿下来，那女孩就跳下马，皱着眉头看那牝马，发现她的肋骨在棕色皮毛下隐约可见。她瘦了，不是因为食物匮乏，而是由于等待。

"他会再来的，"那牝马说，"你能闻到吗？"

瓦西娅没有马那样灵敏的鼻子，但她转身迎向风头。有么一瞬，她的嗓子被腐烂落叶和瘟疫的气味呛住了。"是的，"她一边咳嗽，一边严肃地说，"狗也能闻到。人们放开它们时，它们就呜呜哀鸣着跑向狗舍。但我不会让他伤害你们的。"

她开始每天的例行程序,从一匹马走向另一匹马,拿着干枯的苹果核和膏药,说着甜言蜜语。米什像狗一样跟在她后面。快走出马群时,梅泰尔用一只前蹄刨地,向里面似乎有人在窥探的森林发出挑战的嘶鸣。

"别紧张。"瓦西娅说。她走到那牡马身边,把一只手放在他滚烫的胸前。

他勃然大怒,就像在他的牝马群中看到另一匹牡马竞争者一样。狂乱中他差点儿踢到她。"让他来!"他暴跳起来,猛踢前蹄,"这次我会杀了他。"

瓦西娅躲过飞舞的马蹄,贴在他身上。"别急。"她在他耳边说。

那马打着转,龇牙咧嘴,但她紧紧贴在他身上,他碰不到她。她压低声音:"保存体力。"

牡马向来听牝马的话。梅泰尔低下头。

"他来时,你得强壮冷静。"瓦西娅说。

"你哥哥来了。"米什说。瓦西娅转身,看到光着头的阿廖沙正跑出栅栏门,向她跑来。

瓦西娅把前臂放到米什的马肩隆后,跳到马背上。牝马飞奔过田野,一路踢碎地面上的薄冰。坚固的草场围栏在前方隐隐出现,但米什一跃而过,继续飞奔。

瓦西娅在栅栏外迎上阿廖沙。"顿娅,"阿廖沙说,"她起不了床了。她一直念着你的名字。"

"上马。"瓦西娅说。阿廖沙翻身上马,坐在她后面。

***

厨房里很热，炉火熊熊，火炉张着大口。顿娅睁着双眼躺在炉顶，但对一切都视而不见，双手不断抽搐，不时喃喃自语。她脆弱的皮肤紧紧地包着骨头，瓦西娅觉得自己能看到皮肤下的血液虚弱地流动。她迅速爬上炉顶。"顿娅，"她说，"顿娅，醒醒。是我，是瓦西娅。"

大睁的双眼眨了一下，但仅此而已。瓦西娅感到恐惧，但把它强压下去。伊丽娜和安娜肩并肩跪在放圣像的角落前祈祷。眼泪滑下伊丽娜的脸——她哭起来时就没那么可爱了。

"热水，"瓦西娅转身厉声道，"伊丽娜，看在上帝的分儿上，祈祷不会让她暖和起来。煮汤。"安娜抬起头，怨恨地望着她。但伊丽娜马上站起来灌了壶水，速度快得惊人。

瓦西娅在顿娅身边守了一整天。她伏在炉顶上，用毯子裹住老保姆干瘪的身体，试图哄对方喝下肉汤。但是汤从顿娅嘴里流出来，她始终昏睡不醒。那是漫长的一天，云朵聚集，天色渐渐变暗。

快到夜晚时，顿娅深吸一口气，仿佛要吞下整个世界，然后她抓住瓦西娅的手。瓦西娅吓了一跳，猛地向后一挣。老保姆手上的力量使她吃惊。"顿娅。"她说。

老太太的眼睛转来转去。"我不知道，"她低声说，"我没看见。"

"你会没事的。"瓦西娅说。

"他只有一只眼睛。不，他有蓝眼睛。他们是一路人，他们是兄弟。瓦西娅，记住……"她的手垂落下来。她静静地躺着，喃喃自语。

瓦西娅用汤匙给顿娅喂了更多热汤，伊丽娜把火烧得旺旺的。

但是老太太的脉搏随着暮色降临而渐渐衰弱。她停止咕哝，睁大眼睛躺着。"还没有。"她对空空如也的角落说。有时她大喊。"求您了，"她说，"求您了。"

有气无力的白昼很快就过去了，宅子和村庄重归寂静。阿廖沙出去拿柴火，伊丽娜去照顾易怒的母亲。

康斯坦丁的声音打破了寂静，瓦西娅被吓了一大跳，几乎魂不附体。

"她还活着吗？"他问。阴影附在他身上，他仿佛穿了件斗篷。

"是的。"瓦西娅说。

"我会和她一起祈祷。"他说。

"不必了。"瓦西娅厉声说，"她不会死的。"她十分疲惫，又惊吓过度，已经没有力气维持礼貌了。

康斯坦丁走得更近些："我能减轻她的痛苦。"

"不用，"瓦西娅重复道，几乎喊起来，"她不会死的。既然您爱上帝，那我求您了，走吧。"

"她快死了，瓦西丽莎·彼得罗芙娜。这里该交给我。"

"她不会死！"瓦西娅的声音变了调，"她不会死。我要救她。"

"她活不过明早。"

"您想要我的族人爱戴您，所以就吓唬他们。"瓦西娅气得脸发白，"我不会让顿娅害怕的。出去。"

康斯坦丁张开嘴又闭上，猛地转身走了。

瓦西娅马上把他抛到脑后。顿娅没有惊醒。她一动不动地躺在那里，脉搏弱得快要摸不到。瓦西娅颤抖的手几乎感觉不到她的呼吸了。

夜幕降临时，阿廖沙和伊丽娜回来了，晚饭也摆上来了。人们轻手轻脚地在厨房里干活儿。但瓦西娅一口也吃不下去。时间流逝，厨房再次渐渐空下来，直到只剩下他们四个人：顿娅和瓦西娅、伊丽娜和阿廖沙。后两者在炉上打起了盹儿，瓦西娅的头也开始一点一点的，快要打瞌睡了。

"瓦西娅。"顿娅说。

瓦西娅一惊，啜泣一声，清醒过来。顿娅的声音微弱，但清晰可闻。

"你好了，亲爱的顿娅。我就知道你会好起来。"

顿娅咧开没牙的嘴笑了。"是的，"她说，"他正等着呢。"

"谁在等着？"

顿娅没有回答，而是艰难地喘气。"亲爱的瓦西娅，"她说，"我这里有个东西，是你爸爸让我替你保管的。我现在必须把它交给你了。"

"回头再说吧，好顿娅。"瓦西娅说，"你现在必须休息。"

但顿娅僵硬的手已经开始在裙子口袋里摸索。瓦西娅为她打开口袋，拿出一个用软布裹着的硬东西。

"打开吧。"顿娅低声说。瓦西娅照办了。那条项链是由浅色发光的金属制成，比银子还要亮。它的外形像朵雪花，或是个多芒星，正中镶着块银蓝色的宝石。安娜的首饰盒里没有哪样珠宝能比得上它，瓦西娅从没见过如此精美的东西。"这是什么？"她迷惑地问。

"一个护身符，"顿娅艰难地喘气，"它有魔力，藏起来，别告诉其他人。如果你爸爸问的话，就说你什么也不知道。"

真是疯了。瓦西娅皱起眉头，但她把项链套在头上，那坠子垂在胸前，即使隔着衣服也能看见。突然顿娅身体僵直，用干枯的手指去抓瓦西娅的胳膊。"他的哥哥，"她咝咝地说道，"他很生气，因为你有那宝石。瓦西娅，瓦西娅，你必须……"她哽住了，安静下来。

外面传来长而残酷的轻笑。

瓦西娅全身僵住了，心脏怦怦跳动。又来了？上次这样，我是在梦中。接着刺耳的声音传来，像是有人拖着脚走路。一步，又一步。瓦西娅吞了口唾沫，悄无声息地从火炉上滑下去。那多毛沃伊正蹲伏在炉口，看上去很虚弱，但一脸坚毅。"它进不来，"多毛沃伊暴躁地说，"我不会让它进来的，不会。"

瓦西娅摸摸他的头，蹑手蹑脚地走到门边。冬天里，室外不会有东西腐烂，但她在门槛处闻到一股令人反胃的腐臭。胸前的宝石散发出炽热的寒意，她痛得低叫一声。叫醒阿廖沙？叫醒整栋宅子的人？但那是什么？多毛沃伊说他不会让它进来的。

我要去看看，瓦西娅想，我不怕。她溜出厨房门。

"不，"顿娅在炉子那边喘着气，"瓦西娅，别出去。"她把头转过来一点，对着虚空低声说："救救她，别管我，就算你哥哥来找我，我也不在乎。"

***

不管那是什么东西，它发出的臭味真是无与伦比，是死亡、瘟疫和白炽金属混合的味道。瓦西娅跟着那拖沓的脚步声走过去。在那里，宅子的阴影里，有东西在迅速移动。她好像看见一个女人，弯腰驼背，缩成小小一团，穿着白衣，后摆在雪地中拖曳。它像螃蟹似的横着走，就像它的关节太多了一样。

瓦西娅鼓起勇气，悄悄走得更近些。那东西从一扇窗户猛冲到下一扇,在每扇窗前都停一下,有时还会畏缩地伸出手,但从不会碰到窗台。但在最后一扇窗,也就是祭司房间的窗前,它的身体紧绷起来,双眼闪着红光。

瓦西娅向前跑去。多毛沃伊说它进不来。但那东西用苍白的拳头猛击一下,把窗框上的冰震落下来。

月光下,瓦西娅看见灰色的皮肤一闪而逝。那拖曳的白衣是块裹尸布,裹尸布下,那生物一丝不挂。

死人,瓦西娅想,那东西就是死人。

那不断渗出液体的灰色双手抓住康斯坦丁房间那高高的窗台,然后它(是个女人,因为瓦西娅瞥见了纠结的长发)冲进房间。瓦西娅在窗下停步,凭蛮力跟着那东西爬上窗台,翻进屋里。屋里伸手不见五指。那东西伏在床上那个翻来覆去的人形身边,低声咆哮。

木墙上的阴影仿佛在膨胀,像要破墙而出。瓦西娅觉得自己好像听到一个声音:"去抓那姑娘!别管他——他已经是我的了。抓住那姑娘,抓住她……"

胸前传来的疼痛刺激着她。那宝石在燃烧,发出炽烈的寒意。瓦西娅想都没想,举手大喊。床上那生物猛地转过身,黑色的脸上染着血迹。

"抓住她!"阴影中的声音再次狂吼。那死人伏低身子,积聚力量,眼看要一跃而起。它的白牙映着森冷的月光。

突然瓦西娅意识到还有人站在身边——不是那个死女人,也不是阴影里的声音,而是个穿深色斗篷的人。黑暗中她看不清他的脸。这神秘人抓住她的手,手指陷进她的掌心。瓦西娅忍住不叫出来。

"你已经死了,"那新来的人对那生物说,"而我仍然是主宰。"

去吧。"他的声音像午夜的落雪。

床上的死人畏缩地回到原处,呜呜哀鸣。墙上的阴影仿佛长身而起,愤怒地号叫起来:"不,别理他,他不足为虑。我才是主宰。抓住她,抓住——"

瓦西娅觉得手上的肌肤裂开了,血滴在地板上。她感受到无上的欣喜。"去吧,"她对那死人说,就像她一直熟悉那些词句似的,"吾血在此,禁汝擅入。"她反握住身边人的手,感觉到自己的血流在他手上,滑溜溜的。有那么一瞬,她感觉对方的手真实、冰冷而坚硬。她打了个哆嗦,转身去看,但身边一个人也没有。

墙上的阴影突然缩小,颤抖着哀叫。那死人双唇扭曲,露出长而尖的牙,对着瓦西娅尖叫。然后它转过身向窗户冲去,翻过窗台落入雪中,冲向森林,奔跑的速度比骏马还快。那纠结而肮脏的头发在身后起伏飘动。

瓦西娅并没目送它离开。她已经走到床边,拉开肮脏的毯子,在祭司赤裸的喉咙上寻找伤口。

***

那天晚上,上帝并没对康斯坦丁·尼科诺维奇讲话。祭司独自祈祷,时间一小时一小时地流逝。但他的思绪并没有停留在那些老生常谈的祷文上。瓦西丽莎是错的,康斯坦丁曾这样想道。只要能拯救他们的灵魂,一点恐惧又算得了什么呢?

他差点儿就要回厨房去告诉她这些话。但他觉得很累,于是在自己的房间里跪着祈祷,一直到天色黑到连圣像身上剥落的金漆都看不清。

在月亮升起之前,他上床睡觉,开始做梦。

在他的梦里,那目光温柔的圣母从木嵌板上走下来,脸上映着圣洁的光,向他微笑。他渴望她抚摩自己的脸,再为自己祝福,觉得这比什么都重要。她向他弯下身子,但他感觉到那不是她的手,而是她的唇,擦过他的前额,吻上他的双眼。然后她用一根手指挑起他的下巴,吻他的嘴唇。她吻了又吻。甚至在梦中,羞耻心也在同欲望斗争。他无力地试着推开她,但那蓝色的袍子十分沉重。她贴在他身上,热情如火。最后他投降了,绝望地呻吟一声,把脸向她转过去。她的唇在他的唇上微笑,仿佛以他的痛苦为乐。她突然咬向他的咽喉,快如从空中急速下降的鹰。

她尖叫起来,而康斯坦丁猛地一挣惊醒了,感觉有个颤抖的身体压在自己身上。

祭司深吸一口气,却几乎窒息。那女人咝咝叫着,从他身上滚下去。他瞥见那纠缠成一团的长发,和若隐若现的如红宝石般的双眼。那生物向窗户冲去。他看见房间里还有另外两个人影,一个沐浴在蓝光中,另一个则穿深色衣服。那个蓝色的人形向他伸出手来。康斯坦丁虚弱地伸手摸索颈上的十字架,随后从那被蓝光照亮的脸庞上认出对方是瓦西丽莎·彼得罗芙娜。她宛若神灵,脸庞棱角分明,双眼大睁。他们面面相觑。他惊恐地瞪着眼,而她的手抚上他的喉咙。接着他昏了过去。

***

他没有受伤,他的咽喉、胳膊和胸前都没有伤痕。至少瓦西娅在黑暗中摸索一番后是这么认为的。有人开始砰砰敲门。瓦西娅跳起来跑向窗户,连滚带爬地翻过窗台落进院子里。月亮照着院中的积雪,闪闪发光。她躲在宅子的阴影中,蹲下身子,因寒冷和心中残留的恐惧而全身发抖。

她听到男人们冲进房间又突然停住。瓦西娅双手扒住窗台,刚刚够得上从康斯坦丁的窗台往里看。房间里充满腐烂的恶臭。那祭司直挺挺地坐着,捂住自己的脖颈。瓦西娅的父亲提着盏灯笼站在旁边,居高临下地看着他。

"您没事吧,巴图席卡?"彼得说,"我们听到有人大喊了一声。"

"没事,"康斯坦丁支支吾吾地回答,眼神仍然狂乱,"没事,原谅我吧,肯定是我在梦中喊了一声。"门口的男人们面面相觑。"我梦见冰面裂开了,"康斯坦丁说,"我一定是太冷了,才会做噩梦。"他从床上爬起来,站在地上,蹒跚着走了几步。

他们苍白的脸转向瓦西娅的藏身之处,瓦西娅慌忙埋下头。她蹲在窗下的阴影里,屏住呼吸。

她听到父亲咕哝着大步穿过房间,去看那扇坏掉的门式窗,上面一整块冰都掉了下来。他警惕地打量院子,头和肩膀的影子罩在她身上。谢天谢地,他没低头看。院子里没有动静。彼得拉好百叶窗,插好楔子。

***

厨房温暖而黑暗,仿佛母亲的子宫。瓦西娅轻轻溜进门。她的胳膊腿儿无处不痛。

"瓦西娅?"阿廖沙说。

瓦西娅爬上炉顶。阿廖沙膝行到她身边。"没事了,顿娅,"瓦西娅拉住保姆的手,"你现在没事了。我们安全了。"

顿娅睁开眼,干枯的唇绽开笑容。"玛丽娜会为你骄傲的,我亲爱的瓦西娅,"顿娅说,"我见到她时会告诉她。"

"你才不会,"瓦西娅试着微笑,但眼泪模糊了她的双眼,"你会再次好起来的。"

老太太举起冰冷的手,把瓦西娅推开,力气之大把后者吓了一跳。"不,我好不了了,"她说,带着点过去常有的讥讽口气,"我已经活着看到所有的小把戏长大成人。我死时,最后带大的三个孩子都在我身边,我别无所求。"伊丽娜现在也醒了,顿娅伸出另一只手,握住她的手。

阿廖沙把自己的手也放在她们的手上。在瓦西娅抗议之前他说:"瓦西娅,她是对的。你必须让她走。今年冬天会很难熬,而且她已经很累了。"

瓦西娅摇着头,她的手在抖。

"求你了,我亲爱的,"老太太低声说,"我很累了。"

瓦西娅犹豫了一瞬——这一瞬是那么长,之后她微微点头,动作小得几乎看不见。

老太太费力地抽出另一只手,双手把瓦西娅的手握在掌心。"你妈妈在去世前祝福你,现在我也要做同样的事。愿你平安。"她停下来,仿佛在倾听,"你必须记住那些古老的故事,用花楸木做一根棍子。瓦西娅,要小心,要勇敢。"

她的手落下来,人也静静地躺着不动。伊丽娜、阿廖沙和瓦西娅抓起她冰冷的手,拼命去听她的呼吸。最后顿娅振作起来,再次说话,声音极低,他们只好靠得更近些。

"亲爱的阿廖沙,"她低声说,"能再为我唱首歌吗?"

"当然可以。"阿廖沙低声说。他停了停,深吸一口气,开始歌唱。

> 就在不久以前
> 终年鲜花盛开
> 白昼悠闲漫长
> 星光照亮黑夜
> 人们快乐生活
> 心中无忧无惧

顿娅微笑着，眼睛亮得像个孩子。在那笑容中，瓦西娅看到了她年轻时的影子。

> 然而四季流转
> 风从南方吹来
> 有火灾，有风暴
> 战争与悲伤携手
> 黑暗笼罩大地

屋外刮起寒风，意味着大雪即将到来。但三人坐在炉上，对这一切毫无所觉。顿娅听着歌声，同时大睁双眼盯着什么东西——即使瓦西娅也看不到的东西。

> 但在那遥远地方
> 黄色的花朵盛开

> 朝阳照亮礁石海岸
>
> 泡沫飞溅，灿烂如金
>
> 那是一切结束的地方
>
> 而且一切——

阿廖沙被打断了。那阵风"砰"地吹开厨房门，在房间里尖声呼啸。伊丽娜轻轻惊叫一声。随风飘进一个穿着黑斗篷的人形，但除了瓦西娅，没人能看到它。女孩屏住呼吸，因为她之前见过它。那人形的目光在她身上停留片刻，接着伸出手来，把长长的手指放在顿娅的咽喉上。

老太太笑了。"我不再害怕了。"她说。

下一秒那阴影来了。它从天而降，落在黑斗篷和顿娅之间，就像斧子劈开木头。

"噢，弟弟，"那阴影说，"这么不小心吗？"它张开黑洞洞的大口笑起来，似乎要伸出两条巨大的胳膊抓住顿娅。顿娅脸上的平和转为恐惧，眼睛鼓起来，脸色血红。瓦西娅不知不觉地跪下来，觉得恐惧而且迷惑，抽泣着发抖。"你在做什么？"瓦西娅喊起来，"不——放开她！"风再次在屋里咆哮，先还是冬天的风，然后就变成夏季暴风雨到来之前那种潮湿的狂风。

但这阵风来得快，去得也快，把阴影和那黑斗篷都卷走了。

"瓦西娅，"阿廖沙在一片静寂中喊道，"瓦西娅。"彼得和康斯坦丁冲进来，后面紧跟着宅子里的男人们。彼得的脸冻得通红，因为他离开祭司的房间后没有上床睡觉，而是分派人手在沉睡的村庄里巡逻。他们都听到了瓦西娅在喊。

瓦西娅低头看着顿娅。顿娅已经去世，脸上通红，嘴角还挂着一点白沫。她的眼睛鼓出来，眼白充血，黑眼仁仿佛浸在血池中。

"她是被吓死的，"瓦西娅极其温柔地说，同时全身发抖，"她是被吓死的。"

"来吧，亲爱的瓦西娅，"阿廖沙说，"下来。"他试图合上顿娅的眼睛，但它们太鼓了。瓦西娅爬下火炉，然而顿娅脸上那恐惧的表情一直浮现在她眼前。

第二十一章

铁石心肠的孩子

他们把顿娅放在浴室里。天一亮,女人们就吵嚷着过来了,仿佛一群咯咯叫的母鸡。她们清洗顿娅干瘦的身体,用亚麻布把她裹好,坐在她身边守灵。伊丽娜跪着哭泣,头埋在母亲的膝上。康斯坦丁祭司也跪着,但好像没有祈祷。他的脸白得像裹尸布一样,不时用颤抖的手去摸自己没有任何痕迹的咽喉。

瓦西娅并不在这里。女人们四处找她,但没有找到。

"她一直是个野丫头,"有个女人对另一个低声说,"但我真没想到她连这样的事也不在乎。"

对方阴郁地点头,嘴抿得紧紧的。玛丽娜·伊凡诺芙娜去世后,顿娅曾像母亲一样抚养瓦西丽莎。"这是天生的,"她说,"从她脸上你就能看出来,她那眼睛像女巫一样。"

***

瓦西娅沉着脸,踩着第一缕阳光溜到外面,肩上扛着把铲子。她稍做准备后去找哥哥。阿廖沙正在劈柴，斧子呼啸着重重落下。木桩一根接一根裂开，落在他脚边的雪地里。

"亲爱的阿廖沙，"瓦西娅说，"我需要你帮我。"

阿廖沙向妹妹眨眨眼。他刚哭过了，泪水结成冰晶，沾在棕色的胡子上。天很冷。"什么事，瓦西娅？"他问。

"顿娅让我办一件事。"

年轻人绷紧下颌。"现在不是时候，"他说，"你在这里做什么？女人们在守灵，你该和她们在一起。"

"昨天晚上，"瓦西娅急切地说，"有个死人在宅子里。一个吸血僵尸，就像顿娅讲的那些古老故事里的一样，当时顿娅已经快要死了。"

阿廖沙沉默了，瓦西娅不闪不避地望着他。斧子再次落下时，他的指关节泛出白色。"你把怪物吓跑了，是吗？"他在两次劈柴的间隙里挖苦地说，"我的小妹妹，全靠你自己吗？"

"顿娅告诉我，"瓦西娅说，"她让我记住那些故事。用花楸木做根棍子，她说的。想起来了吗？拜托，哥哥。"

阿廖沙停止劈柴："你有什么计划？"

"我们必须除掉它。"瓦西娅深吸一口气，"我们得去找那些被挖过的墓穴。"

阿廖沙皱起眉头。瓦西娅脸色雪白，连嘴唇都失去了颜色，眼睛却像巨大的黑洞。"好吧，我们来看看吧，"阿廖沙说，毫不掩饰那种讽刺的口气，"让我们去挖墓吧。说实在的，爸爸已经太久没揍我了。"

他把木柴堆起来，收起斧子。

拂晓前下过雪。除了闪亮的积雪覆盖的一个个小圆丘，坟场里什么也看不到。阿廖沙瞥了眼妹妹："现在怎么办？"

瓦西娅不由得抽动嘴角："顿娅常说童男最容易找到活死人。你绕圈走吧，把你绊倒的那个坟头就是我们要找的。前面走，小心点，哥哥。"

"恐怕你运气不佳，亲爱的瓦西娅，"阿廖沙粗暴地说，"我早就不是了。我们需要去绑架个农民家的小男孩吗？"

瓦西娅摆出一副正经的脸孔："那我只好退而求其次啦。"她带头爬上那些闪亮的坟包。

老实说，她并不觉得自己的本事就有多差，因为那气味像讨厌的雨水一样笼罩着墓地。没过多久瓦西娅就觉得喘不过气，在一个熟悉的角落里停下来，和阿廖沙面面相觑。她哥哥开始挖地。大地本应被冻得坚硬如铁，这里的土壤却很潮湿，好像刚被翻动过。阿廖沙清理积雪时，那股气味扑鼻而来，呛得他转过身去，差点儿吐出来。但他紧闭着嘴，把铲子往土里插下去。出人意料的是，他们很快就挖出了一具裹在布单里的尸体。瓦西娅拔出一把小刀，把布划开。

"圣母啊！"说着，阿廖沙转过头去。

瓦西娅一言不发。阿加芙娅的皮肤呈灰白色，是正常尸体的样子，但她的嘴唇如浆果一样红，饱满柔嫩，好像一直充溢着生命力。她的睫毛在枯瘦的双颊上投下蕾丝状的阴影，就像她之前一直躺在泥土铺成的死亡之床上静静沉睡。

"我们该怎么做？"阿廖沙脸色苍白地问，同时拼命屏住呼吸。

"用一根棍子钉进她嘴里，"瓦西娅说，"我今天早上做了根棍子。"

阿廖沙战栗着跪下来，瓦西娅跪在他身边，手也在颤抖。那根棍子削得很粗糙，但十分锋利。她举起块大石头当锤子用。

"好吧，哥哥。"瓦西娅说，"你是来扶着头，还是来钉这棍子？"

阿廖沙的脸白得像随风飘飞的雪，但他说："我比你力气大。"

"没错。"瓦西娅说。她把棍子和石头递过去，把那东西的嘴撬开。那牙齿尖利得像猫牙，骨针一般闪着微光。

这一幕使阿廖沙从恍惚的状态中清醒过来。他咬着牙，把木棍刺入鲜红的唇间，用石块猛砸下去。鲜血飙出来，汨汨如泉涌，漫过灰色的下巴。它猛地睁开眼睛，大大的双眼中露出可怕的神情，但身体没有动。

阿廖沙的手猛地一抖，没有砸中那棍子，幸好瓦西娅及时抽回了手。石头砸碎它右侧的颧骨，发出令人恶心的嘎吱声。那东西发出一声微弱的尖叫，但仍然没动。

瓦西娅仿佛听见一声愤怒的吼叫隐隐从林中传来。"快点，"她说，"快，快。"

阿廖沙咬住舌尖，再次握紧石头。那东西的脸已被砸烂了。他一次次敲击棍子，在寒风中仍然汗流浃背。不久那棍子的尖端顶到了骨头，最后阿廖沙猛地一击，木棍刺穿头骨。尸体睁开的双眼放出光来。阿廖沙无力地扔下石头，连连后退，大口喘气。瓦西娅的双手沾着血，还有更恶心的东西。但她几乎是心不在焉地放开阿加芙娅，盯着森林。

"瓦西娅，怎么了？"阿廖沙问。

"我好像看到了什么东西，"瓦西娅低声说，"看那儿。"她站起来。一匹白马和穿黑衣的骑手正慢跑着离开,几乎立刻就被森林吞没了。此外,她好像看到另一个巨大的影子正在守望。

"这里除了我们没别人,瓦西娅。"阿廖沙说,"来,帮我把她埋起来,把雪弄平。快点,女人们就快来找你了。"

瓦西娅点点头,举起铲子,但仍然皱着眉头。"我之前见过那匹马,"她自言自语,"还有她的骑手,穿着件黑斗篷。他有一双蓝眼睛。"

***

埋掉吸血僵尸后,瓦西娅也没有回宅子。她把手上的泥土和鲜血洗掉,去了马厩,蜷在米什的畜栏里。米什用鼻子蹭她的头,瓦兹拉坐在她旁边。

瓦西娅在那儿坐了很长时间,试着想哭出来——为了顿娅去世时的那张脸,也为阿加芙娅那血糊糊的伤口,甚至为康斯坦丁祭司。虽然她坐了很长时间,可还是流不出眼泪。她心里有个地方空了,一片广大的寂静。

太阳西斜时,女孩来到浴室里的女人们中间。

所有的女人一起向她开火。"不服管,"她们说,"少教养。铁石心肠。"她听到有人压低声音:"女巫,像她妈妈一样。"

"你是个忘恩负义的小家伙,瓦西娅,"安娜·伊凡诺芙娜幸灾乐祸地盯着她,"但我本来也没指望你表现得有多好。"那天晚上,她让瓦西娅趴在凳子上,用桦树条狠狠打她,也不管瓦西娅已经过了被体罚的年纪了。只有伊丽娜一言不发,用红红的眼睛责备地看着姐姐,这种责备比女人们的冷嘲热讽更使人难受。

瓦西娅对这些逆来顺受,无法为自己辩解。

那天日落时，他们把顿娅下葬。天寒地冻，葬礼进行得很快，整个过程中人们一直在交头接耳。她的父亲憔悴而阴郁，她从未见过他如此苍老。

"顿娅把你当作自己亲生的孩子，瓦西娅，"后来他说，"你却偏偏挑了这天玩失踪。"

瓦西娅没有说话，但她想起了自己受伤的手，想起了那个严寒的星夜，还有颈上的宝石和黑暗中的吸血僵尸。

***

"爸爸。"那天晚上，农民们已经回他们的小屋去了，她把小凳子拉到彼得身边。火炉里的红色火苗跳动着，炉边顿娅平时坐的地方空空如也。彼得正在为一柄猎刀做刀把。他掸掉一小片刨花，瞥了眼女儿。火光中她的脸憔悴苍白。"爸爸，"瓦西娅说，"我消失不见是有原因的。"她讲话的声音很轻，厨房里挤满了人，但只有他们两人能听到。

"那么，是什么原因呢？"彼得把刀放在一边。

瓦西娅觉得他像是害怕她还未出口的答案，于是把已涌到唇边的乱七八糟的实情吞了回去。那吸血僵尸已经死了，她想，我不该为自己的骄傲而再给他施加压力了。为了我们所有人，他必须强大起来。

"我——我去妈妈的坟上了，"她匆匆说，"顿娅叫我去的，让我为她们两人祈祷。她现在跟妈妈在一起了。所以——在那里祈祷更好些，那里很安静。"

她从未见过父亲如此疲倦。"很好，瓦西娅。"他又转回去看那把猎刀，"但做法不对，你一句话都不说就自己消失，人们对此议论纷纷。"短暂的寂静。瓦西娅把手扭在一起。"对不起，孩子，"他更温和地补充,"我知道顿娅就像你的母亲。她去世前有没有留给你什么东西,一样信物,或者一个小装饰?"

瓦西娅不知所措。顿娅说我不能告诉他。但那是他的礼物。她张开嘴……

门那边传来一声巨响,有个冻得半僵的男人破门而入,倒在他们脚前。彼得马上站起来,但还是迟了。厨房里的人发出惊呼。那男人吐出的热气在胡子上结了冰。他双颊斑驳,眼睛直勾勾盯着某处,躺在地板上发抖。

彼得认识他。"怎么了?"他弯腰抓住那男人颤抖的肩膀,"发生了什么事,尼古拉·马特菲维奇?"

那人一言不发,在地上缩成一团。他们脱下他的连指手套,发现他的手已被冻僵,蜷曲如鹰爪。

"拿热水来。"瓦西娅说。

"想办法让他尽快开口,"彼得说,"从他的村庄到这里要跑两天,出了什么事才会让他在这样天寒地冻的夜晚跑过来。"

瓦西娅和伊丽娜花了一小时揉他的手脚,又给他灌热汤。即使体力恢复后,他也只能缩在炉边喘着粗气。最后他拿过食物,不顾烫嘴,狼吞虎咽。彼得耐着性子等着。最后那信使擦了擦嘴,胆怯地看着他的领主。

"出了什么事,你要到这里来,尼古拉·马特菲维奇?"彼得问。

"彼得·弗拉基米罗维奇,"那男人低声说,"我们要死了。"

彼得沉下脸。

"两夜之前,我们的村庄起了火,"尼古拉说,"全烧光了,什么都没剩下。如果您不发发慈悲,我们就都要死了。许多人已经死了。"

"火灾？"阿廖沙说。

"是的，"尼古拉说，"炉中掉出一颗火星，整个村庄都着起火来。当时刮起一阵贼风，隆冬的风不该那么暖和。我们束手无策。大家开始从灰烬中刨活人时我就离开了。我听到被烧伤的人在尖叫，因为他们的皮肤碰到了雪。也许他们还不如死了的好。我一直赶路，白天黑夜都不停。森林里到处是可怕的声音，好像尖叫声就跟在我后面。我不敢停下来，怕被霜冻冻死。"

"你真勇敢。"彼得说。

"您能帮帮我们吗，彼得·弗拉基米罗维奇？"

长时间的沉默。他不能去，瓦西娅想，现在不行。但她知道父亲会怎么说。这是他的土地，他是他们的领主。

"我和儿子明天就跟你骑马回去，"彼得沉重地说，"还有一切能抽调出来的人手和马匹。"

信使点点头，眼神飘远："谢谢您，彼得·弗拉基米罗维奇。"

***

第二天破晓时分，蓝白的光芒令人目眩。第一缕晨光下，彼得下令给马套上马具。那些不骑马的男人都把雪地鞋绑在脚上。冬天的阳光冷冷地照下来。马鼻孔里呼出的白气袅袅上升，好像巨大的白色羽毛，又像是巨蛇在吐芯子。冰柱冻在它们下巴的鬃毛上。彼得从仆人手里接过梅泰尔的缰绳。马噘起嘴唇摇头，冰柱在胡须上嘎吱作响。

柯利亚蹲在雪地上，和谢辽沙脸对脸。"让我跟您一起去吧，爸爸。"那孩子恳求道，"我已经足够大了。"他的头发盖住眼睛。他领着自己棕色的小马出来，还穿上了所有衣物。

"你还小。"柯利亚说，看上去疲惫不堪。

伊丽娜匆匆从宅子里出来。"来吧,"她搂住那孩子的肩膀,"你爸爸要走啦,放开他吧。"

"你一个女孩家,"谢辽沙说,"懂什么?求求您啦,爸爸。"

"回屋里去,"柯利亚严厉起来,"把小马牵回去,听你姑姑的话。"

但谢辽沙并没有照做,而是哭着突然冲出去,把马匹吓了一跳。他消失在马厩后面。柯利亚搓搓脸。"他饿了就会回来。"说着他跨上马背。

"愿上帝与你同在,哥哥。"伊丽娜说。

"你也一样,妹妹。"柯利亚说。他握了握她的手,转身走开了。

男人们绑好马肚带,检查蹄铁,冻硬的皮革咯吱作响。他们呼出的白气凝结在胡须上,结成冰柱。阿廖沙站在院子边上,一向和善的脸带着愤怒的神色,好像马上要大发雷霆。"你必须留下,"彼得之前曾对他说,"总得有人照顾你的妹妹们。"

"你会需要我的,爸爸。"他当时说。

彼得摇摇头:"如果有你守护姑娘们,我睡觉时也会更安心些。瓦西娅鲁莽,而伊丽娜娇弱。还有阿廖沙,你必须让瓦西娅待在家里。这是为她好,村里近来人心浮动。拜托了,我的儿子。"

阿廖沙一言不发地摇摇头,但他再也没求父亲。

"爸爸,"瓦西娅说,"爸爸。"她在梅泰尔头边出现,一脸紧张,头发在兜帽浅色的毛皮映衬下分外黑亮,"您不能去,现在不能。"

"我必须去,亲爱的瓦西娅。"彼得疲惫地说,她头天晚上已经这样恳求过了,"这是我的领土,他们是我的人民。你要理解。"

"我理解，"她说，"但森林里有恶魔。"

"时世艰难，"彼得说，"但我是他们的领主。"

"森林里有死人——复活的死人。爸爸，森林里很危险。"

"胡说，瓦西娅。"彼得厉声说。圣母啊，如果她在村里到处讲这类事……

"死人，"瓦西娅又说，"爸爸，您不能去。"

彼得抓住她的肩，手上加力，使她畏惧。他的人正聚在四周等着。"你都这么大了，还相信童话！"他吼道，试图让她清醒过来。

"童话！"瓦西娅愤怒地叫起来，梅泰尔昂起头。彼得拉紧缰绳，控制住马。瓦西娅把父亲的手甩到一边。"您看到康斯坦丁祭司那扇破窗户没有？"她说，"您不能离开村子。爸爸，求您了。"

男人们不知道前因后果，但该听到的也都听了个七七八八。他们的脸在胡须掩盖之下变白。他们盯着彼得的女儿。不止一人瞥向自己的妻子或孩子——他们站在雪地上，虽然渺小，但很勇敢。如果这蠢闺女再说下去，彼得想，自己就会失去威信。"你不是孩子了，瓦西娅，不要被传说吓到。"彼得厉声说，用镇定、轻快的声调安抚人心，"阿廖沙，把你妹妹带走，别害怕。女儿，"他把声音放低，"我们会得胜归来的。这个冬天会像其他冬天一样过去，我和柯利亚会回到你们中间的。对安娜·伊凡诺芙娜和善些。"

"但是，爸爸——"

彼得跳上梅泰尔的背。瓦西娅抓住马笼头。如果换了别人做这个动作，准会被拖倒，还会被踩上几脚。但那牡马把耳朵指向女孩，站定脚步。

"放手，瓦西娅。"说着，柯利亚走到她身边。她没动。他把一只手放在她抓着缰绳的手上,弯腰在她耳边说:"现在不是时候,其他人会生出异心的。他们会为自己的家担心,而且他们会害怕恶魔。另外,如果爸爸听你的话,他们会说他连自家的女儿都管不住。"

瓦西娅咬着牙吸口气,放开梅泰尔的笼头。"最好相信我。"她喃喃自语。

勇敢的老牡马扬起前蹄,手下人跟在彼得身后,柯利亚向弟弟和妹妹行礼告别。大部队快步走向那白色的世界,把两个孤独的身影留在马厩院子里。

***

马队离开后,村子似乎安静下来。头上冰冷的太阳快乐地洒下阳光。"我相信你,瓦西娅。"阿廖沙说。

"是你亲手把那棍子钉进去的,你当然相信我了,傻瓜。"瓦西娅仿佛笼中困兽般踱来踱去,"我本应把一切都告诉爸爸的。"

"但我们除掉了吸血僵尸。"阿廖沙说。

瓦西娅无助地摇头。她记起了水泽仙女和林卫的警告。"还没结束,"她说,"我得到了警告,让我当心死人。"

"谁给你的警告,瓦西娅?"

瓦西娅停止踱步,看见哥哥冷淡的脸上还带着些怀疑的神色。强烈的绝望之情突然涌上心头,她大笑起来。"你也一样吗,亲爱的阿廖沙?"她说,"是我的挚友们警告了我。他们上了年纪,非常聪明。你相信那祭司吗?我是个巫婆吗?"

"你是我妹妹,"阿廖沙斩钉截铁地说,"也是我们妈妈的女儿。但你最好别出村子,直到爸爸回来。"

***

入夜,大宅逐渐沉寂下来,就像寂静和夜间的寒气一同溜进了门。彼得的家人挤在炉边,就着火光缝纫、雕刻或缝缝补补。

"那声音是怎么回事?"瓦西娅突然说。

她的家人纷纷停下动作。

有人正在外面哭。

那声音像是被哽住的抽咽,微弱得几乎听不见,但最后大家都确定自己听见了。那是女人压抑的哭声。

瓦西娅和阿廖沙面面相觑,瓦西娅就要起身去看。"不行。"阿廖沙说。他自己走过去打开门,长久地向夜幕中凝望,最后摇着头回来。"什么也没有。"

但那哭声没有停息。阿廖沙又到门前去了两次,三次。最后瓦西娅自己去看。她觉得好像有一点白色的微光在农民的小屋间闪动,她眨眨眼再看时,就什么也看不见了。

瓦西娅走到炉边,看向火红的炉膛。多毛沃伊正藏在热乎乎的灰烬中。"她进不来,"他随着火苗的爆裂声喘气,"我发誓她进不来。我不会让她进来的。"

"这话你以前也说过,但她还是进来了。"瓦西娅压低声音说。

"那可怕的人的房间是例外,"多毛沃伊也压低声音,"我无法保护那间屋子,因为他拒绝我。但此时此地,那东西进不来。"多毛沃伊紧握双手,"她进不来的。"

最后月亮落下去了,他们各自去睡。瓦西娅和伊丽娜紧紧挤在一起,裹在毛皮里,在伸手不见五指的黑暗中呼吸。

突然,那哭声在近处又响起来。两个姑娘都僵住了。

他们宅子的窗上有东西在搔抓。

瓦西娅瞥了一眼伊丽娜,后者睁大眼睛,僵硬地躺在她身边:"听起来像……"

"哦,别说了,"伊丽娜恳求道,"别说了。"

瓦西娅翻身下地,下意识地在胸前摸索那吊坠。冷冰冰的吊坠灼痛她颤抖的手。窗户高悬在墙上,瓦西娅爬上去扒开百叶窗。窗上结的冰阻碍了她的视线,她看不见院子。

但冰后面有一张脸。瓦西娅看到它的眼睛和嘴巴仿佛三个大黑洞,还有只瘦骨嶙峋的手按在冰冷的窗格上。那东西在抽泣。"让我进去。"它喘息着,用指甲刮着冰,发出微弱刺耳的声音。

伊丽娜呜咽起来。

"让我进去,"那东西咝咝地说,"我很冷。"

瓦西娅失手从窗台上摔下来,仰面朝天躺在地上。"不,不……"她再次爬上窗户,但什么都看不见了,一片寂静。月亮平静地照着空空如也的院子。

"那是什么?"伊丽娜低声问。

"没什么,伊丽娜。"瓦西娅厉声说,"快睡觉。"

她哭起来,但伊丽娜看不见。

瓦西娅爬回床上搂着妹妹。伊丽娜没再说话,而是躺在床上,一直醒着发抖。最后她渐渐睡着了。瓦西娅移开妹妹的双臂。她的眼泪已经干了,脸也恢复平静。她去了厨房。

"我想如果你不在的话,我们就都没命了,"她对多毛沃伊说,"死人复活了。"

多毛沃伊疲倦地从炉子里探出头来。"我会尽最大力量把它们拒之门外,"他说,"今晚和我一起守夜吧。和你在一起,我的力量会更强大。"

***

三个夜晚过去了,彼得依旧没有回来。瓦西娅待在宅子里,和多毛沃伊一起守夜。第一晚,她以为自己听到了哭泣声,但没有东西跑到宅子附近。第二晚则是一片寂静,瓦西娅困得要死。

第三晚,她决定让阿廖沙一起守夜。那天傍晚的火烧云红如鲜血,但入夜后只有蓝色的阴影和寂静。

卧室似乎很冷,也很遥远,于是全家人都待在厨房里。阿廖沙借着炉子的火光磨野猪矛,叶片状的锋刃上不时闪过一道耀眼的光。

火苗越烧越低,厨房里被映得红彤彤的,这时外面响起一声长而低沉的哀号。伊丽娜蜷缩在炉边。安娜在织毛活,但大家都看到她流着冷汗,不停颤抖。康斯坦丁祭司的双眼圆睁,能看到瞳仁的周围一圈眼白。他低声祈祷着。

有人拖着脚步走来,脚步声越来越近。接着一个声音震动了窗户。

"天很黑,"那声音说,"我很冷。打开门,打开它。"然后——传来嗒、嗒、嗒的敲门声。

瓦西娅站起来。

阿廖沙握住矛杆。

瓦西娅走到门口,心在嗓子眼儿怦怦跳动。多毛沃伊站在她身边,咬紧牙关。

"不行,"瓦西娅艰难地用不听使唤的嘴唇说,"对不起,这宅子是给活人住的。"她用手指抠破手上的伤口,把流着血的掌心贴在门上。

门另一侧的东西哭了起来。伊丽娜把脸埋在母亲膝上。阿廖沙手里拿着长矛,摇摇晃晃地站起来。但那拖曳的脚步声走开了,渐渐消失。他们屏住呼吸,面面相觑。

接着传来惊马的尖声长叫。

瓦西娅想都没想就猛地打开了门,不管其他四人大声呼叫。

"那是恶魔!"安娜尖叫,"她会把它放进来的!"

瓦西娅已经跑进夜色中。有个白色的身影在马群里急冲。惊慌的马匹四处逃散,仿佛狂风吹撒一地谷壳。但其中有匹马跑得比较慢。那白色人形贴在它的喉咙上,把它拖倒在地。瓦西娅边喊边跑,忘记了恐惧。那死人抬起头来,咝咝出声。一道月光照亮了它的脸。

"不要,"瓦西娅跌跌撞撞地停下脚步,"哦,不要,求你了。顿娅,顿娅……"

"瓦西娅,"那东西口齿不清地说,发出僵尸那种沙哑的喘息,但那确实是顿娅的声音,"瓦西娅。"

那是她,但又不是。骨骼、身材、外表和寿衣都没错,但她的鼻子掉了,嘴唇陷进去,双眼变成燃烧的孔,嘴是黑黑的深洞。血沿着下巴、鼻子和脸颊凝结成块。

瓦西娅鼓起勇气。项链在她胸前冰冷地灼烧,她用另一只手握住它。夜色中有热血的腥气和墓穴里的霉味。她觉得有个黑色人影站在自己身边,但她没有转头去看。

"顿娅,"瓦西娅尽量保持声音平稳,"走吧,你在这里造的孽已经够多了。"

顿娅用一只手捂住嘴。虽然她仍龇着牙,但泪水涌上空洞的眼眶。她摇摇晃晃,浑身发抖,咬着嘴唇,仿佛想要说话。她向前咆哮着冲去；瓦西娅后退，但觉得牙齿已经咬在自己的咽喉上了。随后那吸血僵尸尖叫起来，猛地后退，像条狗一样朝森林跑去。

瓦西娅目送她，直到她消失在月光中。

瓦西娅脚下传来马刺耳的喘息。那是米什最小的孩子，比小马驹大不了多少。他的喉咙被咬开了。她跪在他身边，用手按着伤口，但黑色的血仍然极快地从她的指缝中流走。她觉得死亡在肚子里沉沉下坠，听到瓦兹拉痛苦的喊叫声从马厩里传来。

"不要，"瓦西娅说，"求你了。"

但那小马一动不动地躺着。黑血流出的速度逐渐变慢，最后停止了。

一匹白色牝马从黑暗中走出，低下头，温柔地将鼻子贴在小马身上。瓦西娅能感觉到牝马温暖的呼吸喷在自己脖子上。但她转头去看时，只看见一点星光。

绝望和疲惫就像黑色的潮汐，像那匹马留在她手上的血，把瓦西娅整个吞了下去。她抱着那布满血痕的僵硬头颅，哭了。

***

已经是深夜，早过了他们平时上床睡觉的时间。阿廖沙回到厨房，脸色发灰，衣服上溅满血迹。"有匹马死了，"他心事重重地说，"它的喉咙被撕开了。瓦西娅今晚会待在马厩里。她不听人劝。"

"但她会冻僵的，她会死的。"伊丽娜大喊。

阿廖沙虚弱地笑了笑："瓦西娅不会的。你可以试着去跟她讲道理，亲爱的伊丽娜。"

伊丽娜闭上嘴，把针线活放在一边，去给炉子上的黏土锅烧火。没人知道那里面是什么，直到她把烘得有些过火的牛奶盛到碟子里，和剩粥一起端着向门边走去。

"伊丽娜，回来！"安娜喊道。

据阿廖沙所知，伊丽娜一生中从未违抗过她妈妈的命令。但这次那女孩一言不发地跨过门槛消失了。阿廖沙开始咒骂，后来跟在她后面一起出去。爸爸是对的，他阴郁地想，可不能把妹妹们独自留在家中。

严寒刺骨，院子里还能闻到血腥味，那小马仍躺在他倒下的地方。马尸一夜之间就会冻僵，明天再叫人来分切也来得及。阿廖沙和伊丽娜走进马厩时，里面好像空无一人。"瓦西娅。"阿廖沙喊道。恐惧突然攫住了他，如果……

"我在这里，亲爱的阿廖沙。"瓦西娅从米什的畜栏中走出来，脚步轻柔得像只猫。伊丽娜尖叫一声，差点儿摔了锅。"你还好吗，亲爱的瓦西娅？"她颤抖着勉强挤出一句话。

他们看不见瓦西娅的脸，她的黑发笼罩着模糊而苍白的脸。"我好着呢，小鸟。"她回答道，嗓音沙哑。

"阿廖沙哥哥说你今晚要待在马厩里。"伊丽娜说。

"是的，"瓦西娅说，很明显她正在努力振作起来，"我必须待在这里，瓦兹拉很害怕。"她的手上全是黑血。

"如果你必须待在这儿，"伊丽娜非常温柔，就像面对自己挚爱的疯子，"我给你带了粥来。"她笨拙地将锅端到姐姐面前。

瓦西娅接过锅，那温暖的重量仿佛使她镇定下来。"但是，如果你能进屋来在火炉边吃，就更好啦。"伊丽娜说，"你待在这里，人们会说闲话的。"

瓦西娅摇摇头："管他呢。"

伊丽娜抿着嘴。"来吧，"她说，"这样会更好。"

阿廖沙眼看着瓦西娅被妹妹领回宅子，坐到炉边她自己的位子上吃下食物，惊讶极了。

"睡觉去吧，亲爱的伊丽娜，"瓦西娅最后说，脸上恢复了点血色，"睡在火炉上。我和阿廖沙今晚守夜。"祭司已经走了，安娜也在自己的房间里打起了鼾。伊丽娜正困得要命，没再犹豫。

伊丽娜入睡后，阿廖沙和瓦西娅面面相觑。瓦西娅的脸白得像盐，眼下现出黑眼圈，裙子上染着马血，但食物和火炉的温暖使她镇定下来。

"现在该做什么？"阿廖沙低声问。

"今晚我们必须守夜，"瓦西娅说，"黎明时我们要去墓地试试，趁着白天做些事。愿我主慈悲。"

***

康斯坦丁在日出时去了教堂。他冲过院子，好像死亡天使紧跟在后面似的。他闩上通向中殿的门，扑倒在圣障前。太阳升起时，灰色的光线在地板上慢慢移动，但他没有留意到。他祈祷，希望得到宽恕，希望那声音出现，解答他的疑问。但漫长的一天过去了，教堂里始终一片沉寂。

薄暮时分，教堂地板上的阴影多过光线时，那声音才出现。

"已经堕落了吗，我可怜的创造物？"它说，"那些女鬼已找过你两次了，康斯坦丁·尼科诺维奇。她们打破了你的窗户，她们在敲门。"

"是的。"康斯坦丁呻吟着说。无论走路还是入睡，他现在都能看见那女鬼的脸，感觉到她的牙齿咬在喉咙上。"她们知道我已经堕落了，她们追着我不放。可怜可怜我吧。救救我吧，我求您。原谅我吧。请洗刷我的罪恶。"康斯坦丁的手绞在一起，弯下腰面对地板。

"非常好，"那声音温和地说，"只求我这么一点小事，神的仆人啊。看看，我是慈悲为怀的。我会拯救你。你不要哭。"

康斯坦丁捂住泪水横流的脸。

"但是，"那声音说，"我要求回报。"

康斯坦丁抬起头。"什么样的回报都可以，"他说，"我是您可怜的仆人。"

"那姑娘，"那声音说，"那个女巫，所有这些都是她的错。人们知道这个。他们私下交头接耳。他们看到你盯着她不放。他们说她诱惑你，使你不再虔心向主。"

康斯坦丁没说话。是她的错，是她的错。

"我衷心希望，"那声音说，"希望她隐修，越快越好。她是这座宅子里罪恶的根源。只要她在这里，事态就无可挽回。"

"她要和雪橇队一起南下啦，"康斯坦丁说，"仲冬前她就会离开。彼得·弗拉基米罗维奇就是这么说的。"

"太晚了，"那声音说，"必须再早些。火灾和痛苦还等在前面呢。把她送走，你就能拯救自己，康斯坦丁·尼科诺维奇。把她送走，你就能拯救他们所有人。"

康斯坦丁迟疑了。黑暗中似乎有人发出一声温柔的长叹。

"如您所愿，"康斯坦丁低声说，"我发誓。"

那声音消失了，留下康斯坦丁独自跪在教堂地板上，心中茫然而欣喜，同时感到寒冷刺骨。

***

那天傍晚康斯坦丁去找安娜·伊凡诺芙娜。她已经上了床,她女儿为她端来肉汤。

"你现在必须马上把瓦西娅送走,"康斯坦丁说,额上流着汗,双手颤抖,"彼得·弗拉基米罗维奇心太软了,也许她会使他动摇。但为了大家好,这姑娘必须走。那些恶魔是为她而来的。你看到她是怎么在夜晚跑出去的吧?是她召唤出它们,所以她不害怕。也许下一个要死去的人就轮到你自己的女儿小伊丽娜了。恶魔的胃口比马还大。"

"伊丽娜?"安娜低声说,"你认为伊丽娜有危险吗?"爱和恐惧使她发抖。

"我敢肯定。"康斯坦丁说。

"把瓦西娅交给大家吧,"安娜马上说,"如果你要求的话,他们会用石头砸死她的。彼得·弗拉基米罗维奇不在,没法儿阻止他们。"

"她最好去修道院,"康斯坦丁在电光石火间犹豫了一瞬,回答,"去见上帝之前,我还是想给她改过的机会的。"

安娜噘起嘴:"雪橇还没准备好。她最好死掉。我不愿见到我的伊丽娜受伤害。"

"头两架雪橇已经就绪,"康斯坦丁答道,"人手也够。有几个人非常渴望把她从这里带走,我会安排的。她安全到达莫斯科后,彼得如果想的话,可以去看女儿。他如果知道前因后果就不会发怒。万事都会顺心。你可以平静下来祈祷了。"

"您的办法最好,巴图席卡。"安娜暴躁地说。这么上心,她想,所有这些都是为了那个绿眼睛的恶魔,那个不该生出来的孽种。但他很聪明,他知道不能任她留在这里,腐蚀那些好基督徒。"您真仁慈。但如果我的伊丽娜遇到危险,我会先要她的命。"

***

万事俱备。粗鲁的老奥列格驾驶雪橇,而蒂莫非的父母充当瓦西娅的仆人和护卫。自从失去了儿子,他们的火炉边空荡荡的。

"我们当然愿意,巴图席卡,"蒂莫非的母亲雅斯娜说,"上帝因为那个小恶魔而生我们的气。如果她早就被送走,我也不会失去孩子了。"

"这里有绳子,"康斯坦丁说,"如果她反抗,就把她的手捆起来。"

在脑海里,康斯坦丁看见那只鹿被猎人击倒,脚被绑着,双眼迷茫,身后的雪地里拖出一条血痕。他感到欲望、羞耻和被满足的骄傲交织在一起。明天,明天她就要走了,还有半个月才到仲冬。

第二十二章

雪花莲

那天晚上安娜·伊凡诺芙娜把瓦西娅叫过来。

"亲爱的瓦西娅!"安娜尖声喊道,把那女孩吓了一跳,"亲爱的瓦西娅,过来!"

瓦西娅抬头瞥了她一眼,她的脸在火光中显得十分憔悴。瓦西娅和阿廖沙在日出时分去了墓地。当他们畏缩地挖开顿娅的墓穴时,却发现里面空空如也。他们在毫无遮蔽的冻土堆两边站着,面面相觑。阿廖沙十分震惊,瓦西娅则面色严肃,像已经料到了这个结果。

"怎么会这样?"阿廖沙说。

瓦西娅深吸一口气。"但就是如此。"她说,"来吧,我们必须保护我们的家。"

两人用积雪铺平顿娅的墓穴后回到家里,感到又冷又累。女人们正分割那匹小马,把马肉放在各家炉子里炖,就着干枯的胡萝卜吃下去。瓦西娅找了个没人的地方大口呕吐,直到把胃里的东西都吐空。

现在又快到夜晚了，顿娅会再次过来，用哭声折磨他们。父亲还没回来，瓦西娅担心得要命。

她迟疑地走到安娜坐的地方。后者身边放着个小木箱，板材用青铜箍在一起。"打开它。"安娜催促她。

瓦西娅探询地看看哥哥，阿廖沙耸耸肩。她跪在箱子前掀起盖子，看到里面叠放着一大块未染色的上好亚麻布。

"亚麻布，"瓦西娅被搞糊涂了，"够做一打衬衫的亚麻布。您是要我整个冬天都做缝纫活吗，安娜·伊凡诺芙娜？"

安娜不由得笑了。"当然不是，这是块圣坛幔布。你可以为它沿边，将它献给你的修道院。"看到瓦西娅仍然很迷惑，她满面笑容地解释，"明早你就要南下，去修道院了。"

有那么一刻，瓦西娅觉得头晕，眼前发黑。她摇摇晃晃地站起来："爸爸知道这事吗？"

"哦，是的。"安娜说，"你和贡赋一起上路，我们已经受够你召唤出来的恶魔了。你黎明时就要动身。人手已经准备好了，还有个女人守护你的贞操。"安娜幸灾乐祸地笑着，"彼得·弗拉基米罗维奇也会这样安排的。也许神圣的姐妹们能教会你服从，我可教不了你。"

伊丽娜显得很不安，但什么也没说。

瓦西娅高昂起头后退，好像被马刺扎中的马。她浑身发抖："继母，这不行。"

安娜的微笑消失了："敢顶嘴？这事已经定了。如果你不愿意走，就用绳子把你捆起来。"

"我说，"阿廖沙插嘴，"没有这么办事的。父亲不在家，他绝不会赞成——"

"他不会吗?"康斯坦丁说。像往常一样,他那柔和而深沉的声音充满了整个房间,在四面墙壁和橡子附近的黑暗空间里回响。大家沉默了。瓦西娅看到多毛沃伊深深蜷缩在火炉里。"他赞同这个做法。在神圣的姐妹中生活也许能拯救她的灵魂。她在这个村子里不安全,得罪了很多人。他们叫你女巫,瓦西丽莎·彼得罗芙娜,你不知道吗?他们叫你恶魔。你若不去,在这严冬结束之前,肯定会被石头砸死。"

连阿廖沙也不说话了。

但瓦西娅开了口,声音嘶哑如渡鸦啼叫。"不,"她说,"现在不行,以后也不行。我没有做任何对不起人的事。我永不进修道院,就算必须住在森林里,给雅加婆婆干活儿,我也不会去修道院。"

"这可不是童话故事,瓦西娅,"安娜尖声打断她,"没人征求你的意见。这是为你好。"

瓦西娅想到了摇摇晃晃的多毛沃伊,想到了在宅子里爬来爬去的死人,还想到了差点儿没躲过去的灾祸。"可是我做了什么呢?"她问,惊恐地意识到自己眼里含着泪水,"我没有伤害任何人。我在尽力救您!巴图席卡——"她转向康斯坦丁,"我把您从水泽仙女手中救出来,当时她想召您到湖边去。我赶走了活死人,或者我试过……"她停下来,哽咽着,拼命喘气。

"你吗,"安娜吸口气,"你把它们赶走?是你把那一大群恶魔召来的!你给我们带来厄运。你以为我没看到吗?"

阿廖沙张开嘴,但瓦西娅抢在他前面:"如果我今年冬天被送走,你们都会死。"

安娜倒吸一口气:"你怎么敢威胁我们?"

"这不是威胁,"瓦西娅绝望地说,"这是事实。"

"事实?你这个小骗子,你嘴里就没有真话!"

"我不去。"瓦西娅说。她的声音是那么刺耳,连噼啪作响的炉火似乎也在颤抖。

"你不去?"安娜说,眼里喷火,但她的举止中有某种东西提醒瓦西娅:她父亲是位大公。"很好,瓦西丽莎·彼得罗芙娜,我给你一个机会。"她的眼睛在房间里转来转去,盯上了伊丽娜头巾上的白色花朵,"我的女儿,我诚实、美丽、孝顺的女儿已经看腻了积雪,想见到些绿意。而你,一个丑陋的女巫,该为她服务。你出去到树林里,给她带回一篮雪花莲。如果你能做到,之后想干什么都可以。"

伊丽娜目瞪口呆。康斯坦丁张口想要反对。

瓦西娅茫然地盯着她的继母:"安娜·伊凡诺芙娜,现在是隆冬。"

"去吧!"安娜尖叫着,狂笑着,"别让我再看到你!给我带些花来,或者去修道院吧!现在你给我滚开!"

瓦西娅依次看着大家的脸:安娜得意扬扬,伊丽娜惊恐万分,阿廖沙怒不可遏,康斯坦丁高深莫测。四壁似乎向中央挤过来;炉火燃尽了所有空气,因此无论胸膛怎样起伏,瓦西娅都喘不过气来。恐惧淹没了她,是那种野兽在陷坑中感到的恐惧。她转身从厨房里跑出去。

阿廖沙在外门处抓住了她。她已经套上靴子,戴上手套,披上斗篷,把头巾裹在头上。他双手抓住她,把她的身体转过来。

"你疯了吗,瓦西娅?"

"让我走！你听到安娜·伊凡诺芙娜的话了。我宁愿在森林里碰碰运气，也不愿永远被关起来。"她颤抖着，眼睛睁得大大的。

"别听她胡说。等爸爸回来。"

"爸爸已经同意了。"瓦西娅想忍住不流泪，但泪水还是顺着脸颊流下来，"否则安娜不敢这样做。人们说所有的不幸是我的错，你以为我没有听到吗？如果留下来，我会像女巫一样被石头砸死。也许父亲是想保护我，但我宁愿死在森林里也不愿死在修道院里。"她的声音哽咽了，"我永不做修女——你听见了吗？永不！"她想挣脱他的手，但阿廖沙紧紧抱住了她。

"爸爸回来前，我会保护你。我会让他明白的。"

"如果村里人都不站在我们这边，你就无法保护我。你以为我没有听到他们私下里讲的话吗，哥哥？"

"所以你就想去森林里，死在那里？"阿廖沙厉声说，"高贵的牺牲？这又能帮到谁呢？"

"我做了所有能做的事，却招来大家的仇恨，"瓦西娅反驳，"如果这是我能做的最后一个决定，至少也是我自己的决定。让我去吧，阿廖沙，我不怕。"

"但我怕，你这个傻姑娘！你认为我会想因为这种傻事而失去你吗？我不会让你走的。"他抱她抱得那么紧，肯定把她的肩膀弄青了。

"你也很傻，哥哥。"瓦西娅愤怒地说，"我是个孩子吗？其他人总是为我做决定。但这是我自己决定的。"

"如果爸爸或柯利亚发疯，我也不会让他们自己决定事情。"

"放开我，阿廖沙。"

他摇了摇头。

她的声音柔和下来:"也许森林里有魔法,足以让我对抗安娜·伊凡诺芙娜,你想过吗?"

阿廖沙短促地笑了一声:"你都这么大了,还相信童话?"

"是吗?"瓦西娅对他笑了笑,但她的嘴唇在颤抖。

阿廖沙突然想起,妹妹总是能看见自己看不见的东西。他垂下双臂,他们看着对方。

"瓦西娅——答应我,一定要回来。"

"给多毛沃伊留面包,"瓦西娅说,"晚上守在火炉边。勇气也许能救你。我已经尽力了。再见,哥哥。我——我会尽力回来的。"

"瓦西娅——"

但她已经溜出了厨房门。

康斯坦丁祭司在教堂门口等她:"你疯了吗,瓦西丽莎·彼得罗芙娜?"

瓦西娅抬起那双绿眼睛嘲弄地看着他,泪水已经干了。她冷静而沉着:"但是巴图席卡,我必须服从我的继母。"

"那就去修道院出家吧。"

瓦西娅笑了:"她只想把我撵出家门。我要么死了,要么就得出家。至于究竟是哪条路,她不在乎。好吧,我会想办法,让我们两人都心满意足。"

"别傻了,你该进修道院。上帝会乐于看到你这样做。"

"是吗?"瓦西娅说,"而你就是上帝的代言人,我想。好吧,既然选择摆在我面前,我就接受它。"她转向树林。

"你不能去。"康斯坦丁说。他的语气使瓦西娅不由得转过身来。两个男人从阴影中走了出来。

"今晚把她关在教堂里,绑住她的手。"康斯坦丁说,眼睛始终没有离开瓦西娅,"明天一早就把她送走。"

瓦西娅撒腿就跑,但只跑出三步。那两个人很强壮,其中一个抓住了她斗篷的下摆。她绊了一跤,四肢伸开,滚在雪地上,惊慌失措。那人扑向她,把她按倒在地。冰冷的雪贴在她脖子上。她感到冰凉的绳子擦过手腕。

她强迫自己放松身体,好像被吓晕过去了。那人更习惯捆绑死去的野兽,因此在摸索绳子时不小心放松了手。瓦西娅听到祭司和另一个人走近的脚步声。

她猛地翻身,尖叫起来,用手指戳向抓住自己的那个人的双眼。他向后躲去,她扭向一边站起来,拼命往前跑。她听到身后有喊叫声、喘息声和脚步声。但她不会再被抓住了,永不。

瓦西娅不停地跑,直到被树影吞没才停下脚步。

***

夜色清朗,脚下坚实的积雪闪着光。瓦西娅跑进树林,气喘吁吁,浑身擦伤,松开的斗篷在身后飘动。她听到村里有人在喊叫。她的足迹在初雪中清晰可见,所以只能靠速度甩开他们。她慌张地从一道阴影冲进另一道阴影,直到喊声渐渐远去,最后消失。他们不敢跟上来,瓦西娅想,他们害怕天黑后进入森林。随后她阴郁地想,他们很明智。

她放缓呼吸,走进树林深处,把失落和恐惧抛在脑后。她倾听,她大叫。但万籁俱寂。林卫没有回答。水泽仙女睡着了,在梦里见到了夏天。风也没有摇动树木。

时间流逝,她不知道究竟过了多久。树木越来越密,遮住了星星。月亮越升越高,投下阴影。云飘了过来,把森林笼罩在黑暗中。瓦西娅一直走着,直到开始犯困,但对睡眠的恐惧使她猛地清醒过来。她向北方和东方都走了一段,之后转向南方。

夜幕降临,瓦西娅一边走一边发抖,牙齿咯咯地撞在一起。尽管穿着厚重的皮靴,她的脚趾还是冻得麻木了。她心里有个小念头,或者说是希望,希望森林里会有什么来帮忙,比如某种命中注定的奇迹或某个魔法。她曾希望火鸟会来,或者"金色鬃毛的马",或者王子变成的乌鸦……愚蠢的女孩才会相信童话故事。冬天的树林对男人和女人都冷漠无情。精灵都在冬眠,根本就没有乌鸦王子这种东西。

好吧,那就死吧。那也比进修道院强。

但瓦西娅还没有向命运屈服。她还年轻,热血沸腾,不愿就这样躺在雪下。

她跌跌撞撞地走着,感到身体越来越虚弱,力量流逝,双手冰冷,嘴唇发凉。她很怕。

夜晚最黑暗的那一刻,瓦西娅停下来,回头看了看。如果她回去,安娜·伊凡诺芙娜会嘲笑她的。她会像鹿一样被绑起来,锁在教堂里,再被送到修道院去。但是她不想死,而她很冷。

瓦西娅看了看两边的树木,意识到自己迷路了。

没关系,她可以沿着来时的路走回去。她又回头看了看。

她的足迹消失了。

瓦西娅压下心中的恐慌。她没有迷路,她不可能迷路。她转身向北走,疲惫的双脚踩在雪地里嘎吱嘎吱地响。地面看起来那么诱人。躺一下也好,就躺一会儿……

黑影隐隐出现在她面前，那是棵扭曲的树，比瓦西娅见过的任何一棵都要大。记忆在翻腾，冲破了她脑中的迷雾。她记起一个迷路的孩子、一棵大橡树和一个睡觉的独眼人。她想起旧时做过的噩梦，眼前只能看到这棵树。是走近些，还是逃跑？她太冷了，已经无法转身。

她听到了哭声。

瓦西娅停了下来，几乎无法呼吸。她停下来时，声音也停下来。但当她再次移动时，声音也跟着她走。模糊的月亮露出头来，月光在雪上留下奇怪的图案。

那里有道白光闪过，就在两棵树之间。瓦西娅加快脚步，双脚麻木，走起来摇摇晃晃。没有宅子在深夜等她回去，没有瓦兹拉给她力量。她的勇气像风中闪动的烛火。那棵树似乎占满整个世界。"到这儿来，"有声音低声咆哮，"走近些。"

咯吱，身后有脚步声传来——那不是她的脚步声。瓦西娅转过身去，什么都没看见。但当她走起来时，就有其他脚随她一起前行。

她离那棵扭曲的橡树有二十步远。脚步声越来越近。她无法思考。这棵树似乎占满整个世界。"再近些。"瓦西娅像个做噩梦的孩子，不敢回头看。

后面的脚突然小跑起来，一声刺耳的、干巴巴的尖叫传来。瓦西娅也开始跑，用尽了最后一点力气。一个衣衫褴褛的身影出现在她面前，站在树下，伸出一只手。它的独眼闪着贪婪的光芒，得意扬扬："我先找到你了。"

接着，瓦西娅听到了新的声音，那是疾驰的马蹄声。树旁的人影愤怒地向她喊道："快点！"那棵树在她面前，那个气喘吁吁的生物在她后面。但有匹白色牝马从左边疾驰而来,疾若星火。瓦西娅被吓得慌了神,转身向马跑去。她用眼角余光瞥见吸血僵尸猛扑过来。死人苍老的脸上,牙齿闪闪发光。

就在此时,白牝马从旁边冲过来,身上的骑手向她伸出手。瓦西娅一把抓住对方的手,接着整个人都被扔到马肩隆上。吸血僵尸扑在她刚站过的雪地上,而马飞奔而去。他们身后传来两声喊叫:一个痛苦,一个愤怒。

骑手没有说话。瓦西娅气喘吁吁,庆幸自己暂时幸免于难,但她没高兴太久。她头朝下挂在马肩隆上,觉得牝马的蹄子每次踏地,都会把自己的五脏六腑从身体里震出来。但他们还是一直飞奔,她的脸和脚已经冻得失去知觉。那只有力的手仍然牢牢揪住她,但是骑手一言不发。这匹牝马的气味和瓦西娅以前见过的任何马都不同,像是奇怪的花香和温暖石头的味道,与这寒冷的夜晚格格不入。

他们跑啊跑,直到瓦西娅再也无法忍受疼痛和寒冷。"求您了,"她喘息着说,"求您了。"

马突然停步,撞得瓦西娅骨头都快散了。她向后滑,从马背上摔了下去,浑身麻木地蜷在雪地里,紧紧捂住受伤的肋骨开始干呕。牝马一动不动地站着。瓦西娅没有听见骑手下马的声音,但他突然就站在了雪地里。她踉跄着站起来,感觉不到自己脚的存在。在这样的夜里,她没戴头巾,雪花落在她的辫子上。她已经不再发抖,感到全身沉重,知觉迟钝。

那人低头看她,她抬头看他。

他的眼睛像水,又像冬天的寒冰一样苍白。

"求您了,"瓦西娅低声说,"我很冷。"

"这里一切都冷。"他答道。

"这是什么地方?"

他耸了耸肩:"北风之源。世界尽头。乌有之乡。"

瓦西娅突然摇晃起来,差点儿摔倒,但那人抓住了她。"告诉我你的名字,小姑娘。"他的声音在周围的树林里引起奇怪的回响。

瓦西娅摇摇头。他的肉体冰冷。她挣脱他的手,结结巴巴地问:"你是谁?"

雪花落在他乌黑的卷发里——他也没戴帽子。他笑了笑,什么都没说。

"我以前见过你。"她说。

"我和雪花一起降临,"他说,"我在人们垂死时到场。"

她认识他。他的手一抓住她的手,她就认出了他:"我要死了吗?"

"也许。"他用冰冷的手托起她的下巴。瓦西娅感到自己的心脏在他手指上跳动。突然一阵剧痛袭来,她呼吸急促,跪倒在地,血管中仿佛结了冰。他随着她跪下。卡拉淳,瓦西娅想,霜魔摩罗兹科。死神,这就是死神。他们会发现我被冻死在雪地里,就像故事里的女孩一样。

她吸了一口气,觉得霜冻已经蔓延到肺里。"放开我,"她低声说,但发现唇舌冻得不听使唤,"如果你想杀我,你就不会在树下救我。"

恶魔的手落下来。她倒在雪里,喘着粗气,缩成一团。

他站起来。"我不会杀你吗,傻瓜?"他说,气得声调都变了,"今晚你发什么疯?为什么要来森林里?"

瓦西娅强迫自己站起来。"有人逼我来。"白马走到她身后，温暖的呼吸喷到她脸上，瓦西娅把冰冷的手指埋在她长长的鬃毛里，"我继母要送我去修道院。"

他的声音充满轻蔑："所以你跑了？你觉得从那头熊爪子下逃脱，比从修道院逃脱更容易，是吗？"

瓦西娅看着他的眼睛："我没有跑。嗯，我确实跑了，但只是……"

她再也说不下去了，用最后一点力气紧紧抓住马。她的思维开始模糊。那匹马把脖子弯起来，石头和鲜花的气味使瓦西娅稍微恢复意识，她紧紧抿住嘴。

霜魔越来越近。瓦西娅伸出一只手，示意他不要靠近。但他把她戴着手套的手合在掌中。"来吧，"他说，"看看我。"他取下手套，把手放在她的手上。

她全身紧绷，以为会很痛，但疼痛并未到来。他的手硬而凉，像河上的冰，却几乎是温柔地贴着她冻僵的手指。

"告诉我你是谁。"随着他的声音，一阵刺骨的寒气喷在她脸上。

"我……我是瓦西丽莎·彼得罗芙娜。"她说。

他的眼睛似乎能看穿她的头骨。她咬着舌尖，没有移开视线。

"那么，幸会。"恶魔说。他放开手往后退了一步，蓝眼睛迸出光亮。瓦西娅感觉对方似乎得意扬扬。"现在再告诉我一次，瓦西丽莎·彼得罗芙娜，"他半开玩笑地补充道，"你在黑森林里游荡干什么？这段时间属于我，不容别人侵犯。"

"我将在黎明上路，被送到修道院，"瓦西娅说，"但是我的继母说，如果我把春天开的白花，就是雪花莲带给她，我就不必去了。"

霜魔瞠目而视，而后大笑起来。瓦西娅惊讶地看着他，继续说："那些人想要抓住我，我逃走了，跑进森林。我太害怕了，脑子都乱了。我本想回去的，但我迷路了。我看到那棵扭曲的橡树，后来我听到了脚步声。"

"愚蠢，"霜魔冷冷地说，"我不是这树林里唯一的主宰。你不应该离开你的壁炉。"

"我是迫不得已，"瓦西娅回答说，眼前突然发黑，因为她暂时积聚起来的体力衰退得很快，"他们要把我送到修道院去，我宁愿冻死在雪堆里。"她浑身发抖，"嗯，那是在我冻僵在雪地里之前的想法，但我没想到会那么痛。"

"是的，"摩罗兹科说，"是的，确实很痛。"

"死人在行走，"瓦西娅低声说，"如果我离开，多毛沃伊就会消失。如果他们把我送走，我的家人就会死。我不知道该怎么办。"

霜魔什么也没说。

"我现在必须回家了，"瓦西娅勉强说，"但我不知道家在哪儿。"

那匹白牝马跺着脚，抖动鬃毛。瓦西娅的腿突然一软，就像还站不稳的初生小马驹。

"在太阳的东边，月亮的西边，"摩罗兹科说，"在下一棵树的后面。"

瓦西娅没有回答。她沉重的眼皮慢慢合上了。

"那么来吧，"摩罗兹科补充说，"够冷的。"瓦西娅摔倒时，他抓住了她。他们旁边有一片枝叶交错的老枞树。他把那个女孩抱了起来。她的头和手耷拉着，心脏无力地跳动。

"这是个爱逃跑的小东西。"牝马对骑手说，鼻子里的气喷到女孩脸上。

"是的，"摩罗兹科回答，"她比我想象的还要坚强，换了其他人早没命了。"

牝马喷着鼻息："你不需要考验她。熊已经这样做了。我们再晚一步，他就会先把她抓走。"

"好吧，但他没有，我们要谢谢他。"

"你会告诉她吗？"牝马问。

"一切吗？"恶魔说，"熊和巫师、蓝宝石的符咒，还有海洋之王？不，当然不行。我会尽可能少地告诉她。希望这足够了。"

牝马摇了摇鬃毛，耳朵也垂了下去，但霜魔没有看见。他大步走进冷杉树丛，怀里抱着那个女孩。牝马叹了口气，跟着走了。

第三部分

第二十三章

乌有的房子

几个小时后瓦西娅睁开眼睛,发现自己躺在人们所能梦想到的最可爱的一张床上。被单是白色的羊毛,又厚又软像雪一样,上面有浅蓝和黄色的色块,就像一月的晴天。床架和柱子被雕刻得好像活生生的树干,床上展开巨大的树枝华盖。

瓦西娅努力在记忆里搜寻。她记得的最后一件事是:花。她一直在找花。为什么?那是十二月。但她得去找花。

瓦西娅喘着粗气,挺直身体,在毯子里挣扎。

她环顾房间,马上躺了回去,全身发抖。

这房间——好吧,如果说那张床很华丽,房间就很奇怪了。起初,瓦西娅以为自己躺在高大的树丛里,头顶高悬浅蓝色的苍穹。但下一刻,她觉得自己似乎在一座木屋里,头上的天花板被漆成淡淡的天蓝色。但她不知道哪一个是真的。她想搞清楚,结果感到头晕。

最后瓦西娅把脸藏在毯子里,决定继续睡觉。她肯定会在家里醒来，顿娅在她身边问她是否做了噩梦。不，那不可能，因为顿娅已经死了，正裹着尸布在树林里游荡。

瓦西娅的脑子飞转。但她想不起来……然后她想起来了。男人们、祭司、修道院。雪地、霜魔、他扼在自己喉咙上的手指、寒冷、一匹牝马。他本想杀了她。他救了她的命。

她又挣扎着想要起身，但只能在毯子里跪坐起来。她绝望地眯起眼睛，但无法阻止房间变化。最后她闭上眼睛，翻滚着找到床的边缘。她翻了下去，肩膀撞到地板上，但她觉得身上有点湿，好像掉进了雪堆里。不对，现在地面光滑而温暖，就像火炉旁堆得整整齐齐的木柴。她觉得自己听到火苗在噼啪燃烧。她摇摇晃晃地站起来。有人之前把她的靴袜脱了下来。她记得自己的脚冻伤了，低头看看自己的脚趾——苍白、毫无血色。

她不能看房子里的任何东西。这到底是个房间，还是空旷天空下的一片冷杉林？她不知道。她闭上眼睛，用受伤的脚摇摇晃晃地站起来。

"你看到了什么？"一个清脆而陌生的声音问道。

瓦西娅转向那声音，不敢睁开眼睛。"一幢房子，"她咕哝着说，"冷杉林。我搞不清。"

"很好，"声音说，"睁开眼睛。"

瓦西娅战战兢兢地照做。那个冷酷的霜魔站在房间中央，至少她可以看着他。他那蓬乱的黑发垂在肩上，面带讽刺，看上去既像个二十岁的年轻人，有时又像个五十岁的战士。与瓦西娅见过的其他男人不同，他的胡子剃得很干净，也许正是这一点使他的脸看上去特别年轻。当然，他有一双苍老的眼睛。她看着它们想：我没见过有什么东西能老成这样,却还能活着。这个想法使她害怕。

但她的决心压过了恐惧。

"求您了,"瓦西娅说,"我必须回家。"

他用浅色双眼把她上下打量了一番。"他们把你赶出家门,"他说,"他们会把你送到修道院。这样你还要回家?"

瓦西娅使劲咬着嘴唇:"如果我不在的话,多毛沃伊将会消失。也许我父亲现在已经回来了,我可以让他明白。"

霜魔审视她一会儿。"也许吧,"他终于说,"但是你受伤了,还很累,即使在场,也帮不上多毛沃伊。"

"我必须试试,我的家人有危险。我睡了多久了?"

他摇了摇头,微微冷笑,带着种干巴巴的幽默感:"这里只有今天,没有昨天也没有明天。你可以待一年后回家,然后发现自己不过刚刚离家。你睡多久都没关系。"

瓦西娅沉默不语,仔细思考。最后她低声问:"这是哪里?"

雪中度过的那个夜晚模糊了她的记忆,但她觉得自己还能想起对方脸上的冷漠、恶意和悲伤。现在他看起来觉得好笑的样子。"我家里,"他说,"既然我还算有个家。"

这等于没说。瓦西娅把话咽了回去,但那人一定从她脸上看出来了。

"我担心,"他口气严肃,但双眼放光,"你有天赋,或者是被诅咒了。你的族人可能会称之为'天眼'。我的房子是一片杉树林,你一眼就能看出来。"

"我该怎么办?"瓦西娅咬紧牙关,从牙缝里咝咝地说,简直无法维持礼貌,因为觉得再过一会儿,自己就会倒在他脚下的地板上呕吐。

"看看我,"他的声音压迫着她,似乎在她的脑壳里回响,"只看着我。"她抬头看着他的眼睛,"你在我家里,记住这点就行了。"

瓦西娅半信半疑地把这句话重复一遍。再看时,墙似乎变结实了。她正待在一座粗陋宽敞的房子里,梁木上的雕刻已破旧,天花板的颜色像正午的天空,房间另一边的大火炉热烘烘的。墙上的挂毯上织着雪地里的狼、冬眠的熊、驾着雪橇的黑发战士等画面。

她努力把目光移开:"你为什么把我带到这儿来?"

"是我的马坚持要的。"

"你要我。"

"我有吗?你在森林里游荡得太久了,手脚都冻僵了。也许你应该感到荣幸,我可不经常请客人来访。"

"那我确实很荣幸。"瓦西娅说。她想不出别的话可说。

他又仔细端详了她一会儿:"你饿了吗?"

瓦西娅听出他有些犹豫。"也是你的马建议这样问的吗?"她不禁说。

男人笑了,她觉得他看起来有点惊讶:"是的,当然。她生过许多小马驹,我相信她的判断。"

他突然歪了歪头,蓝色的眼睛在燃烧。"我的仆人会照顾你的,"他补充说,"我得离开一会儿。"他的脸上没有一丝人情味,有那么一会儿,瓦西娅根本看不见他,只看见一阵风缠绕古树的枝干,一边上升,一边得意扬扬地号叫。她眨眨眼,赶走那一幕。

"再见。"说完,霜魔就走了。

被他的突然离去吓了一跳,瓦西娅小心地环顾四周。挂毯吸引了她，毯子上的狼、人和马匹栩栩如生，看上去会随着一阵冷风跳到地板上。她在房间里走来走去，一边走一边打量着他们。最后她来到炉子前，伸出冻僵的手指。

马蹄声。瓦西娅转过身，那匹白牝马正向她走来，身上什么马具也没戴，长长的鬃毛像冒着泡沫的、喷涌的小瀑布。她似乎是从对面墙上的一扇门里钻出来的，但那门是关着的。瓦西娅盯着她看，那牝马摇了摇头。瓦西娅记起礼节，鞠了一躬："谢谢您，女士。您救了我的命。"

牝马抽动着一只耳朵："小事一桩。"

"但对我来说不是。"瓦西娅有些粗暴地说。

"我不是那个意思，"牝马说，"我的意思是，你和我们是一样的生物，是由这世界的原始力量形成的。就算没有我们，你也可以救自己。你不为修道院而生，也不为熊而生。"

"是吗？"瓦西娅说，想起了那通奔跑、恐惧和黑夜中的脚步声，"我在这方面做得不太好。但您说的原始力量是什么意思？我们都是由上帝创造出来的呀。"

"是上帝教会你说我们的语言吗？"

"当然不是，"瓦西娅说，"是瓦兹拉，因为我给他供品。"

牝马用蹄子刨着地板。"我比你记得更多，看到的也更多，"她说，"在未来相当长的一段时间内，也将是这样。我们不会向太多人开口，马的精灵也不在人前现身。你生来具有魔力。你必须重视这一点。"

"那就是说，我被诅咒了？"瓦西娅惊恐地低声说。

"我不懂'被诅咒'。你就是这样的生物，正因为如此，你可以去任何想去的地方，走过和平、遗忘，或火坑。但你总有选择的余地。"

短暂的停顿。瓦西娅的脸很痛，她的视野开始破碎。白雪覆盖的乡村顽强地在视野边缘探出头来。

"桌子上有蜂蜜酒，"牝马看着女孩耷拉着的肩膀说："你应该先喝点酒，再休息。醒来时会有食物。"

瓦西娅从晚饭以后就没有吃过东西，之后就冒险进了森林。过了一会儿，她的胃才大叫着提醒她。炉子的另一边放着张木桌，年代久远，颜色黝黑，雕工繁复。桌上有把银壶，镶着银色花环。杯子由锻打后的银片做成，上面镶着火红色的宝石。女孩一时忘记了饥饿。她举起杯子，将它对着光线端详："它很美。"她疑惑地转头看向牝马。

"他喜欢各种物件，"她说，"虽然我不明白为什么。而且他爱把东西送人。"

酒壶里确实有蜂蜜酒，清淡而酒劲大，像冬日的阳光一样刺人。喝了之后，瓦西娅突然昏昏欲睡，眼皮沉重，只能放下银杯。她默默地向那匹白马鞠了一躬，跌跌撞撞地回到那张大床上。

***

整整一天，风暴席卷罗斯北部冰封的大地。村民们跑进屋，把门锁上。甚至连季米特里在莫斯科的木质宫殿中的炉火也在风中飘摇，发出阵阵噼啪声。老人和病人都知道自己大限已至，在号哭的风中撒手离开人世。而生者感到危机临近，拼命画十字。但是到了晚上，天空平静下来，似乎要下雪了。那些熬过死神召唤的人露出笑容，因为知道自己不会有生命危险了。

黑发男人从两棵树中间冒出来，抬头看着被云彩撕裂的天空，扫视逐渐堆积起来的阴影,眼睛闪着非人类的蓝光。他身处冬春换季时的大地,他的织锦长袍黑如午夜,上面镶着毛皮。他脚下盛开着重重雪花莲。

歌声在刚入夜时响起:微弱、温柔、甜美。倾听时,摩罗兹科体会到了自己施展的魔法的邪恶一面。因为音乐让他想起了悲伤——缓慢流逝的、充斥着悔恨的时光。这是他千年来没有感受到的,也无法感受到的悲伤。

他漫不经心地往前走,来到一棵树前,树上有只夜莺在黑暗中歌唱。

"小家伙,你能和我一起回去吗?"他问。

这只小动物跳到一根较低的树枝上,仰起暗褐色的头。

"像你的兄弟姐妹曾经的那样生活,"摩罗兹科说,"我为你找了个伴。"

那只鸟温柔地唱出颤音。

"否则你就不能获得力量,而且这人慷慨又热心。"

小鸟啾啾叫了几声,扇动褐色的翅膀。

"是的,你们会遇见死亡,随后才可能有欢乐或荣耀。或者你会选择留在这里,永远歌唱吗?"

那只鸟犹豫一下,刺耳地大叫一声跳下树枝。摩罗兹科目送它飞走。"那么,跟我来。"他轻声说。这时周围又刮起了风。

***

霜魔回来时瓦西娅还在睡觉,牝马在火炉边打盹儿。

"你在想什么?"他低声问牝马。

牝马正要回答,却被一声嘶鸣和哗啦声打断。一匹枣红牝马冲了进来，双眼间有颗星星。他哼了一声，跺着脚，把雪从身上抖掉。

牝马的耳朵垂回原处。"我想，"她说，"我的儿子到他不该来的地方了。"

这匹牝马虽然像牡鹿一样优雅，但仍有些长腿小马驹的感觉。他警惕地看着母亲。"我听说这儿有位战士。"他说。

牝马甩了甩尾巴："谁告诉你的？"

"是我，"摩罗兹科说，"是我把他带回来的。"

牝马瞪着骑手，耳朵直竖，鼻翼颤动："你是为了她？"

"我需要那个女孩。"摩罗兹科严肃地看着牝马，"你也知道，如果她蠢到会大晚上在熊的森林里游荡，那么她需要一个伴。"

瓦西娅醒了，从床上滚下来，发出"啪"的一声打断了他的话。她还不习惯睡在雪堆里。

那匹高头大马深红色的皮毛在火光中泛着黑色光泽。他碎步走过去，竖起耳朵。瓦西娅还没完全醒过来。她揉着酸痛的肩膀抬头看，发现自己正与一匹巨大的年轻牡马四目相对，吓得僵住了。

"你好。"她说。

那匹马很高兴。

"你好，"他回答，"到我背上来。"

瓦西娅爬起来，觉得比上次醒来时头脑要清醒得多。但是她的面颊在抽动，她只好努力睁大眼睛好看清眼前的牝马，不去注意那些他周围飘动的羽毛般的影子。视线稳定下来后，她看着他的背，两只手举过头顶，心里有些怀疑。

"我很荣幸能骑你。"她彬彬有礼地道。但摩罗兹科听出她的冷淡，咬了下嘴唇。"不过，也许可以稍等片刻，让我穿上衣服。"

她扫视房间，但是她的斗篷、靴子和手套都不见了。除了皱巴巴的内衣，她什么也没穿，只有顿娅的吊坠冰冷地贴在胸前。她睡觉时辫子散开了，红黑相间的浓密头发如幕布般垂到腰间。她将头发从脸上撩开，以一种逞强的姿态向炉火走去。

白马站在炉边，头边站着霜魔，两者的表情如出一辙，吓了瓦西娅一跳。男人的眼睛盖在兜帽下，牝马的耳朵支棱着。枣红牡马温暖的呼吸吹进她的头发。他跟得太紧，鼻子撞到了她的肩膀。瓦西娅不假思索地摸摸他的脖子。马的耳朵高兴地转了一下，她笑了。

尽管有两匹身材高大、体格健壮的马站在那里，显得很不协调，但炉火前还是有很大的空间。瓦西娅皱起眉头。她上次醒来时，房间似乎没有现在这么大。

桌子上放着两个银杯和一把细长的水壶。暖暖的蜂蜜香味飘过房间。一盘新鲜草药旁边摆着条黑面包，闻起来有黑麦和茴芹的味道。桌边放着碗梨，另一边放着碗苹果，后面是一篮白花，花朵温顺地微微下垂。雪花莲。

瓦西娅停下脚步凝视。

"你就是为这个来的，对吗？"摩罗兹科问。

"我没想到真的会有！"

"你运气好呀。"

瓦西娅看着花，什么也没说。

"来吃吧，"摩罗兹科说，"我们过会儿再谈。"瓦西娅张嘴想争辩，但她空空如也的肚子在大叫，于是她只好忍着好奇心坐下来。他坐在她对面的凳子上，靠在牝马的肩膀上。她审视着食物，那种表情使他不禁撇撇嘴。"这不是毒药。"

"我猜也不是。"瓦西娅半信半疑地说。

他掰下一块面包递给索洛维,牡马迫不及待地叼住它。"来吧,"摩罗兹科说,"不然你的马会把它吃光的。"

瓦西娅小心翼翼地拿起苹果,一口咬下去。冰凉的甜味使味蕾沉醉。她伸手去拿面包。还没等她回过神儿来,碗已经空了,半条面包也不见了。她吃饱后坐在那里,用面包和水果喂那两匹马。摩罗兹科没有吃东西。她吃完后,他倒了蜂蜜酒。瓦西娅用银雕的杯子喝酒,尽情享受寒冷的阳光和冬天的花朵。

他的杯子和她手中的是一对,只除了边上镶的石头是蓝色的。瓦西娅默默喝酒,然后把空杯子放在桌上,抬眼看着他。

"现在做什么?"她问他。

"这取决于你,瓦西丽莎·彼得罗芙娜。"

"我必须回家,"她说,"我家人有危险。"

"你受伤了,"摩罗兹科回答,"你还没有意识到自己伤得有多重。你得一直待在这里直到痊愈。"他更温和地补充,"等你回到家时,会发现不过是离开时的次日黎明。我保证。"

瓦西娅什么也没说。她没有争辩,说明她很疲倦。她又看了一眼雪花莲:"你为什么给我这些花?"

"你可以选择把那些花带给继母,或者去修道院。"摩罗兹科点点头,"好吧,那么,你有了它们,就可以做你想做的事了。"

瓦西娅迟疑地伸出食指,轻抚着一片柔滑潮湿的花瓣:"它们是从哪里来的?"

"我国土的边缘。"

"在哪里?"

"解冻时。"

"但那不是一个地点。"

"不是吗?它代表了很多东西。就像你和我也代表了很多东西,我的房子也一样。甚至那匹把鼻子放在你膝盖上的马也代表了很多。拿着你的花,别多问了。"

绿眼睛再次盯着他,是反对,而非试探:"我不喜欢不明不白的答案。"

"那就别半吞半吐地问问题了。"他笑起来,刹那间风华照人。她脸红了。那匹牝马把头伸过来舔她受伤的手指,她皱起眉头。

"啊,"摩罗兹科说,"我忘了。还痛吗?"

"有一点。"但她不肯看他的眼睛了。

他绕着桌子走过来,跪下来,和她脸对脸:"可以让我看看吗?"她吞了口唾沫。他一只手托起她的下巴,把她的脸转向火光。他在森林里碰过她的脸,现在那处地方有黑色痕迹。她的手指尖和脚趾末端是白色的。他检查了她的手,指尖划过她冻伤的脚。"别动。"他说。

"为什么——"她话还没说完,他已经把手放在她的下巴上,手指突然烫得灼人,她觉得会闻到身上发出的焦味。她想挣脱,但他的另一只手按在她脑后,手指插进头发里。她的呼吸颤抖,喉咙里发出刺耳的声音。他的手滑到她的喉咙上,于是灼烧感更强烈了。她吓得尖叫起来。就在她以为自己再也熬不过去时他放手了。她瘫在枣红牝马身上,马的呼吸喷在头发上,她感觉很舒服。

"对不起。"摩罗兹科说。虽然他的手烫得吓人,身边却寒冷刺骨。瓦西娅意识到自己在发抖。她摸了摸受伤的皮肤——光滑温暖,毫无瑕疵。

"不痛了。"她强自镇定。

"是的。"他说,"我能治愈某些伤口,但对方总要吃点苦头。"

她低头看看脚趾,又看看冻坏的指尖:"总比跛脚强。"

"你说得没错。"

但当他碰到她的脚时,她还是禁不住流下眼泪。

"能把手给我吗?"他问。她犹豫了一下。她的指尖被冻伤了,一只手用亚麻布草草包着,保护掌中那个锯齿状的洞。这个洞还是那晚为保护康斯坦丁免受吸血僵尸伤害留下的伤口。那种痛苦现在想起来仍是刻骨铭心。他没有等她回答就开始施法术。指尖重新变成粉红色,重新感受到温暖,同时她用尽全身力气,不让自己哭出来。

最后,他拿起她的左手,解开亚麻布。

"是你伤害了我,"瓦西娅说,试图分散自己的注意力,"就是吸血僵尸来的那晚。"

"是我。"

"为什么?"

"这样你才能看到我,"他说,"才会记住我。"

"我以前就见过你。我没有忘记。"

他埋头工作。但她看到了他嘴角的弧度,那是揶揄的笑,带着点苦涩。"但你并不确定,我离开后你就不会相信自己曾看到和听到的东西了。我曾是人类家里的贵客,但现在不过是道影子。"他说。

"那独眼人是谁?"

"我哥哥,"他简短地说,"也是我的敌人。说来话长,今晚先不谈这个。"他把亚麻绷带放在一边。瓦西娅极力忍住握拳的冲动。

"这比冻伤更难治。"

"我之前把它解开了好几次，"瓦西娅说，"这似乎能保护宅子。"

"是的，"摩罗兹科说，"你的血能做不少事。"他摸了摸伤口，瓦西娅痛得一缩，"但现在还不行，你还年轻。瓦西娅，我能治好它，不过会留下印记。"

"那就动手吧。"她说，声音忍不住颤抖起来。

"很好。"他伸手到地板上抓起一把雪。有一段时间，瓦西娅不知身在何处。她看到了杉树林、地上的雪、蓝色的暮光和红色的火光。但后来房子在她周围重新成形，摩罗兹科把雪压进手掌上的伤口。她全身僵硬，觉得痛得更厉害了。她忍住不尖叫，身体一动也不动。但疼痛超出了她忍耐的极限，她发出一声哭叫，才重新忍住。

疼痛突然消失。他放开她的手，使她差点儿摔下凳子，但枣红牡马救了她。她靠在他温暖的肚腹上，抓住鬃毛稳住自己。牡马垂下头，轻舔她颤抖的手。

瓦西娅把他推到一边，发现掌心的伤口不见了，只留下一个冰冷的正圆形浅色印记。

她对着火光转动那只手，看到那印记仿佛能反射光线，就像一片埋在皮肤下面的冰。不，她又在胡思乱想了。

"谢谢。"她把双手按在膝上，不让别人看见它们在颤抖。

摩罗兹科起身后退，低头看着她。"你会痊愈的，"他说，"休息吧。你是我的客人。至于你的问题，到时会有答案的。"

瓦西娅点了点头，愣愣地盯着自己的手。当她再抬头看时，他已经不见了。

第二十四章

我见过你心中的欲望

"去找她！"康斯坦丁厉声说道，"带她回来！"

但那些人不愿意进入森林。他们跟着瓦西娅的脚印走到森林边缘就畏缩不前，嘴里嘀咕着说林子里有狼群和恶魔，而且天气那么冷。

"上帝现在会审判她，巴图席卡。"蒂莫非的父亲说，奥列格也点头表示同意。康斯坦丁被说中心事，犹豫不决。林中的黑暗似乎不容侵犯。

"你们说得对，我的孩子，"他沉重地说，"上帝会审判她。愿上帝与你们同在。"他画了个十字。

男人们垂着头走回村去，凑在一起交头接耳。康斯坦丁回到空荡荡的冰冷小屋，觉得晚上喝的粥还沉甸甸地坠在胃里。他在圣母像前点了支蜡烛，一百道影子沿着墙壁跃起，大发雷霆。

"邪恶的仆人，"影子的声音咆哮着，"为什么把女巫放跑到森林里？我告诉过你，必须抓住她！她必须去修道院！我生气了，我的仆人。我很不高兴。"

康斯坦丁佝偻着身子跪下。"我们尽力了,"他恳求道,"她是个恶魔。"

"那恶魔和我弟弟在一起,如果他够聪明,能看到她的力量……"

蜡烛渐渐熄灭。蜷缩在地板上的祭司突然定住,犹如石像。"你弟弟?"康斯坦丁低声说,"但你……"蜡烛熄灭了,只有黑暗在呼吸。"你到底是谁?"

长长的静寂,时间慢慢流逝。那声音大笑起来。康斯坦丁不确定自己是否听到了笑声,也许只是看到了,因为墙上的影子在颤动。

"是我召来暴风雨,"那声音低语着,带着某种满足之意,"有一次你曾这样称呼。但很久以前人们称我为熊——梅德韦季。"

"你是魔鬼!"康斯坦丁小声说,紧握双拳。

所有的影子都笑了:"随你的便。但是我和你称之为上帝的家伙有什么区别呢?我也喜欢人们以我之名做事。如果你愿意按我的吩咐去做,我同样能赐你荣耀。"

"你,"康斯坦丁小声说,"但我以为……"他曾自视甚高,觉得自己与众不同。但他只是个可怜的骗子,按恶魔的命令行事。瓦西娅……他的喉咙哽住了。在他的灵魂深处,有个骄傲的女孩在夏日的阳光下骑马,和她哥哥在炉边凳子上大笑。"她会死的。"他用拳头捂住眼睛,"而我成了你的帮凶。"即使在说话时,他也在想:永远不能让他们知道这些。

"她本该去修道院的,或者到我这儿来,"那声音听起来带着微弱的怒意,"但现在她和我弟弟在一起。与死神在一起,却还没有死。"

"和死神在一起？"康斯坦丁低声说，"没死？"他想让她死。他想让她活着。他真希望自己死了。如果那声音再说下去，他会发疯的。

寂静。当他再也受不了的时候，那声音又来了："最重要的是你想要什么，康斯坦丁·尼科诺维奇？"

"没什么，"康斯坦丁说，"我什么都不想要。走开。"

"你活像个闹别扭的姑娘，"那声音阴沉地说，再次变得柔和下来，"没关系，我知道你想要什么。"它笑着说，"神的仆人，你想清洁自己的灵魂，是吧？你想让那个无辜的女孩回来，对吗？好吧，你知道的，我能把她从死神手中夺回来。"

"她最好死去，离开这个世界。"康斯坦丁低声说。

"死之前，她将饱受折磨。我可以救她，只有我能。"

"那就证明给我看吧，"康斯坦丁说，"带她回来。"

那影子嗤之以鼻："真没诚意，神的仆人。"

"你想要什么？"这句话哽在康斯坦丁的喉咙里。

影子的声音乐不可支："哦，康斯坦丁·尼科诺维奇，你的问题真棒。就像人之子问我想要什么一样。"

"是什么？"康斯坦丁厉声问道。若我耳中有这样的声音，我又如何行义事呢？如果他能带她回来，我的罪就赎了。

"小事一桩，"那声音说，"小事一桩。一命还一命。你想让小女巫回来，但我必须为自己找个女巫。给我个女巫，我就把你的还给你。然后我就离开。"

"你是什么意思？"

"黎明时分，带个女巫去森林边上，去橡树那儿。你一看到那个地方就会明白。"

"之后会发生什么事呢？"康斯坦丁说，声音小到几乎听不到，"我指的是——我为你带来的那个女巫。"

"好吧，她不会死的，"那声音笑了起来，"死亡对我有什么好处？死神是我的弟弟，我恨他。"

"但是这里除了瓦西娅，没有别的女巫。"

"女巫必须有天眼，上帝的仆人。只有那小姑娘有天眼吗？"

康斯坦丁沉默了。在他脑海中有个臃肿的人形跪在圣障下面，用潮湿的手抓住自己的手。她的声音在他耳边响起："巴图席卡，我看到恶魔了。无处不在，无时不有。"

"好好想想，康斯坦丁·尼科诺维奇，"那声音说，"必须在日出前把她交给我。"

"我怎样才能找到你？"这句话比雪落的声音还要柔和，凡间的人是听不见的。但是影子听到了。

"到树林里去吧，"影子嗖嗖地说，"寻找雪花莲。之后你就会知道。给我一个女巫，把你自己的带回来；给我一个女巫，你就自由了。"

第二十五章

爱上女孩的鸟

阳光抚摩着瓦西娅的脸,她睁开眼睛,眼前是淡蓝色的天花板——不,是开阔的天空。她的感觉又开始混乱,脑中空白一片,接着她记起来了。我在冷杉林中的房子里。一个长着胡须的下巴顶顶她的脸。她睁开眼睛,发现自己又一次和那匹枣红牡马大眼瞪小眼。

"你睡了太久了。"那马说。

"我还以为你是个梦。"瓦西娅好奇地说。她已经忘了梦中马的个头儿,还有他火热的黑眼睛。她把他的鼻子推开,坐起身来。

"我通常不是。"马回答说。

瓦西娅突然想起了昨夜发生的一切:仲冬的雪花莲、面包和苹果、舌尖上浓烈的蜜酒、抚在她脸上的苍白长手指。疼痛。她猛地把手从毯子里抽出来,看到手掌中央有个苍白的印记。"那也不是梦。"她低声说。

那匹马担心地看着她。"最好相信一切都是真实的。"他说,就好像在劝说疯子，"如果你在做梦，我会告诉你的。"

瓦西娅笑了。"一言为定，"她说，"我现在醒了。"她从床上滑下去，觉得全身不像之前那么痛了。她头脑清醒。除了熊熊燃烧火苗的噼啪声和爆裂声，这房子看起来仍然像正午的森林。一个冒着热气的小锅放在炉边。瓦西娅走到火边，发现了一顿堪称奢侈的美餐：粥、牛奶和蜂蜜。她开始吃，牡马在她身边徘徊。

"你叫什么名字？"她吃完后问。

那匹牡马正忙着舔她的碗。他先向她竖起耳朵，然后说："他们叫我索洛维。"

瓦西娅笑了："夜莺。你个头儿这么大，名字却这么小。谁给你起的？"

"我出生时，正是黄昏，"他严肃地说，"或者说我是被孵出来的，我记不得了。那是很久以前的事了。有时我在地上跑，有时我记得如何飞行。因此，他们给我取了这个名字。"

瓦西娅瞪大眼睛："但你又不是鸟。"

"你都不知道自己是谁，还能知道我的来历吗？"马反驳道，"我叫夜莺，理由很重要吗？"

瓦西娅没有回答。索洛维吃完粥，抬起头来看着她。他是她见过的最可爱的马。米什、梅泰尔、奥贡——如果说他是鹰，那他们就都是麻雀。"昨晚，"瓦西娅迟疑地说，"昨晚，你说你会让我骑的。"

牡马嘶鸣一声，蹄子踏在地板上咔嗒作响。"妈妈说我应该有耐心，"他说，"但我总是性子急。过来骑吧。以前从来没人骑过我。"

瓦西娅突然怀疑起来，但她又重新梳理了一下纠结的头发，穿上外套、斗篷、靴子、戴上手套——这些都躺在火旁。她跟着马走进刺眼的阳光中。积雪厚厚地铺在她脚下。瓦西娅看了看牡马高高的、光溜溜的背。她活动四肢，发现它们绵软无力。那匹马骄傲地站着，满眼期待，像从童话中走出来的一样。

"我想，"瓦西娅说，"我需要个树桩踏脚。"

竖起的马耳朵耷拉下来："树桩？"

"一个上马桩。"瓦西娅坚定地说。她向某个现成的树桩走去，那棵树已经裂开倒下。马慢悠悠地跟在后面，好像在考虑重新选择骑手。但他还是站在树桩旁边，看起来一脸痛苦，瓦西娅踩在树桩上轻盈地翻身上马。

他全身肌肉僵硬，抬起头来。瓦西娅以前骑过几匹小马，知道会有这样的情况，于是她静静地坐着不动。

最后这匹高大的牡马喘了口气。"很好，"他说，"至少你个头儿很小。"但当他走起来时，步态有些扭捏，还不时往旁边偏。每隔几秒钟，他就转过头去看背上的女孩。

**

一人一马跑了一整天。

"不对，"瓦西娅第十次说，"你必须低下头，后背用力。现在骑在你身上就像骑着根圆木，一根又粗又滑的圆木。"她没想到在森林雪地里熬过的那晚让自己变得这样虚弱，使人马之间的磨合难上加难。

牡马扭过头来怒目而视："我知道怎么走路。"

"但不知道如何驮人，"瓦西娅反驳，"这是不同的。"

"我驮着你，感觉很怪。"牡马抱怨道。

"这种感觉我体会不了,只能想象,"瓦西娅说,"如果你不愿意,就不用驮我。"

那匹马什么也没说,抖抖黑鬃毛。"我要驮你。我妈妈说这件事需要练习。"他听上去满怀疑云,"好吧,够了。让我们再试一次。"他猛冲出去。瓦西娅大惊失色,身体前倾,用腿紧紧夹住马肚。牡马在林间狂奔。瓦西娅发现自己在大声呼喊。他像猎豹一样优雅,也一样悄无声息。人和马飞驰起来,宛若一体。那匹马跑得如行云流水,整个白色世界任他驰骋。

"我们必须回去了。"瓦西娅脸涨得通红,气喘吁吁地大笑。索洛维放慢脚步小跑,抬起头,鼻孔发红。他兴高采烈地弓背跃起,瓦西娅紧紧贴在他身上,希望自己别被甩下去。"我累了。"

马很不满,竖起一只耳朵对着她。但他叹了口气,转身飞驰。很快她就看到了冷杉林。瓦西娅滑下来,脚落地时感到一阵剧痛。她倒在雪地上,气喘吁吁。她刚痊愈的脚趾麻木了。骑行几个小时后,她仍然觉得虚弱。"但是房子在哪里呢?"她咬紧牙关站起来。眼前只有冷杉林。暮色四合,树林笼罩在紫罗兰色的星空下。

"找是找不到它的,"索洛维说,"你别紧盯着看。"瓦西娅照办,随后视野边缘闪过一道亮光,那是林中小屋。马走在她旁边,她有点羞愧,因为她需要靠在他温暖的肩膀上。他用膝盖轻推她进门。

摩罗兹科还没回来。但有看不见的手在热烘烘的炉边放下食物,还有辛辣的热饮。她用布擦干索洛维,刷他的毛,还梳长鬃毛——之前没人替他梳理过毛。

"真傻,"她一边梳,马一边对她说,"你累了。我的毛刷不刷都没什么区别。"但她格外小心地照顾他的尾巴,他看起来非常开心。她刷完毛后，他用鼻子轻触她的面颊。她吃饭时，他全程都在检查她的头发、脸和晚餐，好像怀疑她藏了什么东西似的。

"你从哪里来？"瓦西娅受不了了，开始用面包屑喂那匹贪得无厌的马，"你是在哪里出生的？"索洛维没有回答，而是伸长脖子，用发黄的牙咬住一个苹果。"你的父亲是谁？"瓦西娅坚持问。索洛维还是什么都没说，偷偷叼起她剩下的面包，走到一边慢吞吞地嚼。瓦西娅叹了口气，放弃了。

***

瓦西娅和索洛维每天都一起出去。三天后，牡马驭人的技巧更加熟练，瓦西娅的体力也慢慢恢复。

他们第三天晚上回到家里时，摩罗兹科和白马正在等他们。瓦西娅一瘸一拐地跨过门槛，很高兴自己能不用别人搀扶。她看见他们，停下脚步。

那匹牝马站在火旁，懒洋洋地舔着一块盐；摩罗兹科坐在火堆的另一边。瓦西娅脱下斗篷，走到炉前。索洛维走到他平常的位置，满怀期待地站着。对从未被理过毛的马来说，他适应得很快。

"晚上好，瓦西丽莎·彼得罗芙娜。"摩罗兹科说。

"晚上好。"瓦西娅说。她吃惊地看到霜魔手里拿着把刀，正在削一块纹理细密的木头。在他灵巧的手指下，一朵木花慢慢成形。他把刀放在一边，蓝眼睛上下打量她。她不知道他看到了什么。

"我的仆人对你尽心吗？"摩罗兹科问。

"是的，"瓦西娅说，"非常好。感谢您的盛情款待。"

"不客气。"

她为索洛维梳洗，他保持沉默，但她觉得他在看着自己。她从上到下给马擦身,把他纠结的鬃毛梳通,接着自己也洗了脸。食物上桌后,她开始狼吞虎咽。桌子上满是好吃的东西:奇怪的水果、坚果、奶酪、面包和凝乳。瓦西娅终于坐直身体,放慢用餐的速度,正巧看到摩罗兹科讽刺的表情。"我饿了,"她充满歉意地说,"我们在家吃得不好。"

"我完全相信,"他回答说,"你在隆冬时看起来像个鬼魂。"

"是吗?"瓦西娅不高兴地道。

"差不多吧。"

瓦西娅沉默着,火苗越烧越低,房间里的光线从金黄色过渡到红色。"你去哪儿了?"她问。

"在我喜欢的地方,"他说,"这里是人类世界的冬天。"

"你睡觉吗?"

他摇了摇头:"不是你想的那种。"

瓦西娅不由自主地瞥了一眼那张大床:黑色的床架、雪堆般的毯子。她把问题咽回去,但摩罗兹科明白了她的想法,意味深长地挑起一条眉毛。

瓦西娅脸红了,赶紧喝了一大口饮料来掩饰。当她抬头看他时,他正在笑。

"你不必摆出这么一张正经的脸给我看,瓦西丽莎·彼得罗芙娜。"他说,"那张床是我的仆人做的,是给你睡的。"

"那你——"瓦西娅的脸红得更厉害了,"你从不……"

他又开始雕刻,从木头花朵上弹下另一片刨花。"常事。当这个世界还年轻时,"他温和地说,"他们会把少女们留在雪地里献给我。"瓦西娅打了个寒战。"有时候她们死了,"他说,"有时候她"

们很顽固，或者很勇敢，就会逃得一命。"

"她们怎么样了？"瓦西娅问。

"她们带着财富回家了，从此富比王侯。"摩罗兹科干巴巴地说，"你没听过那些故事吗？"

瓦西娅仍然脸红着，嘴张开又闭上，脑子里闪过数十个念头。

"为什么，"她艰难地说，"你为什么救我？"

"因为我觉得这样很有趣。"摩罗兹科说，眼睛没有离开自己的作品。雕完花后，他放下刀，拿起块玻璃——或冰块，开始打磨。

瓦西娅偷偷地抚摩冻伤的脸："是吗？"

他什么也没说，隔着火堆看着她的眼睛。她咽了口唾沫。

"你为什么救了我的命，又想杀了我？"

"勇敢的人活着，"摩罗兹科回答，"懦夫死在雪地里。我不知道你是哪个。"他放下花，伸出手，长长的手指拂过伤口所在的地方，即她的脸颊和下巴。他的拇指找到她的嘴，呼吸在她的喉咙里颤抖。"血统是一回事，天眼是另一回事，但勇气比它们更珍贵，瓦西丽莎·彼得罗芙娜。"

血液冲击着瓦西娅的皮肤，她能感觉到空气中的每一次震动。

"你的问题太多了。"摩罗兹科突然说，手垂下来。

火光中，瓦西娅用大眼睛盯着他。"这太残忍了。"她说。

"你会走很长的路，"摩罗兹科说，"如果你没有勇气去面对它，最好就安静地死在雪地里，这比别的下场要好得多。也许那样才是真为了你好。"

"不太好，"瓦西娅说，"而且也不是为我好。你伤害了我。"

他摇了摇头，又开始雕刻。"那是因为你反抗，"他说，"你本来不必受伤的。"

她转过身来倚在索洛维身上,沉默了很久。

他低声说:"原谅我,瓦西娅。不要害怕。"

她直视他的眼睛:"我不怕。"

***

第五天,瓦西娅对索洛维说:"今晚我要把你的鬃毛编起来。"

他不怕,但她觉得他所有的肌肉都僵硬了。"不需要。"他说,把鬃毛甩到一边。那沉重的黑色幕布晃起来仿佛女子的长发从脖颈上垂下来,有种不现实的、荒谬的美。

"但你会喜欢的。"瓦西娅哄他说,"你不是不喜欢它飘到眼睛里吗?"

"不要。"索洛维斩钉截铁地说。

女孩接着哄诱:"你会成为马群里的王子。你的脖子很好看,不应该被藏起来。"

索洛维对这个关于外表的问题摇了摇头。但他有点虚荣,所有的牡马都是这样。她觉得他动摇了,叹口气趴在他背上:"求你啦。"

"那好吧。"马说。

那天晚上,瓦西娅把他梳洗干净后,就站在凳子上为他编鬃毛。她怕刺伤他敏感易怒的自尊心,放弃了圆环辫、螺旋卷或回纹花的计划,而是把长鬃毛沿头顶向下,扎成巨大的羽毛状辫子,衬得弓起的马脖更有气势。结果让她很满意,于是她打算把几朵放在桌上还未凋谢的雪花莲也偷偷编进辫子里。牡马竖起耳朵:"你在做什么?"

"加几朵花。"瓦西娅心虚地说。

索洛维跺脚:"不要花。"

瓦西娅做了一番心理斗争后叹口气,把花放在一边。

她把最后一条辫尾绑起来,停了一下,往后退了退。鬃毛辫衬出那强壮的脖颈和优雅的头骨线条。瓦西娅大受鼓励,于是把凳子拉了拉,开始编尾巴。

那匹马凄凉地叹了口气:"我的尾巴也要编吗?"

"等我编完了,你看起来会像国王一样。"瓦西娅向他保证。

索洛维扭头张望,徒劳地想看看她在做什么:"既然你这么说……"他似乎在重新考虑整饰鬃毛的好处。瓦西娅不理他,自己哼着歌,开始从尾骨上较短的毛编起。

突然一阵凉风吹动挂毯,火苗在炉子里跳跃。索洛维竖起耳朵,瓦西娅转过身看到门开了,摩罗兹科跨过门槛,那匹白牝马从后面轻轻用膝盖挤开他走进来。温暖的屋子里,白牝马的毛皮上直冒水汽。索洛维把尾巴从瓦西娅的手里抽出来,庄重地点头,不理他的母亲,后者用耳朵指着他编好的鬃毛。

"晚上好,瓦西丽莎·彼得罗芙娜。"摩罗兹科说。

"晚上好。"瓦西娅说。

摩罗兹科脱下蓝色的外袍。它从他的指尖滑下,化为一篷粉末消失了。他脱下靴子,靴子左右滑开,在地板上留下一块水迹。他光着脚走到炉边,白马紧随其后。他拿起一捻稻草,从上到下搓她的身子。眨眼间,稻草就变成了野猪鬃毛刷。那匹牝马站着,耳朵下垂,半张开嘴,兴高采烈。

瓦西娅被迷住了,走得更近些:"你把稻草变成刷子了?那是魔法吗?"

"你看到什么,就是什么。"他继续刷马。

"你能告诉我是怎么做的吗?"她走到他身边,急切地盯着他手里的刷子。

"你对事物的外表太执着了,"摩罗兹科一边梳着马肩隆,一边漫不经心地低头看她一眼,"你必须让它们按你的意图,为你服务,然后就成了。"

瓦西娅困惑不解,没有回答。索洛维呼噜着,想吸引她的注意力。瓦西娅拿起稻草,从马颈开始刷。不管她多么努力地盯着它看,它仍然是稻草。

"你不能把它变成刷子,"摩罗兹科看到她的动作,"因为你相信它现在是稻草。现在,把它当成刷子吧。"

瓦西娅不满地怒视索洛维的侧腹:"我不明白。"

"万物有常形,瓦西娅。它们要么是某样东西,要么就不是。魔法是让你忘记某件东西的本质,让它按你的意思变化。"

"我还是不明白。"

"这并不意味着你不能学。"

"我觉得你在耍我。"

"随你的便。"摩罗兹科说。但他笑了。

那天晚上,当食物吃完,火光变成红色时,瓦西娅说:"你欠我一个故事。"

摩罗兹科喝了一大口酒,才开口问:"瓦西丽莎·彼得罗芙娜,哪个故事?我会讲很多故事。"

"你知道,你的哥哥兼敌人的故事。"

"我确实答应过要给你讲这个故事。"摩罗兹科不情愿地承认。

"我见过两次那棵扭曲的橡树,"瓦西娅说,"从孩提时代起,我见过独眼人四次，也见过死人活过来。你觉得我还会对别的故事感兴趣吗？"

"那就喝点酒吧，瓦西丽莎·彼得罗芙娜。"摩罗兹科柔和的声音随着酒液滑进她的血管，"再听我说。"他倒出蜜酒，她喝下去。他看上去像个上了年纪的陌生人，坐在距她相当遥远的某个地方。

"我是死神，"摩罗兹科慢吞吞地说，"现在，我从头开始讲吧。很久以前，我从人心中诞生。但我不是一个人出生的。我第一次仰望星星时，哥哥就站在我旁边。他是我的孪生兄弟。我们都是第一次看到星星。"

他吐出的字句如水晶珠子，静静落到瓦西娅心底。她看到天空出现火轮，全是她没见过的形状。她看到白雪覆盖的平原，尽头是严寒刺骨的地平线。"我长着人的脸，"摩罗兹科说，"但我哥哥的脸像熊。熊在人眼里是可怕的动物，因此我哥哥让人害怕。他狼吞虎咽地吃掉他们的恐惧，然后睡去，直到饥饿把他再次唤醒。他最爱的是混乱——战争、瘟疫和夜间的火灾，但在很久以前我把他封印起来了。我是死神，是秩序的守护者，要监督一切。世事如此。"

"如果你把他封印起来，那怎么会——"

"我把我哥哥封印起来了，"摩罗兹科的声音仍然平和，"我是他的典狱长、他的监护人、他的狱卒。有时他醒来，有时他睡过去。毕竟他是头熊。但现在他醒了，比以往更强壮，想要挣脱封印。他还没有能力离开森林，但他已经能摆脱橡树的影子活动。人世间过了一百代，这样的事情从未发生过。你的族人越来越害怕。他们抛弃精灵，于是家宅失去了屏障。他已经用你们来填肚子了。他深夜里去杀你的族人，还让死人起来行走。"

瓦西娅正在消化这些信息,半天没说话:"如何击败他?"

"有时要耍点花招儿,"摩罗兹科说,"很久以前,我凭实力击败过他,但那时我有帮手。现在我独自一人,而且力量正在衰弱。"短暂的沉默。"但他还没有重获自由。为了彻底摆脱困境,他需要生命,好几条生命,以及对死人的恐惧。那些有天眼的人的性命是最佳补品。我们相遇的那晚,如果他把你带到树林里,他就能自由,即使全世界的人都来对付他也没用。"

"怎样才能重新把他封印起来?"瓦西娅有点不耐烦了。

摩罗兹科似笑非笑。"我还有最后一记撒手锏。"是她的想象,还是他的目光确实在她脸上停留过?她的护身符沉重地挂在脖子上。"我必须在仲冬时打败他,因为那时我的力量将达到顶峰。"

"我可以帮你。"

"你能吗?"摩罗兹科似乎觉得有点意思,"一个小丫头,血统不纯,还没经过训练?你对传说、战斗或魔法一无所知。瓦西丽莎·彼得罗芙娜,你到底能帮我什么忙?"

"我为多毛沃伊续过命,"瓦西娅抗议道,"还能击退吸血僵尸,不让它们接近我的炉子。"

"干得好。"摩罗兹科说,"一个能被阳光杀死的新生吸血僵尸,一个怕死的苍白的小多毛沃伊,一个傻乎乎逃到雪地里的女孩。"

瓦西娅吞了口唾沫。"我有个护身符,"她说,"是保姆给我的。它来自我父亲。在吸血僵尸来的那些晚上它帮了大忙。"她把蓝宝石从上衣里掏出来。它躺在她的掌心,又冷又重。她举着它迎向火光,那银蓝色的宝石和六芒星一起闪耀。

是她的想象,还是他的脸确实变得更加苍白?他嘴唇紧闭,眼睛深邃无色，像水一样。"一个小护身符，"摩罗兹科说，"古老脆弱的魔法，来保护一个小女孩。它在熊面前不值一提。"但他仍盯着它看。

瓦西娅没有看见。她放下项链，身子俯向前。"我这一生，"她说，"总是被人呼来喝去。人们告诉我该如何生活、如何死去。我必须做某个男人的仆人，为取悦他而成为牝马，否则我就必须躲在修道院的围墙后，把自己交给冷漠、沉默的上帝。如果某条通向火坑的路是我自己选的，我也会走进地狱张开的大嘴里。我宁愿明天死在森林里，也不愿按别人的意愿活一百年。拜托，请让我帮你。"

摩罗兹科有些动摇了。

"你没听见吗？"他终于开口了，"如果熊能取走你的性命，他就会自由，我也无能为力。你最好离他远点。你只是个姑娘家，能回到安全的地方就算是帮我的忙了。那是最好的选择。戴上你的宝石，不要去修道院。"她没看到他嘴角的不悦，"会有某个男人来娶你的，我确定。我会为你备份嫁妆，一笔足够赎回王公的财富，跟传说里的一样。这个结果你喜欢吗——手腕和胸前戴着黄金首饰，手里握着全罗斯最好的嫁妆？"

瓦西娅突然站起来，把凳子也撞倒在地，却说不出话来。她赤着脚，没戴帽子就跑到了夜色中。索洛维怒视着摩罗兹科，跟在瓦西娅后面。

除了炉火的噼啪声，房子里一片寂静。

"你办砸了。"牝马说。

"我错了吗？"摩罗兹科说，"她还是回家比较好，她哥哥会保护她。这头熊将被关住，会有个男人娶她。她会平安无事。她必须戴上宝石。她必须长命百岁，同时记住这一切。我不会让她冒生命危险的。你知道前方有什么样的危险在等待着我。"

"你否定了真实的她。她会枯萎的。"

"她还年轻。她会适应的。"

牝马什么也没说。

***

瓦西娅不知道自己骑马跑了多久。索洛维跟着她跑进雪地，她摸索着爬到他的背上。她本想永远这样跑下去，但马最后把她送回了冷杉林。冷杉林间的房子在她眼前摇晃着，模糊起来。

索洛维甩甩鬃毛。"下来，"他说，"屋里有火。你很冷，你很疲倦，你很害怕。"

"我不害怕！"瓦西娅厉声说道，但她从马背上滑了下来。她的脚触到雪，痛得一缩。她一瘸一拐地在冷杉之间穿过，跌跌撞撞地跨过熟悉的门槛。炉子里的火烧得正旺。瓦西娅脱去潮湿的外衣，不知道那些无声的仆人是何时取走了它们。她无意识地走到火边，坐到椅子上。摩罗兹科和白马已经走了。

最后她喝了杯蜂蜜酒，在炉边烤热冰冷的脚趾，同时打了个盹儿。

炉火渐熄，但女孩仍然沉睡。夜晚最黑暗的时刻，她做了个梦。

她在康斯坦丁的小屋里。空气中弥漫着泥土和鲜血的臭味，一个怪物扑在祭司扭动的身体上。它抬起头来，瓦西娅看到它的嘴唇和下巴上全是血。她举起一只手要把它赶走，它尖叫着从窗户里跳出去，消失了。瓦西娅跪在床边，摸索着撕破的毯子。

但她捧起的脸不属于康斯坦丁祭司。死去的阿廖沙那双灰色的眼睛盯着她。

瓦西娅听到一声咆哮，转过身来。那吸血僵尸回来了，是顿娅——死去的顿娅摇摇晃晃，上半身钻进窗户。她的嘴变成大洞，指尖露出骨头。顿娅曾像母亲一样抚养她。然后祭司墙上的影子汇为一体，化作嘲笑她的独眼人影。"哭吧，"它说，"你很害怕。很好吃。"

角落里所有的圣像都活了过来，尖叫着表示赞同。影子也张开嘴笑了，接着它变成一头熊——一头饥肠辘辘的大熊。它咆哮着喷出火焰。墙烧起来了，她的房子也烧起来了。她听到伊丽娜在某处尖叫。

火焰间露出一张咧嘴微笑的脸，上面布满蓝色的霉斑。其中一个眼窝凹陷成巨大的黑洞。"来吧，"它说，"你要和他们在一起，你会长生不灭。"她死去的哥哥和妹妹站在那幻象旁边，似乎在火中招手叫她。

有硬物撞上瓦西娅的脸，但她没有在意。

她伸出一只手。"阿廖沙，"她说，"亲爱的阿廖沙！"

但疼痛接踵而来，比之前更尖锐。瓦西娅被从梦境中拽出来，忍住不哭出声。索洛维正焦急地用鼻子顶她，咬她的上臂。她抓住他温暖的鬃毛，手像两块冰，牙齿在打战。她把脸埋在他的鬃毛里，脑海里充斥着尖叫声和笑声。"来吧，否则你再也见不到他们了。"她听到另一个声音，感到一阵寒气。

"回来，你这头犟牛。"索洛维发出一声愤怒的尖叫，接着有冰冷的手摸上瓦西娅的脸。她睁眼去看,只能看到父亲的房子起火了,还有个独眼男人在向自己招手。

"别理他,"独眼人说,"过来。"

摩罗兹科猛捆她的脸。"瓦西娅,"他说,"瓦西丽莎·彼得罗芙娜,看着我。"

她好像被拖着走了很远的路,但眼前终于浮现出他的眼睛。她看不到树林里的房子,只看到冷杉、雪、马和夜空。凛冽的空气包裹着她。瓦西娅试图平复自己惊慌失措的呼吸。

摩罗兹科咝咝地说着她听不懂的话。"给你,"他说,"喝。"

她的嘴唇碰到了蜜酒,闻到了蜂蜜的味道。她吞咽,呛住,再喝。当她抬起头时,杯子已经空了,她的呼吸放缓。她可以再次看到房子的墙壁,尽管墙壁的边缘还在颤抖。索洛维低下大脑袋顶着她的头,舔着她的头发和脸。她虚弱地笑了。"我很好。"她说,但笑声变成了眼泪,她失控地捂住脸大哭。

摩罗兹科眯着眼睛看着她。她脸上仍有他的掌印,挨打的地方在抽痛。

最后她渐渐止住眼泪。"我做了个噩梦。"她说。她缩在椅子上不敢看他,感到冷,且难为情。她脸上黏糊糊的都是泪水。

"别这样,"摩罗兹科说,"这不是噩梦那么简单,是我的错。"看到她在颤抖,他有些不耐烦,"上我这儿来,瓦西娅。"

她犹豫了,他简短地补充:"我不会伤害你,孩子,它会让你安静下来。过来。"

她不知所措地站起来,同时忍住泪。他给她披上斗篷。她不知道他从哪儿弄来它的,也许是从空中变出来的。他抱着她坐在温暖火炉边的长椅上。他很温柔。他的呼吸是冬天的风,但他的身体很温暖。她的手心感觉到他的心跳。她想挣脱,积聚起所有骄傲瞪着他;但她又冷又害怕。耳朵里的血管搏动,引起一阵阵抽痛。她笨拙地把头靠在他的肩膀上。他用手指梳理她松开的头发。慢慢地,她不再颤抖了。"我现在没事了。"过了一会儿她说,有点不确定,"你是什么意思,你的错?"

她感觉(而不是听见)他大笑起来:"梅德韦季是掌控噩梦的大师,愤怒和恐惧对他来说就像肉和酒。因此,他能捕获人的思想。原谅我,瓦西娅。"

瓦西娅什么也没说。

过了一会儿,他问:"告诉我,你做了什么梦?"

瓦西娅告诉他经过,说完又开始发抖。他抱着她,一言不发。

"你说得对,"瓦西娅终于说,"我对古时的魔法、古时的争斗或其他东西一无所知。但我必须回家。我可以保护我的家人,至少目前可以。我解释完后,父亲和阿廖沙会理解的。"

哥哥死去的模样撕碎了她的心。

"很好。"摩罗兹科说。他的脸色铁青,但她没看到。

"我可以带上索洛维吗,"瓦西娅犹豫地说,"如果他想跟我走的话?"

索洛维听着,甩甩鬃毛。他低下头,用一只眼睛看着瓦西娅。"你去哪儿,我就去哪儿。"牡马说。

"谢谢你。"瓦西娅轻声说,抚摩着他的鼻子。

"明天你就走吧,"摩罗兹科插嘴说,"从现在到天明,你得睡一觉。"

"为什么?"瓦西娅说,走开几步看他,"如果熊在我的梦中等待,我肯定不能睡觉。"

摩罗兹科狡猾地笑:"但这次我会在这里。即使在你的梦里,如果我在家的话,梅德韦季也是不敢来的。"

"你怎么知道我在做梦?"瓦西娅问,"你怎么能及时赶回来?"

摩罗兹科挑起一条眉毛:"我知道,而且我及时回来了,因为在星星下面,没有什么比白马跑得更快的了。"

瓦西娅又开口想问问题,但精疲力竭像波浪一样冲击着她。她从睡梦的边缘猛挣回来,突然怕起来。"不,"她低声说,"别——我不能再经历一次了。"

"他不会回来的,"摩罗兹科回答,"一切都会好起来的。"他稳定的声音在她耳边响起,她感受到他身上的岁月和力量。

"别走。"她低声说。

摩罗兹科脸上闪过莫测的表情。"我不会的。"他说。其实这话他说不说都无所谓。睡眠有如黑色巨浪冲刷着她,卷过她的身体。她的眼皮合上了。

"睡眠是死亡的近亲,瓦西娅。"他在她头上喃喃地说,"两个都归我掌管。"

***

瓦西娅醒来时,摩罗兹科如他所承诺的那样待在那里。她从床上爬起来走到火边。他静静地坐着,凝视着火焰,好像从她睡着后就没动过。如果瓦西娅仔细看,可以看到周围的森林,而他是巨大的白色沉默,无形无态地盘踞在森林中间。但后来她坐到自己的凳子上时,他环顾四周，脸上的高远之意消失了。

"你昨天去哪儿了？"她问他，"熊知道你在远方。当时你在哪里？"

"四处走走，"摩罗兹科回答，"我还给你带了礼物。"

有捆东西放在火旁。瓦西娅瞥了一眼。他挑起一条眉毛示意。她年纪不算大，还能像孩子似的立刻奔到第一个包裹前把它打开。她的心脏跳得很快。包裹里有件镶着鲜红花边的绿色连衣裙、一件貂皮衬里的斗篷、一条毛毡和一双毛皮做成的靴子（上面绣有深红色的浆果）、一件发饰和一个宝石戒指。瓦西娅把它们捧在手里。里面还有沉重的装着金银的皮鞍囊、一块银丝织成的布和一块她不认识的又厚又软的布料。

瓦西娅把它们都看了一遍。我就是故事中的那个女孩，她想，这就是富比王侯的财富。现在他要带我回父亲的家，还满载礼物。

她想起了他在夜晚的手，片刻的温柔。

不，那代表不了什么。故事不该这样讲。我不过是童话里的女孩，而他是邪恶的霜魔。少女离开森林，嫁了个英俊的男人，忘记了所有关于魔法的事。

那她为什么会感到心痛？她把布放在一边。

"这是我的嫁妆吗？"她的声音很柔和。她不知道自己脸上是什么表情。

"你一定要有一笔嫁妆。"摩罗兹科说。

"你的东西我不要，"瓦西娅低声说，看见他大吃一惊，"我会把你的雪花莲带给继母。如果索洛维愿意的话，他会和我一起回列斯纳亚辛里亚。但我不会从你这里拿其他任何东西，摩罗兹科。"

"我的东西你都不要吗,瓦西娅?"摩罗兹科问。这是第一次,他的声音里有人类的感情。

瓦西娅跌跌撞撞地后退,被散落在脚下的那笔丰厚的财富绊倒了。"不要!"她在哭,他知道,她也知道。她试着与他理智地沟通,"把你哥哥关起来,拯救我们。我要回家了。"

她的斗篷挂在火边。瓦西娅穿上靴子,拿起装雪花莲的篮子,潜意识里希望他会阻止自己,但他没有。

"那么,你将在黎明时走进村庄的栅栏。"摩罗兹科站起来,停顿了一下,"相信我,瓦西娅。别忘了我。"

但她已经跨出了门。

第二十六章

冰消雪融时

她只是一个可怜的、发疯的蠢人，康斯坦丁·尼科诺维奇想，他说他不会杀她。我必须让他离开我。不能让人知道这些。

灰蒙蒙的黎明和升起的红日。他说的边界在哪里？在森林里。雪花莲。黎明前的老橡树。

康斯坦丁偷偷溜到安娜的房间里，碰碰她的肩膀。伊丽娜就睡在她旁边，但没被惊醒。他用手捂住安娜的嘴免得她尖叫。"跟我来吧，"他说，"上帝召唤了我们。"他盯着她。她一动不动地躺着，大张着嘴。他吻了她的额头。"来吧。"他说。

她瞪大了眼睛盯着他，突然泪流满面。

"好。"她说。

安娜像狗一样跟着他。他本来还准备低声说些傻话，但只看了她一眼，她就跟着他走了。天很黑，但东方已明。外面很冷，他给她披上斗篷，领她从宅子里出来。安娜已有几个月足不出户，白天也躲在屋子里。但现在她跟在他后面，穿过村子的栅栏，疲惫地微微喘息。

他们来到离森林不远的一棵老橡树旁。康斯坦丁以前从未见过它。他们周围一片严冬的萧瑟景象：积雪遍地，严寒刺骨，大地冻得像铁，河水像蓝色的大理石。但是橡树下的雪融化了。康斯坦丁走近些，发现地面上长满雪花莲。安娜紧紧抓住他的胳膊。"巴图席卡，"她低声说，"哦，巴图席卡，那些是什么？现在还是冬天，雪花莲不可能开得那么早。"

"雪化了。"康斯坦丁的声音疲倦厌烦，但不容置疑，"来吧，安娜。"她的手蜷在他的掌心，感觉就像孩子的手。黎明的晨光中，他可以看到她牙齿之间的黑色缝隙。

康斯坦丁带她走向那棵橡树，树下开满错乱季节的雪花莲，像条白色的毯子。他们越来越近。

突然，他们站在了一片林间空地上，这块空地之前两人都没见过。橡树孤独地立在中间，古老的树根间挨挨挤挤地开满白色的花朵。天空是白色的，地面的融雪马上要化作淤泥。

"干得好。"声音说，似乎来自空中，来自水里。安娜呜咽着尖声叫起来。康斯坦丁看到雪上有一个影子，越来越大，大到异常，长长地伸展着、扭曲着。这是他见过的最黑的影子。但安娜并没有看影子，而是看着远处的空中。她用颤抖的手指着某处，再次尖声叫起来。

康斯坦丁向安娜手指的方向看去，但什么也没看到。

影子似乎在舒展身体，颤抖着，就像一只狗在享受主人的抚摸。安娜的尖叫划破了虚空。光线单调暗淡。

"干得好，我的仆人，"影子说，"她正是我想要的。她能看见我，她很害怕。尖叫吧，女巫，尖叫吧。"

康斯坦丁感到空虚，心中异常平静。他推开安娜；她徒劳地挣扎摸索，指甲穿透羊皮衣，刺进他胳膊的肉里。

"现在，"康斯坦丁说，"遵守你的承诺。离开我。把女孩送回去。"

影子静止了，就像野猪听到猎人的脚步由远而近。"回家吧，上帝的仆人，"它说，"回去等。女孩会来找你的，我保证。"

安娜惊恐的尖叫声更高了。她扑到地上，吻祭司的脚，搂着他。"巴图席卡，"她乞求道，"巴图席卡！不要——求您了。求您不要离开我。求求您！那是个魔鬼。那就是魔鬼！"

康斯坦丁疲倦而又厌恶。"很好。"他对影子说。

他把安娜推到一边："我劝你祈祷。"她哭得更厉害了。

"我要走了，"康斯坦丁对影子说，"我会等的。不要食言。"

第二十七章

冬天的熊

晴朗的冬日黎明，第一缕曙光露头时，瓦西娅就回到了列斯纳亚辛里亚。索洛维把她驮到离房子最近的栅栏那儿。站在他的背上，她可以够到安着倒刺的墙头。

"我会等你的，瓦西娅，"牡马说，"如果你需要我，就叫我。"瓦西娅摸摸他的脖子，而后翻过栅栏，摔进雪里。

她发现阿廖沙独自一人在厨房里，全副武装，披着斗篷，穿着靴子，正在踱步。他看见她就停下脚步。兄妹俩四目相对。

阿廖沙跨了两步抓住她，把她拉到身边。"上帝，瓦西娅，你吓到我了，"他对着她的头发说，"我以为你死了。该死的安娜·伊凡诺芙娜和吸血僵尸。我正要去找你。发生了什么事？你——你看起来一点也不冷。"他把她推开了一点，"你看起来和以前不一样了。"

瓦西娅想起了树林里的房子，想起了美餐、休息和温暖。她想起自己曾在雪地里没完没了的骑行，想到了摩罗兹科晚上在炉火对面看过来的样子。"也许我不一样了。"她把花篮扔下。

阿廖沙瞪大了眼睛。"在哪里找到的?"他结结巴巴地说,"怎么找到的?"

瓦西娅嘲讽地一笑。"别人送的。"她说。

阿廖沙伸出手去摸一根脆弱的茎。"这行不通,瓦西娅,"他慢慢回过神儿来,"安娜不会遵守诺言。这个村庄已经很可怕了。如果这些消息泄露出去……"

"我们不会说出去,"瓦西娅坚定地说,"我履行承诺,这就足够了。到了仲冬,死人就会安静地躺回坟墓。父亲会回家,我们会让他明白事情经过,同时我们还要守护宅子。"

她转身走向炉子。

这时,伊丽娜跌跌撞撞地走进房间大喊:"亲爱的瓦西娅!你回来了。我太害怕了。"她用胳膊搂着瓦西娅,瓦西娅抚摩着妹妹的头发。伊丽娜挣脱了。"可是妈妈呢?"她说,"她不在床上,虽然她平常也起得很晚。我以为她会在厨房里。"

不知怎的,瓦西娅觉得后颈直冒寒气。"也许在教堂里,小鸟,"她说,"我会去看看。还有,送给你的花。"

伊丽娜接过花朵,把它们压在嘴唇上:"这么快。已经是春天了吗,亲爱的瓦西娅?"

"不,"瓦西娅回答,"不过是在履行诺言。把它们藏起来。我必须去找你妈妈。"

教堂里只有康斯坦丁祭司在,瓦西娅轻轻走进去,没发出一点声音。圣像们似乎在盯着她看。"你,"康斯坦丁疲倦地说,"他信守了诺言。"他仍然盯着圣像。

瓦西娅绕过康斯坦丁，站在他和圣障之间。蜡烛的火光在他凹陷的眼窝里燃烧。"我为你付出了一切，瓦西丽莎·彼得罗芙娜。"他说。

"并非一切，"瓦西娅说，"很明显您的骄傲和您的幻觉都还安然无恙。我的继母在哪里，巴图席卡？"

"不，我付出了一切，"康斯坦丁忘我地提高声音，"我以为那声音来自上帝，但不是。我现在只有罪孽，因为我想要你。为了摆脱你，我听从魔鬼的命令。现在我再也不是洁净之人了。"

"巴图席卡，"瓦西娅说，"您所说的魔鬼是什么？"

"黑暗中的声音，"康斯坦丁说，"他带来暴风雨。他是雪上的影子。但他告诉我……"他用手捂着脸，肩膀在抖。

瓦西娅跪下，把牧师的手掰开："巴图席卡，安娜·伊凡诺芙娜在哪儿？"

"在树林里。"康斯坦丁盯着她的脸，好像被她迷住了一样。瓦西娅很想知道树林里的房子究竟给自己带来了什么变化。"跟阴影在一起。那是我罪孽的代价。"

"巴图席卡，"瓦西娅非常小心地说，"在树林里，您看到一棵黑色扭曲的橡树了吗？"

"你当然知道那地方，"康斯坦丁说，"恶魔在那里出没。"

听到这句话，瓦西娅脸上的血色褪得干干净净。"怎么了，姑娘？"他用之前那种傲慢的态度说，"你不必为那个疯婆娘难过，她本来想看着你死的。"

但瓦西娅已经走了。她跳起来跑向宅子，门在她身后"砰"地关上了。

她记得继母盯着多毛沃伊,眼睛都要鼓出来。

他最渴望的是那些有天眼的人的生命。

熊得到了他的女巫,而且现在天亮了。

她把两个手指放进嘴里,尖声吹起口哨。烟囱里缓缓冒出炊烟。她的口哨声如强盗的响箭一样劈开晨曦。人们纷纷从自家房子里跑出来。"瓦西娅!"她听见了。"瓦西丽莎·彼得罗芙娜!"但他们随即闭上了嘴,因为索洛维已经跳过栅栏,飞奔到瓦西娅跟前。瓦西娅不等他慢下脚步就翻身上马,听到人们惊慌地大喊。

马在院子里打着滑停下来。马厩里传出嘶鸣。阿廖沙手里握着出鞘的剑跑出屋子。伊丽娜跟在他身后,在门口徘徊,畏缩不前。他们停下来盯着索洛维看。

"亲爱的阿廖沙,跟我来,"瓦西娅说,"快点!没时间了。"

阿廖沙看了看妹妹和枣红牡马,看看伊丽娜,又看看众人。

"你能驮他吗?"瓦西娅问索洛维。

"可以,"索洛维说,"听你的。但是我们要去哪里,瓦西娅?"

"去橡树那儿,去熊的空地,"瓦西娅说,"撒开腿跑。"阿廖沙一句话也没说,跳上马坐在她身后。

索洛维抬起头来,一匹骏马嗅到了战斗的气息。但他说:"你不能单枪匹马。摩罗兹科不在附近。他说要等到仲冬。"

"不能吗?"瓦西娅说,"我能。快点。"

***

安娜·伊凡诺芙娜叫不出声了,她的声带伤了,全身无力。她试着尖叫,但只能发出暗哑的喘息。她躺在地上,独眼男人坐在她旁边微笑。"哦,我的美人,"他说,"叫呀。真美。你越叫,灵魂就越成熟。"

他弯腰凑近安娜。她瞬间看到个脸上有扭曲蓝色伤疤的男人，下一瞬就看见一只咧着嘴笑的独眼熊，头和肩膀似乎能撼动天空。然后他归于无形，化为暴风雨、风、夏天的野火，又化为一道阴影。她畏缩、干呕，跌跌撞撞地试着站起来。但是那生物居高临下地朝她咧嘴笑。她四肢无力，躺在那里，呼吸着臭气。

"你真棒。"那畜生弯下腰来，流着口水，坚硬的双手抚过她的皮肤。蹲在那里时，他的样子又变了：全身雪白，个头儿矮小，那张脸几乎缩为乌有，只剩下紧闭的双眼、狭窄的太阳穴和大张着的贪婪的嘴。那个东西蹲在地上，头夹在膝盖之间，不时看看安娜，黑暗的眼睛里闪烁着饥饿的光芒。

"顿娅，"安娜啜泣着说，因为顿娅下葬时就是这个样子，"顿娅，求你了。"

但顿娅什么也没说，只是张开大嘴。

"去死吧。"梅德韦季温和地说，看上去心醉神迷，"死，然后永生。"他放开安娜，退后一步。

那吸血僵尸扑上来，安娜只能虚弱地用手去挡。

但从空地的另一边传来牡马的嘶声。

***

索洛维飞奔时，瓦西娅告诉阿廖沙：有个怪物抓住了他们的继母，如果他杀死了她，就可以挣脱封印，用恐怖夷平村子。

"瓦西娅，"阿廖沙花了点时间来理解眼下的情况，"你之前去了哪里？"

"我去严冬之王那里做客了。"瓦西娅说。

"好吧，那你应该拿笔财富回来。"阿廖沙立刻说。瓦西娅笑了。

天亮了。有股难闻的热气飘在树林里。索洛维跑得很稳，耳朵向前。他应当成为神之子的坐骑。瓦西娅两手空空，她不知道该如何战斗。

"别怕。"索洛维说。她轻抚他光滑的脖子。

那棵大橡树隐隐出现在前方，瓦西娅感到阿廖沙身体绷紧了。两个骑手经过那棵树，进入林间空地，一个瓦西娅不认识的地方。天空洁白，空气温暖，暖得她流下汗来。

索洛维人立起来，高声嘶鸣。阿廖沙搂住瓦西娅的腰。白色的东西俯卧在泥泞上，另一个人形躺在它下面，周围全是血。

在他们上方，熊狞笑着等待。他不再是疤脸的小个子男人了。瓦西娅看见一只真正的熊，比她所见过的任何一只都大：毛发斑驳，色如地衣，有一张狰狞的血盆大口，嘴唇黑亮。

他看到他们，咧开黑色嘴唇微笑，露出牙齿间的红色舌头。"一箭双雕！"他说，"再好不过。我还以为你已经属于我弟弟了，小姑娘。但他伟大到愚蠢的程度，是不会那么做的。你有海王的眼睛。凡人少女会有这样的眼睛吗？"

瓦西娅从眼角瞥见那匹白牝马走进空地。

"啊哈，真不巧，他来了。"熊的声音变得冷酷，"你好，弟弟。来为我送行吗？"

摩罗兹科灼热的双眼瞥向瓦西娅，她感到燃烧的火焰在体内猝然升起：力量和自由。枣红牝马就在她身下，霜魔狂野的眼睛在稍远处；两者之间是那妖魔。她把头往后一仰，笑了起来，感觉到脖子上的宝石在燃烧。

"好吧,"摩罗兹科挖苦似的对她说,"我确实在尽力保护你的安全。"他的声音像风一样。

起风了。一股小风,轻快而敏锐,吹散了头顶的一小片白云。瓦西娅可以看到纯净的黎明天空。她听到摩罗兹科在说话,声音柔和而清晰,但她听不懂。他的眼睛盯着瓦西娅看不见的东西。风越刮越大,越来越猛。

"卡拉淳,你想吓唬我吗?"梅德韦季说。

"我可以争取时间,瓦西娅,"风在瓦西娅耳边说,"但我不知道能拖住他多久。我在隆冬时会比现在强壮。"

"不是时间的问题,他抓住了我继母。"瓦西娅回答,"我之前忘了,她也有天眼。"

突然她意识到森林里还有其他面孔,就在空地边缘。其中有长头发湿漉漉的裸女、皮肤如树皮的老人、长着双巨大鱼眼的河王沃迪诺伊。波列维克和沼泽妖精都在那里。还有其他几十个看上去像乌鸦、岩石、蘑菇和雪堆的精灵。许多精灵爬到白牝马身边,聚集在瓦西娅和索洛维脚下。阿廖沙在她身后吃惊地吹了声口哨:"我能看见它们,瓦西娅。"

但是熊也在说话,声音好像人类在尖叫。有的精灵站在他那边:邪恶的沼泽生物博洛尼克,还有水泽仙女(瓦西娅觉得心跳停止了)。后者那张奇异但可爱的脸显出野性、空虚和欲望。

精灵们各自站队,瓦西娅发现他们神情专注。严冬之王,梅德韦季。我们听从你的召唤。瓦西娅觉得它们都在因这场一触即发的战斗而颤抖。听到精灵们七嘴八舌地说话,她热血沸腾。白马也向前走去，摩罗兹科骑在她背上。索洛维暴跳着，刨着地。

"上吧，瓦西娅，"风用摩罗兹科的声音说，"你的继母必须活下来。告诉你哥哥，他的剑奈何不了死人。而且，要活下来。"

女孩身子向前倾，索洛维驮着他们飞奔而去。熊吼叫起来，空地立刻大乱。水泽仙女跳到父亲沃迪诺伊身上，撕扯他长满疣的肩膀。瓦西娅看到林卫受了伤。他的躯干上有个很深的伤口，从里面流出类似血液的东西。索洛维疾驰而去。他们来到血泊边上，急刹住脚步。

吸血僵尸抬起头嘶吼。安娜一动不动地躺在下面，浑身是泥，脸色灰白。顿娅满脸是血和脏物，脸上带着泪痕。

安娜的喉咙被撕开了。她慢慢地吐出一声叹息，发出汩汩的声音。熊从他们身后走来，得意扬扬地咆哮。顿娅像猫一样伏低身子，准备跳起来发动攻击。瓦西娅紧盯着她，从索洛维的背上滑下来。

"不，瓦西娅，"牡马说，"振作起来。"

"亲爱的阿廖沙，"瓦西娅仍然盯着顿娅，"去和别人动手吧。索洛维会保护我的。"

阿廖沙从索洛维的背上跳下去。"就好像我要离开你一样。"他说。熊这边有些精灵围着他们。阿廖沙大叫一声，挥着剑冲上去。索洛维低下头，像头要冲锋的公牛。

"顿娅，"瓦西娅说，"我的顿娅。"她隐约听到哥哥咕哝一声。从某个地方传来了一声狼嚎，像是女人在叫，但她和顿娅站在那里对峙，周围一小圈地方寂静无声。索洛维用蹄子刨地，耳朵平贴着脑袋。"那个东西不认识你。"他说。

"她认识，我知道她认识我。"吸血僵尸脸上的恐怖表情正与贪婪交战，"我会告诉她不用害怕。顿娅——顿娅，拜托。我知道你在这里很冷,你很害怕。但你不记得我了吗?"

顿娅气喘吁吁,眼中闪着地狱的光。

瓦西娅拔出腰刀,深深划过手腕上的静脉。皮肤裂开,鲜血喷涌。索洛维本能地后退。"瓦西娅!"阿廖沙喊道,但她充耳不闻,反而向前迈了一大步。鲜血洒在积雪、泥泞和雪花莲上。她身后,索洛维人立起来。

"给你,亲爱的顿雅,"瓦西娅说,"给你。我知道你饿了。你经常给我饭吃,还记得吗?"她伸出流血的手臂。

她没有时间思考,那生物像贪婪的孩子一样抓住她的手,把嘴紧紧地贴在手腕上吸吮。

瓦西娅一动不动地站着,拼命不让自己腿软。

这生物边喝边呜咽,哭得越来越厉害,随后突然把她的手甩出去,跌跌撞撞地后退。瓦西娅蹒跚着向前走,感觉头很晕,黑色的花朵在视野边缘绽放。但索洛维从后面撑住她,焦急地打量着她。

她的手腕失去了知觉。瓦西娅咬着牙,从衬衫上撕下一条布把它缠紧。她听到阿廖沙的剑带起的风声。他越战越酣,逐渐远离她们。

吸血僵尸凄惨而惊恐地看着她,鼻子、下巴和脸颊上血迹斑斑。树林似乎屏住了呼吸。"玛丽娜。"吸血僵尸说,那是顿娅的声音。

传来一声怒吼。

地狱之光从吸血鬼的眼睛里消失了,血迹从她脸上剥落:"终于见到你了,我的玛丽娜,终于。已经过了那么久。"

"顿娅,"瓦西娅说,"很高兴见到你。"

"玛丽娜,我的小姐,我在哪里?我很冷。我太害怕了。"

"没关系,"瓦西娅强忍着泪水说,"不会有事的。"她搂着那个散发着死亡气息的东西,"你现在不必害怕。"从远处传来了另一声怒吼。顿娅在瓦西娅的怀里猛挣一下。"安静,"瓦西娅像对孩子那样说,"别看。"她在唇上尝到了咸味。

突然摩罗兹科来到她身边,呼吸急促,狂野的表情堪与索洛维媲美。"你真是个疯子,瓦西丽莎·彼得罗芙娜。"他说。他抓起一把雪,压在她流血的胳膊上。雪凝固了,止住流血。她抹掉多余的雪,发现有层薄冰封住了伤口。

"发生了什么事?"瓦西娅问。

"精灵们还在支撑,"摩罗兹科冷冷地回答,"但撑不了多久了。你的继母死了,熊挣脱了枷锁。他很快就要出来了——很快。"

战团又回到空地上。林妖们像小孩一样聚在熊身边。熊体态变大,肩膀好像能把天空分为两半。他张开大嘴咬住波列维克,把它甩了出去。水泽仙女站在他身边,发出一声尖叫。熊把毛发蓬松的大脑袋往后一仰。"自由!"他咆哮、大笑,又抓住林卫,瓦西娅听到木头被劈开的声音。

"那么,你必须帮助他们。"瓦西娅厉声说道,"你来这里干吗?"

摩罗兹科眯起眼睛,什么也没说。瓦西娅脑子里突然蹦出个可笑的念头:他是回来阻止她自杀的。白马把鼻子贴在顿娅干枯的脸颊上。"我认识你,"老太太低声对马说,"你真漂亮。"顿娅看到摩罗兹科,眼里再次浮现出一丝恐惧。"我也认识你。"她说。

"你再也见不到我了,阿芙多季娅·米卡罗芙娜,我衷心希望如此。"摩罗兹科说。他的声音很温柔。

"带她走,"瓦西娅飞快地说,"让她死在真实世界中,免得她害怕。听着,她已经开始失控了。"

这是真的。顿娅好像不那么清醒了。"你呢,瓦西娅?"摩罗兹科说,"如果我带她走,就必须离开这个地方。"

瓦西娅想到要在他不在场的情况下独自面对那头熊,有些动摇:"你要离开多久?"

"瞬间,一小时,说不准。"

熊在他们身后大叫。顿娅听到召唤就浑身发抖。"我必须去找他,"她低声说,"我必须——求你了,小姐。"

瓦西娅下定决心。"我有个主意。"她说。

"最好——"

"不,"瓦西娅厉声说,"现在把她带走。拜托。她是我母亲。"她双手抓住霜魔的手臂,"白马说你爱送人礼物。现在帮帮我,摩罗兹科。我求你。"

漫长的沉默。摩罗兹科看看那边的战团,又回头看看她。忽然他的目光穿过树林。瓦西娅顺着他的目光看去,却什么也没看到。但突然霜魔笑了。

"很好。"摩罗兹科说。出人意料地,他伸出手把她拉近,飞快地、狠狠地吻了她。她睁大眼睛看着他。"那么,你必须坚持住,"他说,"尽可能坚持下去。勇敢些。"

他后退了一步:"来吧,阿芙多季娅·米卡罗芙娜,和我一起上路吧。"

下一瞬他就和顿娅跨上白马,留下一个皱巴巴、血淋淋、空荡荡的东西躺在瓦西娅脚下的雪地里。

"再见。"瓦西娅低声说,竭力压下想叫他回来的冲动。白马和她的两个骑手走了。

瓦西娅深吸了一口气。那头熊甩开最后一个袭击者。现在他变成个高大强壮的男人,有一张伤痕累累的男人的脸,下手残忍。他笑了。"干得好,"他说,"我总是想亲自收拾他。他是个冷酷的人,小丫头。而我是火,能温暖你。过来,小女巫,你会获得永生的。"

他招手,眼睛似乎在盯着她。他的力量笼罩住空地,受伤的精灵在他面前退缩。

瓦西娅惊恐地倒吸一口气。但索洛维在她身边。她摸了摸他那肌肉发达的脖子,摸索着爬到他背上。她对熊说:"我宁愿死一千次。"

伤痕累累的嘴唇掀起,她看见獠牙闪闪发光。"那就来吧,"他冷冷地说,"当奴隶还是忠诚的仆人,你可以选。但不管怎样,你都是我的。"他一边说话一边变大,突然又化作熊,有张能吞下整个世界的大嘴。他朝她笑了笑。"哦,你害怕了。他们最后总会害怕。但勇敢者的恐惧是最甜美的。"

瓦西娅觉得狂跳的心脏下一秒就会挣破胸膛冲出来,但还是用仿佛被哽住的声音低低地说:"我看到了森林中的居民。但多毛沃伊、班尼克和瓦兹拉在哪里?现在到我这里来吧,我族人的火炉中的孩子们,我渴求你们的帮助。"她从伤臂上撕下那层冰,血流出来。蓝宝石在她衣服下面闪闪发光。

空地上有一瞬的寂静,接着又被阿廖沙剑上的风声,以及仍在战斗的精灵的叫声打破。她的哥哥被熊的三个手下包围。瓦西娅看到他全神贯注,手臂和脸颊上闪着血光。

"到我这里来,"瓦西娅绝望地说,"我爱你们,你们也爱我,念在我所流的血和我所给的面包的分儿上。"

沉默依然。熊用他巨大的前爪蹭着地。"现在你要绝望了,"他说,"绝望比恐惧更好。"他蛇一样伸出舌头,仿佛在品尝空气。

愚蠢的女孩,瓦西娅想,那些宅神会来吗?他们离不开壁炉。她尝到血的味道,又苦又咸。

"我们至少可以救我哥哥。"瓦西娅对索洛维说。马愤怒地嘶鸣。一只巨大的熊爪突然挥来,马险险躲开,后退几步,耳朵平贴在头上。大爪子缩回去,接着又挥过来。

突然,列斯纳亚辛里亚所有人家里的所有多毛沃伊、澡堂小鬼和庭院里的精灵都聚集在他们脚下。索洛维不得不小心躲开,免得踩到他们。瓦兹拉跳到索洛维的马肩隆上,她自家的小多毛沃伊用被煤烟熏黑的手挥舞燃烧着的煤块。

这头熊第一次露出迟疑的神色。"不可能,"他咕哝道,"不可能。他们不能离开自己的房子。"

多毛沃伊们发出奇怪的声音挑战,索洛维用蹄子刨着泥泞的土地。

随后瓦西娅的心跳到了嗓子眼儿,就在那里怦怦跳动。水泽仙女把阿廖沙击倒在地,瓦西娅看见他的剑飞了起来,看见他僵在那里不动,脸上露出狂喜,抬头看着那个裸体的女人。她看见对方的手指在他喉咙上比画。

熊笑了:"你们都待在原地别动,否则他会死。"

"好好想想,"瓦西娅绝望地对水泽仙女叫道,同时迅速穿过空地,"我曾送你花,现在我献上我的血。想想我!"

水泽仙女的动作停滞了。她一动不动,只有水顺着头发流下来。

她松开阿廖沙的喉咙。

阿廖沙摔在地上,继续挣扎,但熊离得太近了。

"快点!"瓦西娅向索洛维和她衣衫褴褛的军队喊,"去——他是我哥哥!"

正在此时,从空地另一边传来一声暴喝。

瓦西娅瞥了一眼,看见父亲手里拿着长矛站在那里。

※※※

这头独眼熊的个头儿有普通熊的两到三倍大,半张脸上布满伤疤。那只独眼闪闪发光,和雪上暗淡的阴影的颜色一样。他不像普通冬眠的熊那样困倦,而是因饥饿和恶意焕发勃勃生机。

彼得骑着匹深色的马站在那熊的面前,在那野兽前他如此渺小。但他的儿子阿廖沙几乎就躺在那野兽的脚边,那张大嘴正咬下去……

彼得咆哮着,发出一声掺杂着爱与愤怒的呼喊。那野兽猛地把头扭过来。"客人还真不少,"他说,"沉寂了一百代人的时间,这会儿全世界都来跟我为难。好吧,我不反对。不过,一个一个来。首先是这小伙子。"

但就在此时,一个赤裸的女人(长着绿皮肤,水珠缀在长发上闪闪发光)尖叫着跳到熊的背上,用手和牙齿扼紧它。紧接着彼得的女儿瓦西娅大叫起来,那匹大马冲了过来,用前蹄猛蹬那只野兽。各种各样的奇怪生物随着他们一起冲上来:有的高而瘦,有的矮小却长着胡子——有男有女,一起扑到熊身上,发出奇怪的高声尖叫。那野兽倒在他们下面。

瓦西娅几乎是从马背上滚下去的。她抓住阿廖沙把他拖走。彼得听到她在抽泣。"亲爱的阿廖沙,"她喊道,"好阿廖沙。"

那匹牡马又猛踢一下，接着向后退，保护地上的男孩和女孩。阿廖沙茫然地眨眨眼。"起来，亲爱的阿廖沙，"瓦西娅恳求道，"求你了，求你了。"

熊抖了抖身体，甩掉大部分奇怪的生物。他一只爪子猛挥过去，那匹高大的牡马险险逃过这一击。裸体女人落到雪地里，水珠从头发上飞出来。瓦西娅扑倒在神志模糊的哥哥身上。巨大的牙齿咬向她无遮无掩的后背。

彼得记不起自己是否跑过，但他突然发现自己已经喘着粗气站在孩子和野兽之间。虽然心脏几乎跳出胸腔，但他很镇定，双手握着阔剑。瓦西娅盯着他，好像盯着幽灵。他看见她的嘴唇动了。"父亲。"

那头熊刹住脚步。"滚开。"他咆哮道，伸出一只爪子。彼得用剑把它挡开，没有动。

"我的命一文不值，"彼得说，"我不害怕。"

那头熊张嘴大吼。瓦西娅退缩了，彼得还是一动不动。"让开，"熊说，"我要那海王的孩子。"

彼得谨慎地向前移动："我不认识海王，这几个是我的孩子。"

熊猛然合上嘴，利齿"咔嗒"一声咬合，就在距彼得的脸一英寸的地方。但他还是一动不动。

"滚开，"彼得说，"你什么都不是，你不过是从童话里跑出来的。滚出我的领土。"

熊嗤之以鼻："这树林现在是我的了。"他转动独眼，谨慎地打量四周。

"你要什么？"彼得说，"我也听过那些古老的故事，总可以谈谈交易的。"

"随你的便。把你的女儿给我,你就会得到安宁。"

彼得瞥了一眼瓦西娅。他们的目光相遇,他看见她用力吞了口唾沫。"那是我的玛丽娜留下的孩子,"他说,"那是我女儿。一个人不会拿别人的命做交换,更别提他自己的孩子了。"

一片死寂。

"我可以把我的命给你。"彼得放下他的剑。

"不!"瓦西娅尖叫着,"爸爸,不!不!"

那头熊眯起独眼,犹豫不决。

突然,彼得徒手向前扑去,扑向那呈现地衣颜色的胸口。熊下意识地把来袭者扇到一边。可怕的"啪"的一声过后,彼得像个稻草娃娃一样飞了起来,脸朝下落在雪地里。

***

熊咆哮着朝他扑过去。但是瓦西娅站起来了。她忘记所有的恐惧,怒气冲冲地吼叫,宣泄无言的愤怒。熊又一次转过身来。

瓦西娅爬上索洛维的背,哭着向熊冲去,忘了自己两手空空。她胸口的宝石像另一颗心脏一样跳动,冻得发烫。

那头熊咧嘴大笑,像狗一样舔着牙齿。

"哦,是的,"他说,"过来,小女巫。在我面前,你还不够强壮,你永远战胜不了我。到我这里来,和你可怜的父亲在一起吧。"

但他一边说,身体一边萎缩。熊变回人形,变成一个矮小畏缩的男人,用一只湿润的灰色眼睛凝视着他们。

一个白色的人影出现在索洛维旁边,一只白色的手碰到牡马紧绷的脖子。马抬起头来,放慢速度。"不!"瓦西娅喊道,"不,索洛维,别停。"

但是独眼男人蜷缩在雪地里,瓦西娅感觉到摩罗兹科的手握住了她的手。"够了,瓦西娅。"他说,"看见了吗?他被封印了。结束了。"

她盯着那个小个子男人,傻乎乎地眨着眼睛:"怎么回事?"

"这就是人类的力量,"摩罗兹科听起来异常满意,"我们这些永生的生物不知何谓勇气,也不会爱到献出自己的生命。但你父亲能。他的牺牲使熊重新被封印。彼得·弗拉基米罗维奇将如他所愿而死去。一切都结束了。"

"不,"瓦西娅挣脱他的手,"不……"

她跳下索洛维。梅德韦季嘴里咕哝着,瑟缩着想要爬开,但她已经把他忘在脑后。她跑到父亲身边,阿廖沙已经在那里把父亲被撕破的斗篷拉开。那一掌打碎了彼得的半边肋骨,鲜血从他的唇间涌出。瓦西娅用手按着伤口,感觉温热的血不断从指间渗出。她的眼泪落在父亲的眼睛上,为彼得苍白的脸染上一抹红晕。他睁开眼看着瓦西娅,眼睛闪闪发光。

"玛丽娜,"他低声说,"玛丽娜。"

他呼出最后一口气。

"不,"瓦西娅低声说,"不。"她的指尖掐进父亲松弛的肌肉里。他的胸口突然起伏,像个风箱,但他的眼睛紧盯着某处。瓦西娅咬着唇,直到咬出血来。她似乎是在和自己的死亡搏斗……

一只手指细长的、冰冷的手抓住她的双手,带走她的体温。瓦西娅试图挣脱那双手,但失败了。摩罗兹科开口,冰冷的空气吹上她的脸颊:"别管了,瓦西娅。这是他的选择,你不能违背。"

"不,我可以,"她嘶声反驳,喘着粗气,"本来死的该是我。

放开我！"那只手不见了，她转过身来，发现摩罗兹科已经远去。她抬头看着他的脸：脸色苍白、冷漠、残忍，但有些亲切之意。

"太晚了。"他说。四周都是风声，太晚了，太晚了。

接着，霜魔跳到白马背上，还有个人形坐在他前面，那是个瓦西娅只能从眼角看到的人形。"不，"她追着他们跑，"等等——爸爸。"但是那匹白牝马慢跑着穿过树丛，消失在黑暗中。

***

突然间一切都安静下来，那独眼人偷偷溜进矮树丛，而精灵们消失在冬日森林里。水泽仙女的一只手放在瓦西娅的肩膀上。"谢谢你，瓦西丽莎·彼得罗芙娜。"她说。

瓦西娅没有回答。

索洛维轻轻地用鼻子顶了她一下。

瓦西娅没有注意。她目不转睛地盯着什么，同时握着父亲的手。但它慢慢变冷了。

"看，"阿廖沙低声说，声音嘶哑，眼睛湿润，"雪花莲谢了。"

这是真的。散发着难闻死亡气息的暖风已经变冷，愈刮愈烈，花朵在坚硬的土地上枯萎。这时还没到隆冬，它们本该在几个月后开放。灰色天空下，没有林间空地，也没有泥泞，只有一棵枝叶虬结的高大老橡树。现在可以清楚地看到只有一射之远的村子。天快亮了，寒冷入骨。

"被封印了，"瓦西娅说，"怪物被封印了。是爸爸做到的。"她伸出僵硬的手，摘下一朵变蔫的雪花莲。

"爸爸怎么会来这里？"阿廖沙带着一丝疑惑说，"他——他脸上的那种神情,好像知道该做什么、该怎么做,以及为什么这样做。上帝的恩典,他现在和母亲在一起了。"阿廖沙在父亲的遗体上画个十字,站起来走到安娜的遗体前,重复这个手势。

但瓦西娅没有动,也没有回答。

她把花放在父亲手里,头靠在他的胸口上,开始轻轻地哭。

第二十八章

一切之始,一切之终

那天晚上,他们为彼得·弗拉基米罗维奇和他妻子守灵。两人葬在一起,而彼得躺在前后两任妻子之间。虽然悲痛不已,但人们并不绝望。他们的田地和房子里不再有死亡和失败的气息。即使那些从烧毁村庄的废墟里爬出来的、全身泥污的幸存者来到村子里,他们也不再害怕。精疲力竭的柯利亚带着那些人穿过栅栏门。寒意微微,阳光照下来,仿佛有钻石镶嵌在雪地上。

瓦西娅和家人站在一起,戴着头巾披着斗篷抵御寒冷,同时忍受人们的低语。"瓦西丽莎·彼得罗芙娜消失了。""她是骑着一匹有翅膀的马回来的。""她本该死的。""女巫。"瓦西娅还记得绳子捆在自己手腕上,看到奥列格——那个从小看她长大的男人眼睛里冰冷的表情,于是下了决心。

其他人都走了。暮色中瓦西娅独自站在父亲坟前。她觉得自己仿佛一夜之间变老了,心情凄凉而疲倦。

"摩罗兹科,你能听见我说话吗?"她问。

"是的。"他说,出现在她身边。

看到他脸上流露出的警惕之色,她笑了笑,笑到一半又转成呜咽:"怕我会要求父亲回来吗?"

"我在世人中自由行走时,活人会冲我尖叫,"摩罗兹科平静地回答,"他们会抓住我的手和马鬃。当我抱起孩子时,母亲们恳求用自己的性命来交换。"

"好吧,我已经受够了死人复活这事。"瓦西娅努力用冰冷而超然的语气讲话,但她的声音在颤抖。

"我想你也是。"他回答,但是那警惕的神色已从脸上消失了,"我会记住他的勇气,瓦西娅,还有你的。"

她撇撇嘴:"一直记住吗?即使我像父亲一样,回归寒冷大地的怀抱?好吧,这值得铭记。"

他什么也没说。他们看着彼此。

"瓦西丽莎·彼得罗芙娜,你叫我来做什么?"

"为什么我父亲会死?"她脱口而出,"我们需要他。如果有人要死,那也应该是我。"

"这是他的选择,瓦西娅,"摩罗兹科回答,"这是他的特权,否则也就不会有这特权了。他为你而死。"

瓦西娅摇摇头,不安地兜圈子:"爸爸怎么知道的?他来到空地。他知道。他怎么找到我们的?"

摩罗兹科犹豫了一下,慢吞吞地说:"他比其他人先到家,发现你和你哥哥走了,就去树林里找。那片空地被施了法术。只要那棵树不死,就会尽全力困住那头熊。它知道做到这点需要什么,甚至比我还要清楚。你父亲一进森林，它就把他引到你身边。"

瓦西娅沉默良久，眯起眼看他。两人对视一会儿，最后她点了点头。

"还有件事我必须做，"瓦西娅突然说，"我需要你的帮助。"

***

一切都错了，康斯坦丁想，彼得·弗拉基米罗维奇死了，被他自己村口的一头野兽杀死了。他们说，安娜·伊凡诺芙娜疯了，跑到树林里去了。好吧，她当然会啦，他告诉自己，她又疯又傻，大家都知道。但他仍然能看到她没有血色的疯狂的脸，只要醒着，他就能见到。

康斯坦丁为彼得·弗拉基米罗维奇主持完葬礼，几乎不知道自己说了什么，葬礼后的宴席也让他食不知味。

黄昏时分，有人敲他的门。

打开门时他倒吸一口气，跌跌撞撞地退回来。

瓦西娅站在门口，烛光映在她脸上。她变得如此美丽、苍白和遥远，优雅而困惑。我的，她是我的。上帝把她送回我身边。他宽恕我了。

"瓦西娅。"他向她伸出手来。

但她并不是一个人在那儿。她闪进门，有个穿深色斗篷的身影走出旁边的阴影，随她进来。康斯坦丁只能看到此人脸色苍白，手指瘦长。

"那是谁，瓦西娅？"他问。

"我回来了，"瓦西娅说，"但你也看到了，我不是独自一人。"

康斯坦丁看不见那人陷在深眼窝里的眼睛。他的双手骨瘦如柴。

祭司舔了舔嘴唇:"那是谁,姑娘?"

瓦西娅笑了笑。"死神,"她说,"他在森林里救了我。或许他没救,而我变成了幽灵。今晚我感觉自己像个幽灵。"

"你疯了。"康斯坦丁说,"陌生人,你是谁?"

陌生人什么也没说。

"我曾让你离开这里,无论是死是活都要离开,"瓦西娅说,"回到莫斯科,回弗拉基米尔,回君士坦丁堡,或者去地狱,但是你必须在雪花莲开花前离开。"

"我的任务——"

"你的任务已经完成了。"瓦西娅向前走去。她旁边的黑色人形似乎在变大。他的头是骷髅,深陷的眼窝里燃烧着蓝色火焰。"你得离开,康斯坦丁·尼科诺维奇。否则你会死的,而且死得也不会痛快。"

"我不走。"但他贴在墙上,牙齿咯咯响。

"你会走的。"瓦西娅说。她往前走,一直近到能碰着他。他能看到她脸上的曲线和眼里的冷酷。"否则,我们会让你像我的继母一样疯掉,再取你小命。"

"恶魔。"康斯坦丁气喘吁吁地说,额头上冒出冷汗。

"是的。"瓦西娅笑了。这魔鬼的孩子。她旁边的黑影也笑了,骷髅头慢慢咧开嘴。

他们走了,像来时一样悄然无声。

康斯坦丁跪在墙上的阴影前,伸出手恳求。"回来,"祭司央求道,他停下来倾听,双手颤抖,"回来吧。你让我高高在上,她却看不起我。回来吧。"

他觉得影子似乎微微动了动，但他听到的只有沉默。

***

"我想他会走的。"瓦西娅说。

"很有可能，"摩罗兹科笑起来，"我从来没有听从过别人的命令。"

"所以你吓唬人，都是因为自己想才那样做喽。"瓦西娅说。

"我？"摩罗兹科说，"我只是个故事，瓦西娅。"

轮到瓦西娅笑了，她的笑声哽在喉咙里。"谢谢你。"她说。

摩罗兹科歪着头。之后夜色似乎伸手抓住了他，把他折叠起来收进黑暗的口袋，在他刚待过的地方只剩下黑暗。

***

家里人都上床睡觉了，只有伊丽娜和阿廖沙坐在厨房里。瓦西娅悄悄溜进来。伊丽娜一直在哭，阿廖沙抱着她。瓦西娅一言不发地坐在炉边长凳上，双臂搂住他们。

他们沉默了一会儿。

"我不能再待在这里了。"瓦西娅低声说。

阿廖沙疲惫地看着她，目光悲哀呆滞。"你还在担心修道院吗？"他说，"好吧，别再想那个了。安娜·伊凡诺芙娜死了，父亲也死了。我会拥有自己名下的土地，还有自己的产业。我会照顾你的。"

"在村民面前，你必须有领主的样子，"瓦西娅说，"如果人们知道你有个疯妹妹，看你的目光就不会那么友好。你知道很多人都为此怪我。我是女巫。那祭司不是说了吗？"

"别理他们，"阿廖沙说，"你无处可去。"

"没有吗？"瓦西娅脸上慢慢燃起一团火，驱走了悲伤的神情，

"索洛维会带我到天涯海角。我要在这个世界里到处看看,阿廖沙。我既不做人的新娘,也不做神的新娘。我要去基辅、萨莱和沙皇格勒,我要仰望海上的太阳。"

阿廖沙盯着他的妹妹:"你疯了,瓦西娅。"

她笑了,但泪水模糊了她的视线。"完全疯了,"她说,"但是我会拥有自由,阿廖沙。你怀疑我吗?我本该死在森林里,但我给继母带来了雪花莲。父亲不在了,没有人可以阻拦我。告诉我,除了墙和笼子,这里还有什么?为得到自由,我可以付出任何代价。"

伊丽娜紧紧地贴着姐姐:"别走,瓦西娅,别走。我保证我会乖乖的。"

"看看我,亲爱的伊丽娜,"瓦西娅说,"你很好。你是我认识的最好的小女孩,比我好多了。但是,小妹妹,你认为我不是女巫,其他人却认为我是。"

"那倒是真的。"阿廖沙说。他看到过村民们阴郁的目光,听到过他们在葬礼上的低语。

瓦西娅什么也没说。

"你总是跟人对着干,"她哥哥的伤心多过生气,"你就不能满足现状吗?人们早晚会忘记这些事。而你所说的'笼子'就是女人的命。"

"那不是我的命,"瓦西娅说,"我爱你,亲爱的阿廖沙。我爱你们俩。但我不能留下来了。"

伊丽娜哭了起来,更紧地贴着她。

"别哭,好伊丽娜,"阿廖沙认真地看着他妹妹,"她会回来的。是吗,瓦西娅?"

她点点头:"总有一天,我发誓。"

"瓦西娅,你在路上不会挨饿受冻吧?"

瓦西娅想起了树林里的房子,想起了那堆正等待主人的珍宝。那些东西不是嫁妆,而是可以拿来交易的宝石、抵御霜冻的斗篷、靴子……她旅行时所需的一切。"不,"她说,"不会的。"

阿廖沙不情愿地点了点头,眼看着妹妹脸色坚定,决心如野火般闪耀。

"别忘了我们,瓦西娅。"他从颈间的皮绳上取下一个木质小东西递给她。那是一只振翅的木雕小鸟,翅膀已有些磨损。

"这是爸爸为妈妈做的,"阿廖沙说,"戴上它,小妹妹,别忘了我们。"

瓦西娅吻了他们两个,紧紧地握住那木鸟。"我发誓。"她又说。

"走吧,"阿廖沙说,"别等我把你绑在火炉上,强迫你留下来。"他的眼睛也湿了。

瓦西娅溜出去。她刚一踩到门槛,她哥哥的声音又响起:"愿神与你同在,小妹妹。"

厨房的门在她身后关上了,但关不住伊丽娜的哭声。

***

索洛维就在栅栏外等着她。"来吧,"瓦西娅说,"如果这条路能通向天涯海角,你愿意带我去吗?"她边说边哭,但马用鼻子蹭去她的眼泪。

他的鼻孔张开,灌满晚风:"任何地方,瓦西娅。世界是广阔的,这条路能带我们去任何地方。"

她跳到马背上,马飞奔起来,敏捷而沉默,像一只夜飞的鸟。

很快瓦西娅就看到了那片冷杉林。火光在树间跳动,把金光洒到雪地上。

门开了。"进来吧,瓦西娅,"摩罗兹科说,"外面挺冷的。"

致　谢

第一本小说的写作过程就像在对抗风车，心里暗自期望对手是位巨人。对那些甘于在这场漫长古怪的进攻中扮演桑丘·潘沙[①]的人，言辞也无法表达我的感激之意。

换句话说，感谢所有人的信任。这是一段疯狂的旅程。

感谢爸爸和贝丝成为我的第一批读者，感谢他们为我准备的美餐，以及接纳我这个疯女儿，容忍我躲在阁楼里。感谢妈妈为我留意那把虚构的铲子——不夸张地说，没人（包括我）注意到。感谢卡罗尔·道森阅读我的作品，表示喜欢它，同时也为我提供帮助——除父母外，她是第一人。感谢阿布依·莫里西在我威胁说要长在电脑前时，拖我出去晒太阳。感谢克里丝·约翰逊的摄影和R.J.阿德勒的歌，以及两人讲的关于素食者的烂笑话。感谢菲儿·卡斯特送来的生巧克力，还有关于出版的幕后消息。感谢凯特琳·马特斯非尔德在书稿中翻来找去，最后发现读起来像是最初稿件的东西。感谢伊琳·海伍德编的精彩故事，陪我度过美好时光——我如果在写作中卡住了，肯定会打电话给你。感谢罗宾·赖斯读到精彩之处时会高声喝彩，大大振作了我低落的士气。感谢塔蒂阿娜·斯莫罗丁斯卡雅、

[①] 桑丘·潘沙是《唐吉诃德》一书中主人公的侍从。——译者注

谢尔盖·达维多夫和明德学院[①]俄文系全体人员悉心教导，希望我没有完全辱没他们的努力。感谢卡尔·西贝尔、康斯坦丁、安东和"碳12创意"公司的所有职员，为我建起女孩能够拥有的最美的网站。感谢德维叶·费尔南德斯在雨中、克里丝·阿彻在日头下拍照而毫无怨言，同时后者还花了数小时大展PS神技。感谢保拉·哈特曼在写作初期给我的鼓励，使我渡过数道难关。感谢安·杜比耐特准备的美味大餐和深夜建言。感谢兰登书屋的所有人：从点石成金的天才编辑詹尼弗·赫尔希到安妮·斯派尔、文森特·拉·斯卡拉和埃米莉·德赫夫。感谢我杰出的经纪人保罗·卢卡斯，在我行将投笔之时将我拖回桌前，并最终证明他有一双识珠慧眼。我对你的感激之情真是达到了极点。还要感谢多萝茜·文森特、布伦纳·英格利希-洛布、迈克尔·斯戴格，以及"詹克洛和纳斯比特"经纪公司的所有人。

言辞也无法道尽我对所有人的谢意。

[①] 明德学院是美国顶级文理学院之一，位于佛蒙特州。——译者注